大地幻影

鄞 珊◎著

中国文史出版社

目 录
CONTENTS

第三辑　时间往返

第一辑　大地之上

　　我的记忆已经成为筛斗，
承接之后又被筛得所剩无几。
随着时间这条生命线，我们的
脚步不曾停留地一路往前狂奔。
现在的我不得不停歇，回望苍
茫地表的来路，那些深的浅的
脚印，真的幻的印象。

大地之上

卑微于俗尘里的苍生，尘土飞扬，落入大地，湮没在时间里，没有谁记得他（她）。我的文字网兜能捕捉住某些过往，然后用我们的灵思与大地相连；共同仰望、述说着世人通俗的故事，我终于发现自己变成那些故事的背景，与读者一同凝视着故事里的他们。

他

他打我家门前走过，一只眼睛朝向我们，即使他每天都这样走过，我们还是以一种永远好奇的眼光给予他注目礼，直至他消失在龟桥头。每个像我一样的小孩，必定是充满惊惧和不安的心情，绝对有着十万个为什么的疑问，只是没有谁敢开口，开口又能问谁？

多年后，我在杂志的彩页上看到泰国的异人，就有"象人"一说，并刊载有图片，正好吻合那个黑白照片时代的这个人，这个每天路过这条街的人。

世界上竟然有着这样一个族群，或许是刚好巧合，他们长着半边变异的脸，说是脸，不如说是大象的脸，比大象更加恐怖。他脸上这片脸是凹凸不平的肉瘤，很庞大，下垂到肩部以下，飘胸前。

这下垂的溜肉在晃动，随着他的脚步。

他那只肉瘤上的眼睛也会眨动，虽然沉重的负累扯得它很疲惫，仔细看它也是正常的眼睛。

每个人都像看一只怪兽，他无比沉重地走过，走在他的人生路程中。在这个镇上，他的存在是一个异数，我不知道他干什么，家在哪里，每天他要从这条街穿过，去进行他的营生。人们甚至来不及反应他的长相，在我看到"象人"的说法之前，这里没有谁懂得他的生理应该属于什么病态。而"象人"的名词也是在这个人故去多年之后我才明白，他脸上长的是肉瘤。

许多人认为，那应该是什么惊心动魄的煞星。

为他的丑陋甚至孩子们都不敢生出耻笑的行为，他们可以把缺了一小角耳朵的阿丰伯拿出来编成歌词，可以笑话溪对面高高瘦瘦的阿良是"竹竿"，可一个人真的长成他这样，反倒把多嘴的顽童给吓住了。

没有人编他的丑话，他已经丑得不需要再作夸张。他就是一异煞，人们唯恐避之不及。

我们说话都小声细语，唯恐被他听到，特别是议论他的话。街上的奶奶、老婶们也没有人吭声，我外婆干脆进内屋做饭去。永老叔也只敢在他走过之后叹一声，我知道那声叹息是给予这个可怕的人。

有一天，他又打街上走过，步履如往常。街上，行人中竟然有人与他打招呼，这过程基本被我的眼睛录了下来，他停下来跟一个正常人讲话，那个人是一个长得很普通的人，五官正常，普通得掉进人海就不见的那种。我为这人跟他在街上打招呼寒暄，认真地盯了他好久，希冀从他身上找出缺陷或是异于常人之处。我的眼睛扫描了一遍，没有异常的发现，这个人长相正常，说话正常。

他们正常地谈着话。

我忽略了那个长着肉瘤的人，也是说着正常的话语。如我们。

有感恩如潮水漫过，我们正常的日常，在某些人群看来却是遥不可及的，站立、开口说话，我们拥有与大地清风拥抱的寻常。

她

她的出现带着一丝阳光，她的家我知道在哪里，就在街尾拐进的双臼巷里，她太小了，每次都是邻居阿红姐带她出来玩，她被红姐牵着手，一脸灿烂地望着我们，她可爱极了。

我们围上去，就是要看她随身带着的那根大大的食指。没错，她左手那根食指特别大，像一根冰棍，准确来说，应该像火腿肠，膨大的火腿肠，可惜她手指头面世时这个小镇还没出现过火腿肠，我们摸着她的手指头，问她："疼不疼？"

小女孩圆圆的脸，圆圆的眼睛，浑身干净整洁。一身折射着她的家庭状态，她有两个姐姐，父母在镇上的什么机构工作，阿红自豪地说："她出生的时候做过手术的。"

这么小就做了手术，我们羡慕起她来。

这镇上绝大部分的人没见过手术，"医院做手术。""手术"自然不是好东西，但"手术"可不是一般人生病就能做得起的，镇上的历史，做过手术的人，掰开手指能够数出来，都是有名有姓有确凿地址的。

谁谁，去医院做了一个手术，住了半个月。这样的谈资，是以认识做过手术的人为荣。

一般情况是这样的：能活着就活着，不能活着就死了。

阿福的母亲，生病，躺床上，几个月就死了。阿祥的父亲，生病一直煲中药，没听过谁去做手术的，因为医院的手术是要钱的，而所有的病，大家都在镇上的几位老中医那里解决了，解决不了的也不用折腾了。

当然，也有做过手术的人，那些做过手术的人就在大家的谈论中被扫描一次，做什么样的手术已经不重要，也没有谁懂，就是凭着做手术这事，听起来又西式又阔气，在这镇上，做过一次手术的人好像跟登过月球似的，有着超越地球的视野和睥睨常人的豪气。

我也跟同学们谈起我妈生我的时候去的卫生院，去到那里生孩子也是镇里妇女的一个荣誉，孕妇去了医院就自己生了，医师护士也没怎么管，因为你生不出来他们也没办法。我妈就是先去的医院，街对面另一个产妇也随后去了，她反倒先生了孩子，生完孩子就回家了。我妈生完我后，自己搬起草席棉被回家了。

后来那个女孩子长大了跟我读同一个班，我们能跟同学炫耀的就是：我们的妈妈都去医院生的我们。

但是母亲们仅仅是去生孩子，据说万一难产大出血什么的，医院还真没办法，母亲们都不需要做手术，自己生孩子，为啥不在家里生呢？奶奶那一辈人都在家里生的，请接生婆，那是旧社会，为了显示自己是新社会，接生婆太土了，虽然她们接生挺管用的。做手术呢？更甭用了。

这个去过医院做手术的小女孩的食指，像顶着一个气球一般——我们就只见过气球，她的食指跟一个小号气球一般胀大，据阿红说她的大拇指出生时更大，所以出生以后就动了手术，后来这食指随着年龄慢慢长大，才长成现在这样。

我们围观着小女孩的手指，熟悉以后她也大方地伸出左手让我们瞧个够。她的拇指、食指、中指都是变形的大，无名指和小指正常的生长反倒在这粗大的三个手指前显得孤寂。我小心翼翼地摸着她的食指，问："疼吗？"

她抿嘴一笑，摇摇头。

小女孩高兴的时候，会用这根最大的食指故意敲敲我的手臂，被她这根大手指触碰的感觉有点怪异，同样是手指，因着它的异常而显得像触电般。

小女孩渐渐长大，她读幼儿园，很快就要读小学了。她跟姐姐上学，学校的同学同样对她的指头感兴趣，因着她那岁月静好的外貌和举止，大家甚至更喜欢她，摸摸她的手指成了大家的荣誉。学校里，她可不是那么容易让大家看手指头的，很多时候她把手指藏着，藏在衣袖里、藏在口袋里。教室外趴着很多眼睛，那些陌生的学生都是慕名而来一睹她的大手指的。

我为我很早认识她感到很荣幸，何况她跟我同一条街，我跟同学谈起我多次触碰了她的手指，谈起她跟我们玩耍过。那口气，就像我认识了一个了不起的人物似的。

入小学两三年，她要去继续做手术了，切掉那根很大的食指，这食指随着她的长大也长大着，小女孩告诉我们，要去做手术了。

我们听后竟然有些黯然，她那根大手指不见以后会怎么样呢？不就缺了一根手指了吗？不就跟我们一样了吗？

为这个问题，我们凑一块，跟小女孩谈论了好久，小女孩说，她等着做手术，她也犹豫着，爸爸说手指若再长大就得做。

"那会不会很疼？"我们都问。

小女孩胸有成竹地说："不疼的，会打麻药。"

"以前你切大拇指的时候是不是也打麻药？"我们不知道出生的时候她还能不能记忆起，只道她做过手术肯定记得。因着她做过手术，我们很是钦佩她。

她想了想，好像手术的时候她就面对着医生似的，她最后肯定地说："那时候也打麻药。"

"麻药就是什么都不疼。"她告诉我们。

我们互相对望着，她都打过麻药，切过手指，我们对她的经历肃然起敬，我们都对麻药这个东西觉得神奇无比，打了之后就可以对身体为所欲为。

每一次与她的对话，都不厌其烦地问起打麻药是什么感觉，"什么都不知道"是什么状态。

煲中药的味道又把人拉回到市井里，我们发现小女孩几乎是天使般地行走。

某一天，小女孩手包扎着厚厚的纱布，那根象征性的手指头不见了。

我们落寞的神情，有的伙伴很是失望，大家都围过来问："做手术了？""切掉了？"

她点点头。

厚厚的纱布，顶在食指那个位置上，好像那根手指还在。我们渴望它能正常生长出来，可大家又好像失去了某种可期待的东西。

没有了那根大手指，小女孩成了一个普通的同学，我甚至差点忘了她。她沉溺于普罗大众之中，再也没有新奇的话题可把她捞起来。

而她的可爱美丽，有另一个女孩子可与之媲美。

她是我的学生，在我班里，站在讲台上，一眼望去，齐刷刷的眼睛看着你，那一双特别大特别明亮的眼睛，嵌在五官均匀的脸上，显得特别漂亮，是的，在这里，她几乎是鹤立鸡群地在几十个孩子中脱颖而出让你记住她的美。

第一天就发现了她的残疾，腿瘸得特别严重，走起路来每一步都是极严重的失衡，我们都围着看她裤筒里的腿，是变形弯曲的。她妈妈跟着一边告诉我们，出生的时候，被接生婆给扯坏了。老师们闻言都叹息不已，老师们大多是女性，天然的母爱流露，互相传染着善良的因子，大家唏嘘不已，惋惜着。

女孩的妈妈好像已经适应了人们的怜悯，不久又生了一个弟弟，算是弥补了女孩子的残缺。

这女孩子天性极好，何况还是那种温良可人、善解人意的孩子。因此深得大家喜欢。

她每天被妈妈打扮得漂漂亮亮来上学，看出她家境很好，妈妈说曾经花了很多时间和不少的钱到医院矫正一次，才有现在这样的走路。

又让我们一阵心酸。

这个时候刚好播《婉君》，她活脱脱地完全就是一个电视剧里面的小婉君。长得那个像，甚至比婉君更可人，她的皮肤非常好，一双眼睛看着你时，灵魂里对这个世界的清澈、无怨和未知，让谁都由衷地喜欢她。

几个老师一块在办公室批改作业，每次她一拐一拐进来，大家的怜悯又此起彼伏，等她走后，老师们纷纷都叹道：雅人没雅命啊！

太漂亮的女孩子，就这样残疾了，可她现在是一张白纸，幼儿园阶段也占据了近半的时间在医院治疗，现在"幸福地"进入了这所梦寐以求的重点学校，她目前什么都不懂，认真学习，做个好学生，虽然脚的残疾这么厉害，可她还未感受到心理上的开悟，看着她那么快乐地与同学们玩耍，甚至还拽着绳子，玩跳绳，而同学们也习惯将就着她的身体。

"折翼的天使"——那一刻，这个名词闪了进来。人间没有忧虑，那些小孩子也是，他们此时是如许的善良。我不知道那天使在一路的学业之后，进入社会，面临就业和婚恋，忧愁自是尘埃般降临，无法避免，她无瑕的面庞和纯净的神情，是人之初的美。

后来，后来呢？

没有再见到，那些人和事在彼此的人生旅途中丢失了，我既喜欢后续的缘分，同时也惧怕那种美好被打破，天使与人间，还有那个时段里拥有的淳朴善良的民风，我们都已经离开了那个池塘。

他 们

他是一个工厂里面的特殊符号，因着他的残疾：龟腰，北方的叫法是罗锅。因着龟腰几乎可以直接省略了他的名字"阿金"。

他背着罗锅，同时也背着耻笑和鄙视。他的残疾不仅体现在背部，他的胸部也是畸形的，严重的鸡胸，更有一很要命的问题，他的舌头天生卷曲，说话无法清晰。上天竟然把那么多的项目堆给一个平凡的人。每次看到他，都感到他来自身体上失衡的沉重，压得他灵魂无处透气。

虽然如此，一个大工厂的人熟悉了，吃喝拉撒都一块，工友们自然听清楚他的表达。这很重要，一个环境跟随了他一辈子，这些人在他含混不清的发音中理解了他的表达，也是一种人生的理解。

以正常人的角度看他，他倒是比同龄人显得年轻，且多少年保持那种毫不改变的五官和身体状态。

他什么时候进的工厂？总之他一参加工作就落进这个厂。

他是厂里的技术员，因着技术跻身众多工人之中而能不被欺凌——这里的欺凌是有实质性的挨打之类。小镇乡俗，身体如许的残疾自然应该受欺侮。要强的个性一直支撑着他，他同时学会了厂里不少技术活。人一被需要，他被耻笑的机会越来越少，后来，他又成了厂里的中层干部，他的精神更是让他昂首挺胸了。

我无所事事的童年大把盈余的光阴都掷在厂里，穿梭在工人们的忙碌和假装忙碌中。冲突、吵架、闲话、各种圈对我都是没有围墙的。

这包括工人们对他的议论和隐私的出圈。

工厂的办公室即便简陋，也同样有范。墙上挂着各种账本、算盘、草帽，几张办公桌上装模做样地用玻璃压着单据。办公室里有几份报纸，开水瓶、搪瓷口壶，还有笨拙的大木箱，用铜锁锁着。这些是工厂的资料，工资表等等。

更高的墙体上有写得很工整的宋体字，红色的标语。我的美术技能就是从厂里负责墙报的工人那里学来的。

由此发现，他几乎什么都会。工友们说他还是蛮聪明的，聪明一说不算准确，他是极其刻苦好学的人，他必须付出比常人多几倍的力气，才能得到常人该有的一切。办公室的每份报纸是他眼睛扫描过的，书不多，他能找到的都寻找了，皆是借的，能借到书是一种好运气，于是他就着办公室的电灯一一啃完，蹭了公家不少便宜。

虽然墙报的美术字不是他写的，可他喜欢读书看书，因此会一些规范的词汇，会对一些文字进行点评，很中肯。这是一般工人不需要学的，而他会了，因此他成为办公室的人。

堂皇地进入这个杂乱的办公室办公，简直是一种荣耀。

当然我也是可以直接出入办公室的，他连一眼都不会瞧我这个小屁孩，其他人也是，我出入得相当透明。主要是我不捣乱，不像男孩子搬动这个翻那个。我顶多看财务戴着眼镜算账本，看着他们把算盘打得噼里啪啦响。他们打算盘没有我家隔壁的旧家私店好听，但手指利索，算盘油光锃亮像一手工艺品。补充一句，办公室的报纸和书，我可以翻翻看看，那里面有图和照片，有时还能找到搞笑的漫画。财务的孟阿姨会跟我说两句"快读书了吧"之类的话。需要时工厂大墙写标语的叔叔看到会招呼我帮忙拿颜料。这些都是我派上用场的地方，每个跟我说话的人都会招呼我。

可他从不理我，每次他背着个罗锅，神色严峻，有时几近发火的样子，好像厂里的工人又弄出什么事让他生气。他的凶相足够吓到我，我远远躲着他。

每次躲开，我便会留意去看阿叶。阿叶极其普通寻常，长相像一堆机器般，毫不出色，加上她老实腼腆，这样一个沉入工厂就再也辨认不出来的女工，某一天却成为了工厂的主题，她被工友们挂在嘴边，也聚集了所有眼光。

她跟阿金谈恋爱了。

他们的恋爱一下子在这个机器轰鸣的工厂炸开了。轰隆隆的纺织机械声几乎是和着人们的议论声。女工们都躲在机器的缝隙里津津有味地谈论。

全厂的人一下子把阿金孤立起来。谁也没想到一个罗锅可以谈恋爱，可他为什么不能谈恋爱？人们的议论反而激发了他的傲气，他现在倒是气宇轩昂地出入工厂，出入办公室，为阿叶把带来饭盒放进他的办公室——这个时候好像办公室是他的了。

他大声说话，与大地赌气似的。

午餐时，机器停歇，大家洗手换衣服，开始三三两两拿起家里带来的饭。没有人跟阿金和阿叶一起，他们两个一块找个角落吃，阿金在众目睽睽之下，给阿叶拿饭盒。工友们女的一堆男的一堆，默默地吃，悄悄说着话。

男的大声嬉笑，插诨打科，照样把饭吃得尘土飞扬。

阿金站在办公室门口破口大骂，背着罗锅的阿金口舌不清但骂起人来倒气力十足，大家默默地扒着饭，看着阿金骂人，反正他没指谁，大家听着就行。他的话大家还是听明白的，有不完全明白的，一边有人低声翻译。大意就是大家都在说他的坏话。

他撒泼起来像泼妇，唾沫横飞，义愤填膺。

"关你们什么事了？老子就是谈对象！我妨碍谁了？"

大家一点都不怕他，只不过现在他在冒火，谁也不想惹麻烦。

一排机器后面叽里咕噜地议论："管得着人家背后说！"一堆男人开始说闲话，声音冒了出来："昨晚猫儿叫春呢！"

女人堆里的声音更密匝，大家对他的叫骂很是不服，不过碍于阿叶，有的叹道："可惜呀，好好的人儿，干吗找个龟腰……"

大家都认为，阿叶即便相貌不出众，家里即便贫寒了些，可大闺女也不至于找个龟腰和口舌打卷的。阿叶听着，就是不吭声。

阿金又一次破口大骂，机器照样轰鸣，大家作鸟散，好多人故意起哄。"背后骂皇帝，管得了别人嘴巴吗！"

这简直是挑衅，他气急败坏地指着刚才说话的人，又叽里咕噜地骂起来。这些声音更是纠缠在一块了。大家现在起哄故意逗他，就是为了看他发脾气。

几个老工友嘀咕着："这个事情，没有谁愿意自己闹大，他反倒是这样。"

"骄傲了！"会说"骄傲"一词的只有厂里的领导，他虽然是领导，也不曾骂骂咧咧，看到几次阿金的骂场，不由得说出"骄傲"这话，阿金倒是不敢接话。实际上很多人的话阿金也没接上，他只为自己生气，工友们继续议论。

这是工厂的日常。

而迎接阿金和阿叶的坎更大。阿叶的父母听说了这事，父亲跑到工厂找领导——这是需要找领导的。

跟领导谈了什么呢？！阿叶父亲就在办公室，里面有领导和财务等几个，但不能仅仅他们几个知道啊！这样的事儿是百年一遇，办公室门口围了好多工友，最前面的都被挤进屋了，外面都密密匝匝地围得水泄不通，大家兴奋地看热闹。工厂的机器继续轰鸣着，这不耽误，有人看着呢！办公室被围得里三层外三层的情况有很多次，打架、吵架，还有不少的问题，但这样的新闻可是第一次。

唯一的一次。

领导是怎么处理，怎么解决？大家愣是听不出结果，好在大家不需要结果。他们只是看着，阿叶父亲长什么样，看到的工友出来告诉大家，跟阿叶长得很相似。有工友从人墙里钻出来，透了口气，说，阿叶父亲说阿金骗了他女儿。

每个扎进那堆人墙的人好像不打探出点什么消息，对不起这么的一场战役——钻入人墙就是靠自身力气的搏斗，这是一场战役，跟买猪肉买鱼一样地战斗，他们习惯于这样的战斗。

被委派出来驱赶的财务，已经扫荡多次了，每次大家回到各自的岗位不过几分钟，随即又像蚂蚁般聚集到办公室门口。财务声色俱厉，可大家知道她不是真的生气，她真生气起来谁都得真害怕。这跟厂里其他事情不同，这样的消息，等会下班她保证说得比大家都欢快，且透漏出更多消息，不过现在得板着脸，也真的！大家把办公室围得水泄不通，让她上厕所都没法出去。

而各种消息出来的结果，无非一件事，就是阿叶父亲很生气。绝对不让女儿跟阿金交往。厂里的大姐们觉得理所当然，父母亲这种态度是她们料到的，只是风雨来临得有点突然。

后来的几天，听说阿叶父亲把阿叶揍了一顿。

再后来，阿叶被父亲赶出了门。

这样一来，原先排山倒海的议论反倒一下熄灭了，大伙不敢谈论了。有的悄悄说，阿叶在镇里的某个亲戚家借住。

阿金去阿叶家很多次，找她父亲谈了。

某一次，还是请领导一块去的。领导也乐于助人，大家也乐于看到皆大欢喜的结局。

我又遇到他，在老家，探望父亲时，看到了老年版的他。他老了很多，儿子们都成家立业，他有着媳妇熬成婆的满足感。他跟我打招呼，不外几句寒暄的话，其实我也听得不大懂。这无关大碍。他也习惯了。他每天都会到我父亲那里，几个老同事凑一块，喝喝茶聊聊天，看新闻谈世事。

补充一句，父亲就是那时帮他去说服他老丈人的。

人生无非如此的惬意。他们一块谈论着新闻，这个世界发生着的事件，有他们围观着，他们此生还在张扬着。

竹 探

用竹子的筒加工、用来打酒、酱油等流质的器皿，叫竹探。煮豆燃豆萁，在我们这里已非书本中曹子建的本意，而是万物皆互相效劳的道理，物之用皆在这里。

按戏曲里，地主员外这些大户人家才有私塾，孩子们读书的学堂。外婆家有私塾，家里的、还有够得着台面的亲戚家的男孩子才一块儿归类在私塾里：读书。

家里再显赫，女孩子也只配学做女红。

有私塾的家庭，在这个庵埠镇上屈指可数，这让外婆一辈子说话丹田力十足，家汇街上小打小闹的奢华无法撼动她的淡定。

本来只学女红的外婆，却偷偷立于私塾窗外暗暗看先生教书，好像她对汉字有着与生俱来的热爱，这个我不得不承认，哪怕是成为外婆的她，这女红的技能还需拜托左邻右里那些阿婶阿姆们的填数，幸亏这镇里，一帮婶姆们根本不分你我她，只要一个会的，大家都行。也即是混到她们这样的辈分，说明实际也暗藏有很多的水分。

而那个站在窗外的外婆，把私塾里先生教的字，硬生生摹进心底了。

这不，每次邻里这帮有点闲工夫的媳妇婆婆们要念歌册，外婆随即木秀于林，随风飘展了。这帮人群顿显出了她的识字和懂书理，所有的字都瞒不过她，识不了的字都来问她。

外婆很是飘飘然。这里叫"大头"，我瞥了她一眼，头真的大了。

我们家成了一个小唱场，孩子们洗澡的那个大木脚桶又派上用场，租赁来的线装歌册都放在里面，堆得老高。这些歌册都是民间私藏的，这次租赁的是一个老婆婆的，她有很多陈旧的歌册，但一般都在外面流通着——也就是基本租出去了，可以租半个月一个月，按时间长度算租金。一分钱、几分钱之类。

她路过我家门口时，外婆会叫住她：有没有《龙井渡头》？《薛仁贵东征》？《狄青平西》？这精干的老婆婆神秘兮兮地告诉她：过半个月，刚被拿走了，回来我马上拿给你。

她说的话没头没尾，压低声音。好像在干什么见不得人的事。外婆说，这个不能说的，这些书都是要没收的。

心心念念的那些歌册来了，泛黄且掉封面，很少有一整本齐全的，少了封面是正常的，更多的是少了前面好多页码。越是这种情况说明越是好看的书，人家传阅得多才损耗。我在脚桶里找完整的递给外婆，外婆瞥了一眼书名，"这个不好看，先留着吧。"封面工工整整的，印刷字体，可按外婆说的，好像都是内容不怎么吸引人的。有的是另外贴上纸作为保护的封面，居多裸露着内页。

"先那个？"外婆问。我家那么热闹了，她们自己搬着小板凳，有的在翻着脚桶里的歌册，那么多，哪本先念呢？

"《十八寡妇征西》吧。"油漆婶她有发言权，她拿出这册递给外婆。油漆婶知道的曲目多，她的选择吻合外婆的喜好，其实外婆也蛮喜欢杨门这些女将的。外婆拿起歌册，开始翻阅，发现已经掉了近一章，反正就是从能看到的完整页面开始。

每次都是外婆负责读和念，我则跟在她后面看她的歌册，密密麻麻的字极其好看，歌册的七字句式使得方块字排列整齐，像一列列方阵。外婆熟稔于这样的句式，她念得婉转动人，几乎是京韵大鼓的翻版，虽然外婆不知道京韵大鼓，可她知道所有潮剧的曲目。

外婆演绎的是潮汕传统的说唱，这样的弹词有一种易于掌握的套式，外婆轻易地凌驾这种说唱模式和腔调。她的声线极其委婉，这种自然清唱的曲调不知是无师自通，还是她自幼受了潮剧的影响。音韵悠扬，而唱词又朗朗上口，用潮汕白话唱出。

这我听得懂，唱词带领我慢慢进入她的故事里，毕竟是故事，且五言或七言工整的押韵，每个尾音的拉长，把人拉进历史深处的古远幽深里。

我后来在其他地方发现有自然清唱的民间艺人，就凭着一把三弦，没有多少其他音乐的掺杂，反倒更有幽古的清凉意味。而外婆她们的歌册纯粹是清唱，连一把三弦都没有。这叫作"唱歌册"，都是妇女们闲暇地自娱自乐，特别是夏天，我发现其他有唱歌册的地方，都是这般模样。

这样的聚集听歌册说唱很纯粹，估计开始发自心底里也不是那么喜欢，尚没有其他娱乐，慢慢地也进入故事的曲折迂回中了。为什么唱歌册都没半个男人参与呢？甚至，他们也会自觉回避这帮女人的集合。

外婆未出阁之前，娘家经常请戏班子来家里唱曲、做戏。潮汕话的"做戏"一词用得极妙，不说"演戏"而说"做"戏，戏出需要戏子"做"出来。在她们眼里，"戏子"并无褒义贬义之成分，他（她）就是演戏的，潮剧的戏。每谈起这个行当，外婆无不露出悲悯之色。

说到做戏，外婆最清楚戏班子，我不知道外婆竟然熟悉得就像戏班里面的老鼠。

"戏子是不能洗澡。"外婆每说起这个行规，无不透出一种无法接受的无奈。

外婆那么喜欢潮剧，最不羡慕的却是戏班子，甚至带着高高在上的怜悯，她讲得最多的是戏班子里面的道道。那种熟悉，好像她自己混迹于里面似的。

旧社会，戏班子的戏子命运比乞丐还苦。

外婆经常挂在嘴边的一句俗语就是："父母无财气，卖仔去做戏。"

按外婆的讲述，那时的乞丐还是自由的身子，可以到处逛，跟人家要饭，可以想干嘛干嘛，最重要的是，乞丐还可以洗澡——若想洗澡的话，我们门前的庵溪，都是天地自然的澡池，不仅有街坊邻居浸泡游泳，还有外来的，比如那些乞丐，当然他们还是自动自觉在浅水区域慢悠悠洗刷。而小孩子一旦卖进了戏班，就没人身自由了。

卖进戏班的小孩子，一大早就要起来吊嗓子、练功，各种粗重活都得干，在戏帮里面就是做牛做马，挨班主的皮鞭是家常便饭。帮主好像不打他们日子就缺乏一项内容似的。

更要命的是，女孩子男孩子都得经过长身子、变声音的发育过程，为了抑制这种自然的发育，戏班子传承的做法就是不让洗澡。据说杜绝洗澡身体才不会变型，嗓子也不会变（经历变声期）——我后来查了好多资料，没有科学根据的传统却被他们坚持了几百年。

而外婆却也这么坚定地认为，她听戏很能听出门道，没有经历变声的声音才是戏曲里的真传。

"你听听，五娘的声音就是保持童子身的，没经过变声。这种声音，一变声，就废了，不用唱了。"

一身厚重的戏服，夏天汗涔涔之后，如何不洗澡？我们的夏日里，大人小孩一天都要跳进水里三四趟，好端端待一会儿，汗水就跑出来与溪水作对，若没有洗澡，身子那股汗酸味不仅难受也呛人。

南方的炎日和闷热也阻止不了他们的班规。再不舒服，戏服依然遮蔽笼罩。

外婆一说起戏子，几乎是用鼻子落下的轻蔑，她眼角一扬："别看戏台上他们美若天仙，袅袅娜娜，可下得戏台，你会闻到他们身上一股很臭的味道。"

常年不能洗澡的戏子浑身自然很呕臭，他（她）走过你面前，带着身体飘过的风都是臭的，连农村妇女都会捂住鼻子嫌弃。

最不合常理的是，戏帮走南串北演完了戏，"戏歇棚拆"，演员——戏子们还得自己到村里要饭。每个脱下戏服的演员，他们各自端着碗，到村里跟村民要饭。我对这个旧社会的痛恨就来于此吧！村里的人遇到"秦香莲"就给她饭，遇到"陈世美"就不给了。不仅不给，村民围观和讨伐，代表着正义。

"你太坏了！"村姑村嫂都痛骂他！甚至手指头戳了他的脸。

"陈世美"跟他们解释："阿嫂啊，那是演戏的。"

"演戏也不给！"阿嫂阿婆依然义愤填膺，为了显示自己的正义凛然，这时候不仅不给陈世美粥饭，还咬牙切齿地痛骂他！有的拿来扫帚，有的捡起地上的石头砸他！

那"陈世美"怎么办？我一直追问着外婆，演陈世美的演员的去向和肚子问题。我的是非在人之初便非常分明。

"演戏也不给！"外婆眼睛犀利地盯着我，也是这样态度坚决。我对外婆延续至今的傲慢坚持表示了怀疑，凭着原始直觉，外婆并非都是正确的。在外婆铿锵有力的态度前，弱小的我一直对戏服后面的"陈世美"充满了怜悯和担忧。

人生的问题那么多，演完戏还要自己拿着碗去要饭？这是我走过多少路程依旧百思不得其解的一个：那他（她）不如自己去当乞丐要饭？要饭已经够惨了，竟然还有比要饭更可怜的？有，戏子！要到饭还好，要不到饭的"陈四美"怎么办？舞台上总得有人演坏人，难道他连饭都没得吃？

我只有自己给陈四美安排了一个结局："同样在舞台上演戏的秦香莲应该会分点饭给他吃吧！"可怜的"秦香莲"在村里能要到很多的饭菜，她应该会给陈四美饭一点饭吃的。

我发觉自己文学的启蒙便是从现实中的残缺来的，我们必须为现实的不公和遗憾作修补，需要用文字重新构建我们精神的城堡。

我的思维在人之初便无法走进戏班和乡村的理解和认知。卖给戏班子，父母可得到一笔钱，可却把孩子送进了火坑、地狱。戏班里的孩子只要没唱好，或是师傅不满意，或是活没做好，就会被罚跪蚶壳钱，我们吃的血蚶的蚶壳啊，那多粗多硬！膝盖的血一滴滴渗出，满地血红。鞭打是日常的"功课"，几乎日日有，而非万般无奈，把孩子卖给戏班的父母，需要背负多大的罪孽？

戏班里的人间苦难，让我如履薄冰，幸亏新社会没有了戏班，没有了地主。我无不对我们今天的幸福生活暗自庆幸着，即使白粥和萝卜干也是新生活。

我认为外婆也应该庆幸离开旧社会，觉得如今的生活幸福无比。

外婆那个地主娘家也像戏班一样不存在了，她那少爷"阿舍"的叔叔只存在于她的偶尔细细念中，她那少爷细叔是怎么没了？外婆一句话也没透露。少爷叔叔喜欢养鸟，喜欢看戏，甚至喜欢吃鱼生。他的生活，那是《荔镜记》里那个公子爷林大鼻一样的，我只有用这个潮剧来套入，我的想象力止于潮剧。少爷叔叔吃鱼生时，看到馋嘴的小女孩——我外婆在桌边仰头看着时，他就会夹一筷子蘸了料的鱼生，塞进这个馋嘴的小女孩嘴里。

"香！"小女孩成了外婆，对着小女孩的我炫耀着这穿越六十年的美味。

"比鹅肉香吗？"我只能想出鹅肉的美味，拿这美味跟鱼生比，不知道传说中那么香的鱼生，可有一比？

而外婆不屑一顾。说："鱼生那才叫好吃！选取大溪里的活鱼，厨师的刀花甚是了得，生的鱼片得那么薄，像竹篾一样薄。那些调料，非常多，非常香美。"

我百思不得其解，生的鱼能吃？而且那么鲜美？还有比卤鹅肉更美味的东西？这天无法聊下去，就像无法继续戏班"陈世美"没饭吃的问题一样。

而后来嫁入佃户的外婆，也需要有饭吃。

外婆成了竹器社的员工，编织竹器竹具。竹器社是一个很大的工厂，有很多的工种。镇里最大的需要是竹棚，家家屋前都搭了一个可以遮风避雨，而没有屋子的，就住竹棚。竹棚材料便宜简单，但容易坏，需要不时修补。竹棚仅仅是一项，竹器社还满足更多的竹器需要。竹器社虽然没有我奶奶那服装厂那么高大上，在厂里还穿象征服装厂的白衣服，其实能成为竹器社的员工同样让人生出自豪感——那是工人了呀！

每天在竹器社里，一帮社员都各自忙碌得很，他们热火朝天的干劲让人以为这个社会的建设全靠他们了。而工种细分，竹子的切割编织是一门手艺活。外婆挥动厚刀，熟练利落，刀锋一下子劈开竹子一头，顺势撕开一瓣，竹竿那头的社员配合默契，两人一劈一接，完成一道竹器的工序。

削开的竹子很锋利，比刀子还锋利，这些员工必须极其熟络，才避免误伤自己或他人。

竹器社做分工的竹棚，做很大件的竹具，这里没有篮子什么的，这些小器皿谁都会，只是不能参与建设，所以就当业余弄弄一些自己用，在这社员眼里，篮子竹筛等全是小打小闹的玩意。社员分工分明，每个人的分工仅仅是其中的小一环，离开了谁都无法完成一件完整的器具和工序，哪怕劈竹，也是两个人合作。外婆就是不会编织小件的竹器，让我很不以为然——外婆的那道工序显得原始粗糙。

家里的竹篮被老鼠咬破了，这倒是小菜一碟，难不倒外婆，扯来竹篾，插缝，合接，她很熟练地接缝好破洞。看多了我都蠢蠢欲试，可外婆知道竹篾的厉害，一下去可以切一块肉出来的，她不理会我的好奇。自顾自修补着那口挂厅上的老市篮，这篮子分两层，有个抽屉，各种食物装里面，挂在悬挂的铁钩上，防老鼠，又透气。家里的食物大多靠着这些竹篮子储存。

新竹篾的颜色在油光发亮的老竹篮上显得格格不入，但编织出的格子大小形状等分毫不差。竹篮又可以用上个十年八年。过年过节用的竹器可就多了，阁楼上堆满大大小小的篾筛、竹箩、畚箕、衫箕、米筛、簸箕、筐头、炊盖、甑笼等，家家都有的东西，虽说不值钱，但"宽时物紧时用"，一堆烂东西每年总需要抽调不少出来派上用场。

竹篾更是厝边头尾都有的，竹篾婶做竹具用的竹子都伸到我家门前了。

我老是缠着外婆编一个小蟋蟀笼给我，就像阿星手里拿的那种。这就让她有点为难了，我以为她无所不能，其实不仅工具不一样，连竹篾的品种都不一样，就像街头摆摊编竹蜻蜓竹屎壳郎一样，他们能编，外婆就编不了。那些小工艺用的青竹皮，惟妙惟肖，真的一样，吸引了整条街的孩童。

外婆自然不会给我买一个，大榕树下有时有卖的，又多又好看。外婆被我缠不过，她也就只能自己琢磨着编一个，哪里记住收口、留口，她边编织边琢磨着，这么小的笼子究竟难不倒竹器社的社员，她好歹也编出了一个装东西的小笼子对付我，乐得我屁颠屁颠地拿了就走。而外婆在后面还觉得哪里美中不足，想叫住我把笼子再弄一下。

外婆的手艺从哪儿来的，她就识字这点说得清楚，其他好像并无出处。"还用学？看就会！"她瞪了我一眼。

她懂得的技艺还不少，重头戏的做粿，她是无所不能的：从豆馅等原始材料的浸泡开始，各种内馅的工序，各种粿品的外皮，同样从浸泡糯米稻米开始，进入春米，道道程序皆是了然在胸，粿品的种类很多，外婆极尽她所能，满全了一个家庭的粿品。每到过年，我可以吹嘘我们家做了什么粿：红粿桃、鼠壳粿、菜头粿、薯粉粿……但鼠壳粿还有不同的内馅，三四种呢，有甜的乒乓粿、黑豆馅、双拼馅。外婆不用炫耀她的战果，看着邻里不时来取经讨教，自觉来我家观摩，甚至需要外婆亲自上门指点。

外婆自是信心满满，"看！笑了！"她掀开蒸笼盖，一股热烟升腾，蒸屉里一个个梭啰包裂开了口。最简单的梭啰包没有馅儿，就是红糖面，是每个节日都需要做的底色，别看它简单，这个火候也很重要，包子必须裂开四角如十字，这才是熟透，又好看，外婆谓之"笑"，这是个好兆头，过年的兆头。

而缝肚兜做针线的活儿好像是一个外婆必须会的——既然她已经是外婆了，就应该会。我理所当然地觉得，可我忘了她是有正儿八经的工作，每个月还可跟在她屁股后面领退休金。几块零几毛几分，我在她的红色塑料皮工资本里倒是先学会了数字，还有小数点，也学会了里面仅有的汉字，开启我鸿蒙的就是她的工资本。里面还有印章用红色印油盖出外婆的名字：林山茶。

外婆名字、这些分币的数字与我有关系，我的启蒙来得这样直接而自通。

因为那些一分两分的钢镚就是我的，是我屁颠屁颠成为外婆使唤丫头的犒劳。我会如影随形跟着她去竹器社领工资。

这样的驱动力让我积极地学会了看日历，我自动自觉地帮外婆翻看日历，掰算日子的距离，看看那个发工资的日子快到了没有。还需惦记抽屉里的印章，日子临到，我需要先帮她找出印章：一块黑色的长条形牛角章，印出一个方块形的名字。她的印章和工资本在我的脑海里，在咸酸柜子里面的第二个抽屉里，那个地方上面还盖着其他的东西，作为掩饰吧！重要的东西都需要打掩护。

牛角印章也是我的启蒙，那么美妙的操作，用力在印泥里蘸它的红色，沾满了。找张纸，印章用力一摁，纸上就是鲜红的字。外婆的名字在红色的四方圈里，我再辨认，左边拉长了笔画那个是"林"字，右边两个字上下叠一块是：山茶。

我这样盖着玩着，外婆领工资的日子就到了。

外婆走得慢，我只好不时停下来等着她。她好像不用那么着急，她怎么知道去了也要等上大半天。

去一趟竹器社便能领到工资那当然好，有时去了被告知工资还没到，什么时候可以拿呢？谁也不知道，可以过几天来看。我们自然是在竹器社坐着聊天，聊着聊着聊回家了。外婆有些惆怅，她兜里没钱我是知道的，而她每个月的后面总是日子拖沓，空空如的口袋连风都知道，日子只剩下风声了。

虽然带着失望回家，但我倒是不怕多走三几次。我乐得外婆又能去竹器社逛一圈，周围看看，打一声招呼，遇一些以前的人，那些我不认识的面孔，见到外婆会有各种惊喜的叫法和称谓。很多人

聊些家常，一天就过去了，反正每天都得过，我们只剩下盈余的时间，这样有些内容和盼望可充填，不至于无聊空寂。这样家里和竹器社来来回回，日子满是阳光和波浪。而阳光在竹棚上烁金，在那个工厂里飞舞，我自是充满好奇的向往。

每次进竹器社，外婆会不断斥责我不要往工场里去，那些竹子很危险。她眼睛不断地瞅我有没有往那里面跑。

我尚不懂那些竹器有什么危险，刚砍下来的大竹子横七竖八堆得老高，不知道堆在那里那些厚重的竹，滚下来是整批大山压顶。有待完成的竹器具，堆在那里，挂在那里，收工的场子里，我小心翼翼走着，突然一阵后脊背发凉，我赶紧跑了出来，踩到了地上滚筒般的青竹，摔了个四脚朝天。

外婆又带着我进竹器社，她好像更需要我，我觉得我是她的后盾，她需要我做拐杖，需要我跑去窗口看看。而进入竹器社，就像进入了她娘家，很多熟悉的面孔，很多过往的故事，就在见面中铺开了，她忙着跟她的工友们寒暄着。这个是以前的伙计，这个是老东家，这个是老家的长工……有些已经几年没见到了，身体还硬朗。这些前朝般的人和事，今朝说起来比歌册还冗长，外婆一站都能大半天不挪动位置。把我站傻了，又不断催促。

他们互相告别了，外婆回头告诉我，这个人还是在解放前干什么营生的，后来一致被编入竹器社。我回头看着那佝偻的背影，不敢相信他就曾经那样威风赫赫。

我的好奇劲又来了，我问外婆，有没有唱戏的也在竹器社里面。

外婆瞪了我一眼：哪没有？戏班散了，回各自的村庄后，成分好的，会点竹器手工的也被编入（竹器社）。

"现在，他（她）有没有在（竹器社）里面？"好奇心抓紧了我，我追着问，希望能在里面找出一个与众不同的陈四美或秦香莲，甚至能遇到威武的包拯包大人。

外婆瞧了瞧竹器社的大工场，我也踮着脚朝里看，工场到处堆满了长长的竹。带着青绿色的竹子，带着山风的味道，那些工人戴着麻布手套，正搬上搬下，忙碌在自己手里的重量里。

一排错落起伏的旧房子，还有遮盖着竹棚的黑压压的大工棚，堆着那么多的长竹，一根根粗壮肥大，拖着长长的尾巴，带着泥土的气息，带着山风，竹子的味道充斥着整个半露天的空间，人都隐藏在竹子和阴暗的竹棚里，竹子滚地的声音轰然炸起，比潮剧的锣鼓还喧响，爆开了一声叹息。

鱼铺的海

一

家汇街临街路都是开铺的店面，连带居家，潮州人都叫店铺，店和铺并无区别，"店铺"一词砸下来，顿生热腾腾的人气。

鱼铺，与其他店铺并无二致的门面，虽然铺面宽了点，放进这条街同样不显眼，但它以刺鼻鱼腥味肆虐地扩张着疆域，肆无忌惮地侵略着四周邻里。鱼铺与其他店铺不同的是，它没有居家那部分功能，因为它是公家的，店员每天上班开铺，鱼的咸腥味不怕呛到别人。

陈年久积的浓腥咸浊味，同时汇集了街坊邻居诸多个性化的尘间俗味，充满了强硬和蛮横的气势，横扫着前后左右的领地——它触角能抵达的地方就是它的领域。

毫无悬念，鱼铺卖鱼：卖新鲜的鱼，也卖腌制的咸鱼。需要特别提醒的是，鱼铺卖的全是海鱼。在我们这个沿海小镇上，居民心目中"鱼"的概念指的就是海鱼。淡水鱼类简直不算鱼，从来没有掺和在公家的鱼铺里面，我们说买鱼指的就是海货，这些淡水鱼直接就叫"草鱼""鲶鱼""鲫鱼""鲤鱼"，它们只有在"草鱼"这大户人家麾下露个脸而已。

溪河在大海面前黯然失色，淡水鱼在这里几乎不是人们吃的货，我们买它一般是给家里的猫吃的，不时有赚点小钱的后生仔在庵溪上打捞，奔腾的溪流有丰厚的馈赠，小半天就有不少虾啊鱼啊等河鲜，还有鳗鱼鳝鱼滑溜溜地蠢动着，这样的河鲜整桶卖，这边站在门口的阿姆阿姆会探过去看有什么好货，琢磨一下，不一会就有邻里买下，大的鱼可以留在餐桌，其他的都是给家里的猫啊狗啊吃的，除了草鱼，有时一桶鱼虾就为了那条草鱼的价格，因为这是人吃的，而且草鱼补血，一般产妇才能吃上，这样的意外毕竟是少数。

海鱼，还是大张旗鼓地铺张着这个镇的。

我说的这个老鱼铺，在我还没出生就存在了，它坐落在街头，从龟桥头落下来，手一指，一二三就到了。要如何描述这样一家鱼铺啊！它虽然门面算大的，一样灰头垢脸的门前。在这个镇上，它和猪肉铺都是一样大的铺面，公家开的嘛，面积大，敞开的铺着竹篾排的摊架，显得很豪放。可是它的竹棚低垂，特别是下午时分为了遮阳，像一个戴斗笠的人用斗笠盖住了半边脸。倒像是一个打鱼归来歇息的渔民。

每天都低调地晒着阳光。

而鱼铺的海产气味，翻滚了多少年的积习，却低调不了。这股发臭的深海浓缩的咸味像尖刀笔直地刺过来，嚣张地在店门口晃来晃去。

鱼铺只要门面敞开时，一天到晚都有人在店铺里忙活。私人摊位是趁每天的早上并且是一大早，另外就是下午三四点时分，渔船靠岸，专门卖早水货的私人摊位又登场来了——早水，即是一大早去捕捞，接近中午靠岸，倒转到小镇摊位就下午三四点了，这是基本的行程和时间。上午的货跟下午的货是两码事，也是两拨不同的人，这老鱼铺不用跟普通街坊一样抢生意，它不需那么早开张，太阳挂上树梢了，私人鱼贩已经卖光今天的生计了，老鱼铺才懒洋洋地拆开一扇扇门板，撑起竹棚，慢悠悠地开始一天的营生。

店员不用操心卖出多少，只需按部就班地开铺、关门。他们是领工资的，大家都知道，但不用像对待猪肉铺那么羡慕他们，猪肉铺一般早上开张，上午已经七七八八门可罗雀，店员也自顾喝茶。而鱼铺不一样，一天里他们是需要不停忙碌的，没顾客时他们要腌鱼腌螃蟹，要处理这些海货，海货存储只有一个方式：海盐腌。鱼铺大量的海盐，白花花的，腌过的没腌的，分辨不出来，它们颗粒粗糙，泛滥如溪边的沙粒。海盐能做任何事，店员们需要做很多与鱼与盐有关的事情，他们没得闲歇，忙碌时你问话他们都爱理不理的。

不忙碌时更不想搭理你。

单凭着这张扬肆虐的咸鱼味，就知道整天待在店里面也是不容易的。"入鲍鱼之肆，久闻而不知其臭"说的就是他们。行人路过，这股咸鱼味远远地就张开爪子向你抓来。不管开不开店，陈年久积的腥臭一直存在，关门也闭塞不了它从简陋门板缝隙里奔出来的气味。

店门关，不过是店员回家，反而把鱼铺全部不新鲜的气味甩给大街。

店面打开时，摊架上自然是堆了大量新鲜的海货：带鱼、巴浪、迪仔是最便宜的海产，它们是大海盈余的积压货，稍微一网下去，它们就可以把网挤破，虽然如此，还是需要鱼票，鱼票加钱，就可以在他们店里买。而带鱼，永远是咸的，它们不幸进入网里，上得渔船便接受这样的命运：咸鱼。除了盐腌制，它们没有别的选择。

每一条带鱼都需要挂起来，头尾都如带子卷起，勾在铁钩上。有更长的带鱼，身子便需再打个卷。

它们在铁钩上挂成了鱼店的标识。

各种海鲜在架上都是暂时的，它们必须当天卖出，它们都是当天卖出，它们是阿爷店的东西，不用担心，可以腌制的海产已经加了盐，不加盐的就是巴浪、迪仔、枪鱼等，这些抢手货，它们总是告罄。我们都称呼公家的店为阿爷店。他们的东西一般一早就卖光了，海产品这些东西上了岸很快便与自己过不去——臭了！稍微变质了便成了垃圾。谁也不会买变质的鱼，谁也不会卖变质的鱼。这不是废话，海边的人，鱼稍微不新鲜，便能一眼看出来，看不出来的就再看第二眼。而卖鱼的人更是如此，他们不会把坏了的鱼卖给人家。

简单得很，这样以后不好做人了。

小地方的局促也形成了其独有的优越，那么小的面积，你插上翅膀也没法子飞出的弹丸之地，以次充好或是让海鲜到达家里时不够新鲜，每个人都会杀回来，铲平你的摊，小镇上的人最讨厌这样的奸商。在小镇这个碗里每颗米都滚得差不多大，每个人都很自律，特别是做小买卖的，一个碗把所有的米搅拌得成了一种共同的质材，所有米饭都有了一种共同的气质。

鱼铺、小镇装了大海的理念，诚实而坦荡。

二

庵埠镇上分布的鱼铺，掰开手指可以数出一二三来，很简单。这条街走到尽头的街尾内关，就有更大的鱼铺，据说还是这几家鱼铺的总店，旁边延伸的好像有零落的摆摊点，不懂得是不是它们的子孙。我们一般不去那里买，我妈偶尔去了一趟，除非家里有什么喜庆事，或是哪个工友通了内部消息，我妈便跑去一趟，买了我们足以回味若干时日的鱼货。

爷爷和其他亲戚一般是在内关那里买鱼，有时回来聊起那边与龟桥头鱼铺的不同，这龟桥头鱼铺完全是一个顽固不化的老头，每天坐在那里晒太阳，你又不得不承认太阳和它的存在。

龟桥头那个公家的鱼铺老牛拖车般地把日子拉得绵长，而这家竹棚搭建的新鱼店，在溪边一溜卖东西的铺中显得很是随意。不知道爷爷怎么就在我家门对面这个鱼铺买鱼，龟桥头的鱼店嵌在鳞次栉比的街面中，有墙有正儿八经的门面，每天开门的鱼伯倨傲得都不瞧左邻右舍一眼，简陋的腥味四溢的四壁就是它的底气。

老头和所有店员从来不怎么搭理谁，爱买不买随便你。

我家对面这家鱼铺属后起之秀。竹棚搭架，后面开了一个小门，直接通向奔流不息的庵江溪，这样的构成是这一溜竹棚店铺的模式：后门一开，他们日常用水，小便时也在溪边解决，他们这一条临时铺面都没有厕所，补充一句，这么多店铺店员绝大多数是男性，一排蜿蜒的商铺除了偶尔一两个女性，她们会寻上对面街我们这边的人家，到我们这些已经混熟的邻居家借用厕所。鱼铺一天就像一台戏，开场、高潮、落幕。这鱼店也是公家的，我还不明白分店的意义，只是喜欢这每天一开张便填充了丰沛活力的鱼铺：年轻力壮大声笑谈吆喝卖鱼的后生仔，闪亮登场的海产和它们新鲜的腥味，这里没有腌渍的存货，每天店员都在卖完货物之后，后面打溪水，把店面所有盛放的筐和摊板清洗一番。每天都清洁整洗，那点鱼腥味很轻，让晚间黑灯瞎火路过时也知道这是间鱼店而已。

这排新搭建的街铺都是用竹棚竹排材料，四壁都是竹子的产物，每间相连的是很透气的竹篾板，这样毗连的店面需要彼此和睦协作。

他们会自觉约束着自己，就如这不争气的鱼腥味，周遭都谅解他们已经尽力了，隔壁可是卖包子的……这是一个延续着传统理念的小地方。

海产品来了随即倾倒在架起来的竹板架上。不出意外，还是巴浪鱼最多，迪仔鱼、赖哥鱼、红鱼……它们成堆成山，几乎垒得如人高。

买鱼的人早已蜂拥而至，每逢时期八节更是人山人海等着。

买鱼是体力活，拼的是力气和冲劲。

我不明白的是：这个温文尔雅的小镇居民，为什么到了买鱼买猪肉时即变成强悍的渔民？他们必须拼着命往前冲、往前挤。神奇的是这么多年挤过来即使挤扁了也不会挤死人，那么多人在挤在压，倒是从没发生过践踏事件。买猪肉时我们得起个大早，天没亮时就起来排队，家里人轮番上阵排队。即使排在前面，也撑不住店门打

开时后面人群的猛力拥挤，一下子就没有队伍了，只有黑压压的人在往前、往前，完全是要把台面推倒的架势。

溪边这个鱼店倒好，远没有猪肉店那么严重，不用那么早预先排队，仅仅是鱼来了时挤着买。人山人海，爷爷已在人群里冲锋陷阵，我拿着竹篮紧紧随在后面，准确说，是紧盯着爷爷的背影，随时迎合他的吩咐。爷爷人高马大，在我的诸多文字清理中，我发现爷爷的身影突兀清晰，泥沙均被冲洗掉，剩下他的个头屹然挺立在我前面，让我可以好好描摹他。爷爷在任何地方的人群中里都是鹤立鸡群，现在他就挤在黑压压的人头中，他的个头完全高过普通人群的半个头，我很容易在人堆的背影上盯住他。

盯住了，我却是无法挤进去，爷爷只能顾前无法顾后，有一会儿他用手拉住我，让我保留在他屁股后面的位置，可这样的努力一下子就白费了，人群一下把我冲开。我差点被踩在脚底下，每次都是好心人把我拉了起来，我是被顶在那些汗渍的身子缝中，脚不着地。眼看都透不过气了，我哭将起来。我的哭声夹杂在嘈杂的叫声中。

幸亏后面又有手把我拉了出来，把我放地上。

当前面的爷爷转过头的那一刻，我知道他在喊我，让我递过篮子，我努力冲却依然无法把自己塞进人群里，人堆里又有手帮我把篮子接住，高举过头顶并往前传递，三几下就把篮子递到了我爷爷高举着的手里。

我如释重负，前面情形我已经看不到了，我可以脱离这堆如年糕的人群。爷爷不一会就举着一篮鱼转过身，努力挤出来。我知道他成功了，人群倒是很快帮他挪个小缝隙走人，随即继续顶上去、继续挤。

挤出人群的爷爷身上的衣服也撕裂了，本来买鱼前他已经做好准备，把外衣脱了让我拿着，他只穿背心，现在贴身的白色背心在挤的过程裂了几处，一大截挂在身上晃荡着。

虽然狼狈不堪，可买到了鱼的爷爷雄赳赳气昂昂，一副胜利的喜悦。

一篮子巴浪鱼闪烁着蓝光，它们从深海来到这街上接受槐树上洒落的阳光，总共不过几小时。它们就这样原生状态：赤条条带着一身湿漉漉的海水，奔赴我们的餐桌。满大海泛滥的巴浪鱼，我们依然对它无比热爱，它像极了我们如蝼蚁的众生，像极了摊档前黑压压拥堵的人群。只不过它们在食物链的下端，它们成了我们的食物，填补了我们的口腹。

只是，当又一次买鱼时，却看得爷爷挤到一半，就折回来钻出人堆。他出来时，脸色铁青，又一阵发白，人高马大的爷爷本来已经挤在前头了，我的眼睛依然紧盯着他，希望他回头喊我，我就递上高举的篮子。

谁知道这次他很快地转身出来，没有叫我拿篮子。他朝那些诧异的脸孔丢下话："钱不见了！"好几个围观的跟了出来。

"钱被偷了！"爷爷眼睛四下巡视。他掩饰不了神色的慌张："三十元钱！"

一堆人围过来，看着我爷爷，有的开始关切询问。

"我感到后裤袋有手插进来，我的手马上往后面一按，谁知道，钱已经没了！"

爷爷的声音有点颤抖。他喘着气，眼睛突兀，心脏的猛烈跳动在他的声音里听出来了。

我悲哀地看着他。我们的鱼没了，爷爷的所有钱都没了，爷爷怎么办？

我们这边分流了好多人，大家知道爷爷丢了三十元钱。三十元钱，有的闭了嘴，有的张大嘴巴，有的回转，向周围张望，希冀瞅出人群中扒贼的脸。可是，买鱼的人还在继续挤，那些零散站在四周的，依然无所事事看着热闹，现在每个人更关心的是我爷爷这个事，他们陆续过来打听刚才发生的情节和细节。

没有哪个人有可疑的痕迹，偷了钱的人早就溜了。偷钱的人像沙子撒在米堆里，一直钻在人群里用力挤，假装买鱼。之前也有人被偷了钱，曾经有个大男人钻出人群后，蹲在地上，好久才大哭起来，他把一家人眼巴巴等待买鱼的钱弄丢了。钱不会藏丢的，大伙的钱都攥在手里，谁也没有闲得慌的钱放身上，好不容易打个牙祭，这钱是攒多久才攒出来的，每个买鱼的人都是一手攥着钱，一手拿着装鱼的篮子篓子。

爷爷突然就暴露了他的巨款，这么多的钱他竟然放在后裤袋里。爷爷是把家底都带在身上吧？！

三十元钱，那不止我父亲一个月的工资。认识的、不认识的人，都站在那里看着我爷爷，也看着周围地上，希望地上有意外。

一次买鱼要用的钱，几毛几分，一块两块，大家手里攥着都是一堆零零碎碎的毛票分票，买多几斤不外乎以"元"为单位。我还不懂斤两，但知道几块钱就能耗尽我们家的所有积蓄。我爸为了把那二十多块钱的工资支撑到月底，每一笔开支都是精细到分。即便这样家里依然捉襟见肘，父母亲每每为突然嵌入的开支愁苦着，比如我生病，比如某个至亲来送喜糖，这些都是预算之外。

爷爷后悔不迭："大意了！"钱放后裤袋里最容易被扒手偷走的。而且，爷爷也不能把这么多钱都放身上啊！手里抓一张十元的大团结已经够张扬的。而把钱放裤袋，爷爷是有防备的，爷爷毕竟走南闯北的，他得随时提防扒手，在这方面还是很敏锐的。

"我刚感觉到屁股后面有手在动，马上反手一按，裤袋的钱已经没了。"爷爷特别留意这个细节，他又喘着气说。大家只有眼巴巴看着他，也望着天，大伙心情复杂。我相信这些人没有一个藏这么多钱的。

未来的日子，爷爷应该好久没法子买东西。爷爷丢钱的事把鱼店的热闹气氛给冲走了，他们的鱼大概也卖得七七八八，我从我家往对面望去，鱼铺露出半截摊位，凌乱的鱼还是闪烁着海水的光亮，它们剩下不多。可已经跟我们没关系了，爷爷不仅今天没法买鱼，相当长的时间也别奢望买啥了。我不懂得"失望"这个词，只知道爷爷心情不好，我比他更难受。

坏情绪一下熏染了周围，外婆不吭声，也跟着看着对面的鱼店，有邻居远远站着，朝我们这边看着。我想哭，知道不能哭，一哭爷爷心情会更糟。这么一笔钱也把我打垮了，我给爷爷送饭，他会给我两分钱三分钱甚至五分钱。

他再掏两分钱给我时，我把手缩到背后，不肯拿，我知道爷爷没钱了。我不说话，可我心里明白得很。爷爷开口了，还是命令的口气，不过软了很多："来！拿着！"

我终于伸手拿了，不拂逆爷爷。

爷爷又不开口了，我知道他的心还堵得厉害。三十元钱得多久才能填补，填补得了也填补不了心里的疼，爷爷是个硬朗的人，这个数字的损失在日子的流淌中也终究抹平了，时间真是个丰富的菜篮，把所有心疼的事儿都夯实在里头。

我家对面的鱼铺依然人流如潮。每次海货上摊架时，都聚集了镇里的人。被新鲜海产吸引来的不一定买鱼，他们不买鱼也不用挤，只是站着、看着，遇到熟稔的顺便聊几句，不怕闻鱼腥味和人群身上的汗臭，反正闲着也是闲着，满足不了肚子，也可满足眼睛。竹排摊架上肥美的巴浪、赖哥鱼，它们来自富足的大海，围观的人在心里面琢磨着，或许往后哪个日子就可以出手买回家了，有鱼票，还需要有钱。没有鱼票时，也可以用钱买人家的鱼票。

我们数着家里的鱼票份额，更要挤出那买鱼的钱。所幸的是，鱼还是不时能吃到。每次外婆和父母亲他们商量的时候，逃不过我的眼睛和耳朵，我每天盯着对面鱼店，知道我们家也会买的，只是时间的嵌入点。

我们吃着巴浪鱼，巴浪鱼的美味毋庸置疑，它梭子形的身体圆圆厚厚，都是肉，没有骨刺，鱼肉有纤维质感，容易吃。每个孩子的盘子一般只能分到一条鱼的三分之一，宽裕的时候或者是遇到比较小的鱼，才分到半条。家里的烹饪居多是姜葱煮豆瓣酱，葱可以下很多，这竟然成了我一辈子的味觉。

另外一种做法就是鱼饭。

潮汕盛产鱼。上岸的鱼放竹筛子，层层码上去，可以叠上十多层。一个个竹筛用挂钩吊着，放进滚烫盐水的铁缸里，下面继续火候，不一会捞出来，沥干水分，等凉了干了就上街卖了。那些熟了的鱼实实压在竹筛里，买的时候小心翼翼地一条条揭出来。

必须承认，不管怎样的烹饪工夫，家里是做不成摊上卖的鱼饭那样的硬爽。做鱼饭必须有很多生鲜鱼的量，用生柴火烧大铁缸的做法，拿捏好火候和时间，做法很简单，但这样做出来的鱼饭才是上品。

家里买到很多巴浪鱼时，就能做鱼饭了。我们嘴里巴嚼巴嚼着，脑子把它跟鱼摊上的鱼饭比较着，冰凉的咸味十足的鱼饭总是有很明显的辨识度。

在潮汕做鱼饭很简单，保留鱼在海上的原生态而已。卖鱼饭的鱼摊可以把几十竹筛叠得老高，一般都是当天告罄。跟鱼店一样，他们一个生的一个熟的，河水不犯井水，不要以为卖鱼饭的是在这鱼铺买的鲜鱼，他们跟鱼店同样的来源，都是直接从海边上靠岸的渔民拿的货。

有时老鱼铺也自己也做鱼饭，某些特别小的鱼虾，他们直接就给处理了，省得卖。这样的鱼饭也是生猛，在这里不是因为卖不出才做的。

在垂涎欲滴的我们这里，那是我们食物层的顶端：从生的变成熟的，从浓烈的鱼腥到香喷喷的鱼香。

从小镇蜿蜒出去不远就是海域滩涂了，虽然不算远，可地域完全不同了，渔民便是出海，农民便是耕田。我奶奶就是从大海那边的海岛来的，每每诉说着她在海岛没饭吃的情景。

"就只能吃鱼！唉！巴浪鱼那是一堆一堆地吃，人吃，猪也吃。没番薯嘛！一堆鱼用整个大鼎焖熟了，拿一个竹箕装了，就是扫垃圾那种大竹箕。一大堆，坐在门口，这样吃着。有时是薄壳，开水烫一下捞起来就熟了，整筐这样吃饱！"

奶奶停顿了一下："整天吃这个！吃得好艰难！"有时拿鱼换番薯，改善一下生活。

但并不是每次都有，海边的人都一样地生活。鱼满大海都随你捞，即使不上船，凭着退潮背着背篓，可以捡好些海产。跳跳鱼、澎蜞、螃蟹、扇贝、虾、海龟……海边人可不稀罕吃这些了，填饱肚子的是谷类，他们渴望米饭，渴望肉类，甚至薯类。

相隔几番山垄，我们的生活便截然不一样的景况。

我又看着鱼铺，在我端着番薯粥的当儿，我又闻到那股鱼腥味，硬朗的生气呛得我有点要呕吐。吃不下粥，这么稀的粥，番薯不过是想在粥里鱼目混珠，欺骗一下我们的肚子，我晓得家里每个月的米总是不够填饱肚子，番薯是不要钱的，单吃番薯已经腻了，所以让它们在粥里混日子。那个鱼铺每天都是人流如涌，但他们在我奶奶口述里那个渔村的鱼面前突然就瘪了去，我甚至觉得鱼铺他们假装神气，每天依然闹哄哄。我只是希望我们能吃到鱼，最便宜的巴浪便能让我心满意足。

只是从我家到对面鱼铺，虽是十几步却是漫漫长路，父母亲的工资抵消每月开销，要把毛巾拧出水来，得走好久的时间。

我的心和肚腹挂念着大海。

三

在阳江，久违的海腥味猝不及防袭击了我，投入这个地域，一下子沉入各种腌鱼、干鲜和虾酱特有的味觉海洋里。

想起家里那罐前年买来的虾酱一直没有开，放在柜子底下歇了好久，我对同行者分给我的虾酱不知如何推托，不想拂逆好意，拿回家再说。

虾酱用大塑料饮料瓶子装，我回家随即用玻璃罐分装，忙碌着将虾酱倒出、重装。

大塑料瓶一打开，一股浑厚的味道冲天而出，活生生像一个从大海归来的渔民。这股咸虾子酱的海腥味把我骨子里的那只猫给召唤了出来。我发现我一下子回到家乡的鱼铺，那些倾倒在竹篾架上的海鲜排山倒海。

确实是不一样的虾酱！一旁被这股腥味熏到了的女儿也不由得赞叹起来："这应该是我们那里的虾醢！"

虾醢这叫法一下子拖出若干血液里的腥风骤雨，墨鱼醢、鱼醢、蚝醢……这么多鲜美的腌制海鲜，我移居广州就再难寻觅到它们的踪影。

那些流淌的虾酱，黏稠浓烈，用"酱"来表述不是那么准确，它们像粥，潮汕黏稠的粥，小虾子的个头清楚地呈现在酱里，特别是虾子两点黑色的眼睛，密密麻麻地挤满了罐子，看起来让人顿生密集恐怖症。若干年来消失了的名词和那些对应的物品，突然似多年老友返回，我对海货热烈的情感又被点燃。

这虾酱用的是刚打捞上来的小虾子。大海可以翻开各层面的海产，小虾小蟹都是海边人看不上眼的，连运输都嫌费力气。而这些最便宜的东西恰可以做成腌制品，加工食品。我们说的加工食品，不外乎像鱼饭一样焖熟。虾子也是一样的做法，简单简便，放的竹筛跟鱼饭一模一样，虾子最底层垫了竹叶，不会让鱼子漏出来，也是层层铺了海盐，然后放进滚烫的大鼎"捞"过。

饶鱼饭、鱿鱼饭、甘鱼饭、虾子饭、红肉米饭……那些如米饭形式的海产，令我们的生活也富有层次。

红肉米是一种贝壳的肉，这贝壳就那么小，捞上了都是一堆堆像沙粒一样，这个从来没有卖生的，或许鱼店嫌弃它小，也太烦人了。这么些成批量的东西就是加工者廉价的原材料。煮熟的红肉去掉壳，直接打捞出肉，那肉一点点真像米粒那么大。

虾仔饭这个叫法也是我们给予它的，它们不配正儿八经的名词，大伙爱怎么叫就怎么叫。我喜欢虾子饭，外婆买的时候是用竹壳盛的，跟红肉米一样，竹壳很轻完全可以不计重量，竹壳真是好东西，掰开来呈现的弧度有点像个瓢子，刚好装这些如米饭一样东西。卖这类熟海产的摊贩都会备一堆，也是放竹筛里，一堆东西都是凌晨起来弄好的，赶早就到了摊位。

熟海产品那才叫香，用竹壳盛了的那些虾子饭、红肉米，一竹壳虾子白花花的，扒开，里面会冒出小螃蟹、形态各异的小鱼，这些在大海中误入异族的螃蟹小鱼是我们辨认的标本。甚至有颜色深红的濑尿虾，有黄褐色的狗姆鱼，它们都是小小的。这些熟的小虾小贝肉很便宜，是我们不时可以打的牙祭，它们的鲜美一直留着我的齿缝，潜伏着，等到同类族群吹起它们的号角，随即窜出时间的跑道出来接应。

阳江的海风把久藏的味蕾又给勾引出来。

我臣服在这喂养过我的海味之下，一个人的口味永远是十五岁前的食物，它们构成了身体的血液。卖海产的店满大街比比皆是，琳琅满目，各种海产干货包装精美，印刷漂亮。商业化的商品反倒吸引不了我，我没有在这些店铺停下脚步。

外来者无法看到海产品的新鲜状态，除了海鲜市场。但即便是新鲜的海产，它们被禁锢在真空包装里，已经失去了初始化的原生态形貌。

很多朋友诧异地回应我：只有真空包装才能保留原生态的啊！

可是我想说的是：越是添加人类科技时代的包装和加工，与大海的隔阂越大。这是我的理想主义吧，我知道自己的想法很不切合实际。现在若不进行加氧加压等方式，哪能保存保管运输？何况现在的渔业已经进化到科技养殖的时代，原始的捕捞远远无法满足现今的需要。

我们来到友人的渔业养殖场，我以为就能看到活蹦乱跳的鱼。谁知来了才晓得，他们这养殖场仅仅是渔业的一个环节，仅仅哺化石斑鱼等几类鱼的鱼子，哺育成小鱼苗后流通到另外的养殖场，那些养殖场把鱼喂养大又再流通另外的渠道。

这个养殖场离大海才一堤之隔，我们站在办公楼上就能看到大海浪涛一阵阵拍打着礁石。

看着这个养殖场，我知道我们吃的鱼已经跟大海隔膜甚深，我们与大海只能隔岸观望。就像那些鱼店，卖海产的海鲜店就隔三岔五嵌在很多大排档之间，那些海鲜店虽然也有淡淡的鱼腥飘出，可鱼族和海鲜们极其节制地待在人类给它们配备的现代化设备里。

这些配备精良的生鲜店，有密封冰库。店里开放成陈列室般，有给顾客示范的玻璃水族箱，塑料管穿插其间，输氧输水，气泡和水流翻腾着，营造着热火朝天的气氛。

各种类型的鱼和贝类被养在水族箱里。一个个玻璃水箱配备齐全：氧气和水流正源源不断地循环，有顾客点上的鱼正被店员用网兜从水里捞起，鱼在网兜里翻跃，是挣扎，更像是向顾客显示它活着的状态。

每个水箱都是不同类型的鱼：石斑鱼、多宝鱼、黄花鱼、马头鱼、海鳗、沙尖鱼、海鲶鱼、马友鱼……它们呈现着大海赋予它们的原始色彩和斑纹，黑的蓝的，鲜艳的红鱼，名字没变。只是颜色更加深艳了，像是配合灯光有意而为。

大海已经被人类驯服了，鱼类和贝壳们正乖乖地被囚禁于每一个格子里，它们赖以活着的氧气和咸水可以被人类制造，给它们临时的需要，这需要是配合人类的欲望，它们必须是活着的情形，才能以标签的价格出售。

自海产随着科技步入水产养殖之后，白枪、黄枪、马鲛鱼、多宝鱼和石斑鱼这类鱼我极少买，但我会买剥皮鱼，剥皮鱼是人工无法养活，且价格很便宜，人们懒得养殖它。现在随着科技进步，它们赖以存活的苛刻需求在人类这里都可以被制造出来，可以取代大海存活的一切条件。

水族箱很局促，玻璃壁上五颜六色的彩绘让一切显得很魔幻，几个象拔蚌正伸出长长的舌头试探着外界，人类的阴谋你永远不懂，象拔蚌们不知道距离烹饪只有顾客的一念，它越是蠢蠢欲动，越是被认为活泼可餐。养在水箱，它们存活的时间也是有限，既然来到了鱼店，等候的便是成为食物的时刻。只是这样的"养"更具有欺骗性，来自养殖场的环境同样让我感到鱼类的不舒服，"子非鱼，焉知鱼之不乐？"在养殖场看到的人工池，"白大褂"们配置好多少分比的海水、饲料，除此之外就是规整四壁，没有海藻没有泥沙海贝的生态，每条鱼都在空无一物的养殖场生长，长到一定斤两就可以被收购。

这样的人工池塘无异于鱼的监狱。

鱼铺就是鱼一生的目的地。水族箱与养殖场的水池并没有质的区别。水族箱伪装得花哨，视觉效果魔幻，让鱼们以为在大海吗？它们压根儿就没见过大海。

这些水族箱里的鱼离开大海已经多少代了，从鱼卵开始便是人类参与哺育、生长，它们没有鱼母亲，人类才是它们的缔造者。它们不再眺望着大海，一捧养活它们的水，让它们能在这世上苟且生存而已，大海远离了它们的记忆。

它们不知道自己仅仅是人类工业化生产的产品，人类把它们喂养，就是要成为食物。它们不知大海，不知道生命的抵达，它们奔赴的是餐桌，仅此而已。大海太遥远，与鱼儿无关，不在鱼们的记忆里。

这是我们生产的食物，我们自己编辑出来的产物。

龙利、海参、海虹、海瓜子、花蚶、牡蛎、花螺、辣螺、墨鱼、乌贼，冰鲜架上同时也罗列着海洋的诸多儿孙，这些也是养殖的，冰鲜更方便易存，也不占地方。它们琳琅满目，在鱼店里构成丰富多彩的烟火，灿烂，与商场的霓虹灯辉映。

我想着我们镇的鱼铺，那叫鱼铺的地方，它装了一角大海，和它的生命。

依然铜镜

一

在收藏家琳琅满目的古瓷器里，观音尊、日月罐、凤尾瓶、卧足碗，高矮大小起伏，指挥着我的视线起起落落。眼睛到心里不断转换着，是谓欣赏，这是眼睛的盛宴。

钧窑天青釉和一众窑变的明丽器具中，一面铜镜的古旧颜色衬垫在里面，我的手绕开那些收藏家引以自豪的汝窑钧窑，小心翼翼地把躺在瓷器后面的铜镜搬出来。两手捧着，沉甸甸的，正面端详着，又翻过背面，有刻写的小篆在圆心的正中间。收藏家转过头来，斜睨着这面镜子，丢给我一句："嗯……这个是宋的。"

我大喜，手里的铜镜也跟着颤动着，我叫道："陈三磨的铜镜应该就是你收藏的这种镜子。"同行的画家们甩来远去的笑声，我们此次来收藏家郑生这里做客，是专门参观他收藏的古瓷器，私人的藏品方便一饱眼福。以收藏瓷器著称的他值得称道的瓷器正在他手里把玩着，他滔滔不绝地介绍着每一件经手的宝贝，我神思突然指向这面铜镜实在有点突兀。大家发现我跑偏之后也不管我了，他们继续跟随郑先生穿行下一间藏馆。

我看着手里的铜镜，音量加大，却没追上他们的后影："书生陈三也是宋代的啊！"我与密集而空荡的展室对话，遗下一厅瓷器和这个铜镜。

我还没看懂镜上铭文，需要好好辨认。虽然铜面很光亮，但照出来的感觉自然与我的期待相差甚远。想来潮剧的细节很具有生活化，"磨镜"在我们的时代已经消失，可是，磨刀、磨胶刀（剪刀）、等行业在我小时候还是存在着，有的农村旮旯至今还有，只是已经是凤毛麟角了。

玻璃镜子入世之后，铜镜便完成了它的历史使命。而已成藏品的铜镜，却映出一个曾经的时代和情景。铜镜需要隔三岔五地打磨，所以才滋生了磨镜的行业，就像刀子一样，它们也是家里必备之物，只是铜镜比较小资了些，平民百姓不一定拥有。

陈三虽然是书生，在其时是令人敬重的文人，在封建礼教禁锢的时代，却也只有借助磨镜这个低微的行当和手艺，才能潜入富得流油的黄府，才能看到心心念念的意中人。

二

不由你想不想听，潮剧的喧嚣准确地嵌入我童年的生活。那是其时城乡现代化唯一的配置：播音，也叫广播。

播音一响，睡觉着的耳朵也必须灌进它嘈杂的音质。我不得不接受来自地方剧种"潮剧"反复的灌溉：拖沓的唱腔和花旦老生青衣的一众出场。可以叫不出外婆家的兄弟姐妹的族称，但能准确地说出《蓝关雪》韩愈和韩湘子的对应关系，金昌和金花兄妹和嫂子发生的各种故事。《荔镜记》里五娘和益春的琐碎日常我都能细说。

潮剧《荔镜记》从我待在母亲肚子里便需听着它们"叮叮咚咚"地敲打出婉转曲折的人生故事。我的耳朵从懂事起便让陈三的小生唱腔骚扰着，一直绕到我中年的评论文字中——人生的转变也是如此的戏剧性，我们很容易走到自己的对立面去：从别无选择地接受，到自己主动找戏曲剧目来听、来欣赏，越发品味到其中的无穷奥妙。

"砰"的一声，珍贵的古铜镜落地，这是黄府的传家宝，价值连城，古董这东西与米价不一样，它有主观的数字，虚高虚胖。赔？恁是一个普通百姓都无法承受的一笔钱，何况是这么一个承载着诸多历史文化功能的铜镜，在商人黄员外嘴里，它是一个宝藏。这个书生，在"富过员外"的商人那里的这面铜镜，完全可以抓去官府，可以入刑。

失手的陈三惊慌失措——潮剧里的著名潮汕锣鼓鼓点凌乱急促，三弦琵琶加紧地"催"，绕出破碎的铜镜和陈三惊慌无助的心境。音乐在舞台是如此重要，特别是只有听觉的广播，凭着弦乐和打击乐器，愣是要把各种情节和物品表现出来，想想真是一门高超的艺术。黄府这面铜镜掷地"哐当"的一声，让陈三以三年为奴的时间作为代价，自此进入黄府，进入为情而被奴役的漫漫人生路。

在我的画展开幕后的茶聊中，画家黄亦生又滔滔不绝讲述着他引以自豪的故乡：泉州。末了他不忘补充上故乡标志式的历史人物，也是我们舞台上的戏剧人物：

"泉州啊，就是陈三的故乡，那个故意把铜镜摔地上的书生陈三。他太聪明了，只有这样摔破铜镜，才能进入黄府做奴仆，才能与五娘见面。"

"哐当"一响，明朝那面铜镜摔在地上响亮的回声，重重撞击在我的心中。潮州城的黄府悄无声息，寂静如对岸的笔架山，没有三弦琵琶筝的伴奏，没有铜鼓的急锥，《荔镜记》退成了一幕陈旧暗哑的背景。

故意啊？一个谎言，当我走过了年少无知，走过了青春梦幻，在这波澜不惊的不惑中年，此刻这面铜镜却在我面前摔得粉碎，那戏剧背后的真相：陈三是故意失手摔碎铜镜的？！

潮剧《荔镜记》第一幕。锣鼓喧天，敲打出喜气洋洋的热闹潮州城，潮州府城刚过完大年，紧锣密鼓地推向热闹高潮的元宵节：元宵好花灯，灯下看佳人。

"潮州八景好风流，十八梭船二四舟……"

> 街上游人如潮涌，对对鱼灯游龙转。一年一度元宵夜，敲锣打鼓闹春蕾。出闺门，喜不尽，眼前景物尽清新。大街上红男绿女多欢乐……

我喜欢这样的潮剧，舞台美术极尽奢华，音乐调动了所有乐器，比起《秦香莲》《井边会》《十五贯》有趣多了，没有人强迫孩子们去看戏，相反，为了能蹭在大人身边看戏，孩子们得争个哭天动地。但是，凡去得戏院，就必须为这些无聊冗长的唱腔和寂寞的戏台强打精神。只有《荔镜记》不同，一开场，鼓乐齐鸣，各式戏服的红男绿女粉墨登场。跑龙套的几乎在此时全部走过场，剧组有多少人基本在此刻可以数个究竟。我能认出那些跑龙套的人等会又换身什么衣服变成另外的角色出来，那些走过舞台的脸孔被我印证出来，是小孩子们看戏的意外收获，成人的世界丝毫不能体会这种发现带来的快乐。

潮州城，那个烟雨蒙蒙的潮州府，就在并不遥远的北面，既然叫"城"，就有城墙的，断壁残垣，有些是明朝留下来的。我在潮州城边读书时，黄府的繁华也只有在戏曲里，与我一样，看着城里的烟雨潮州。

"去趟潮州城，三日哙不行。"意思是乡下人去一趟潮州，回来讲了三天三夜都讲不完。

潮州城还有好多讲不完的故事，比如陈三，比如五娘。

潮州城是粤东城乡老百姓羡慕的地方，在明朝时经济、文化都很繁荣，可是黄五娘却跟随陈三从潮州城私奔，去陈三的家乡福建泉州，跟他们一块走的还有益春。那个漂亮的丫鬟益春，忠心耿耿的丫头啊，贴心贴肺，当牛做马跟随阿娘（潮剧里称女主人为阿娘，可不管结婚没），为阿娘传书，五娘与陈三定情的那对红彤彤的荔枝，便是益春在楼上代五娘往地上抛掷的，为什么这事还要益春代为呢？玉指不沾阳春雪，作为小姐什么事情都是需要躲在背后的。

可是，知书识礼的小姐，书看得多心眼也多了。五娘怀疑丫鬟益春跟陈三也有私情，于是趁着私奔的路上"掉链子"，半夜里就把益春给抛弃了。

陈三和益春真的有私情吗？

"哪没有？！益春还腆着大肚子！怀着陈三的孩子。"捧着潮州歌册的外婆和一帮老太太都笃定：益春有陈三孩子了，这是歌册里唱词有写到的。

不是歌册的哭叫声却在我们学校里。

"我哪知道他随即就搞了这个不要脸的女人，我们刚结婚一年，我就发现了。"跟自己丈夫外面的女人吵完架到达学校的杨老师大哭起来，一抵达就瘫坐在椅子上，哭天抢地。

她在上班途中路过那个女人门口，那个丈夫养着的女人，竟然"仗势欺人"，站在街上拦住了她，两个人在街上打了一架。

杨老师鼻青脸肿的，哭啼啼到了学校。以前的她，也是每天哭肿了眼睛，因为跟男朋友（现在的丈夫）的恋情，与父母僵持，杨老师是非他不嫁，这么跟父母奋争就是十一年！

"十一年哪！"她嚅嗫着，"我到现在都跟父亲没来往，就是因为嫁给他，父母都不认我了。"

　　有情人终成眷属了。隔年生了孩子，同时也发现丈夫在外面有了一个女人。一面铜镜翻过来，她又开始一波新的抗争⋯⋯

　　同事们听着叹息，不断摇着头，大家看着她，看着她不久前的哭闹，现在的哭闹⋯⋯当世界反转时，戏剧该如何敲响锣鼓，该如何让三弦琵琶筝弹拨出疾骤的风雨？不是身后族人的追捕，而是中途的背叛。我们不懂爱情，不懂人间的仁义，当我们懂了，人间依然日升日落，风声雨声蛙声，我们能让一声鸟鸣停止吗？

　　无法停止的是五娘的脚步，和身边益春、陈三又一轮风起云涌的故事，每一页故事翻过，又是一场貌合神离、刀兵相见的故事。

　　私奔，私奔途中，需要一个出局：丫鬟被遗弃。

　　益春的命运如此悲凉，我无法原谅那被陈三背叛的黄碧琚——五娘。潮剧中那个演益春的演员非常漂亮，比演五娘的演员漂亮多了。多年后，我知道那个主角五娘是著名的潮剧演员姚璇秋，我竟然在三十多年后向她约稿，她回忆潮剧生涯的文字中，我努力寻找《荔镜记》中黄府里五娘的身影。而那个漂亮的益春我至今不知道演员的名字，她不是主角，可是，我们人生最初的认知却是如此器重她。时过境迁，我们的爱和恨改变了。

　　时间若有记忆，我们是否该痛骂陈三呢？

　　我不曾遗忘益春，那一段故乡和童年的记忆中，我们只有戏里一根筋，别无他念，我惦记着在黄府当婢女的姿娘仔益春，一个青春女子孤苦伶仃在他乡，或是说荒郊，她怎么活呢？

　　我缠绕了多少年的结，总需要解开，不然，人生路上的善良如何渡过桥，如何翻越山和水？

　　我非要让益春有个归属，我这样缠个没完没了，即便是歌册说辞，也无法让我相信命运可以那般安排，我非要这帮老太婆们给整出个子丑寅卯来。外婆一辈子走不出一个小镇的见识，不代表她可以继续相信这样模棱两可、活着说没让人满意的结局，戏曲，在于可以不断改编。

"益春啊？她最后还是有个好的归宿。"

外婆终于言之凿凿说，益春在荒野中，遇到了一个出来打猎的猎户，猎户收留了她，把她带回家，想想益春这么漂亮的女孩子，哪愁人家不要他？最后成猎户的老婆，过着人间烟火日子了。

外婆这样给益春安排的结局基本令我满意。虽然她每次的回答几乎都不相同，估计她自己都忘了上次说的，有时她说益春来到一个村子里，村里人可怜她，给她找了个婆家；有时又是农夫带回家了。反正她生活幸福。

当然，每次我都不忘提醒外婆，上次的说法是什么样的，然后与外婆一同把不那么满意的结局修改得更妥帖安心些。每个卑微的人，比如益春，应该有归宿：益春有了自己的家，他们男耕女织，或是男打猎女打理家务。

这样的人间烟火便不再有故事了，寻常的日子也就没有进入戏曲里了。

人间依然有吵架，吵架是每个家庭和每个凡人都必需的，就像杨老师，那么超凡脱俗，却一下子就跌入市井的谷底。杨老师嘛，谁都认识，那个敢跟家里顶撞、非某个男人不嫁的女子，惊天动地的爱情一转就落入了俗套。

杨老师每天都路过那个女人的门口，不知是那女人找她吵还是她找那个女人吵。这几乎成为一种街景，吵架容易吸引无所事事的街坊，而为了一个男人吵架，更是一场值得期待的市井八卦。

杨老师身边的女儿也跟着哭哭啼啼，每天母女俩就像从一个罗网又走向另一个罗网，每次来到学校办公室，坐下便涕泪俱下，痛说革命家史：我们十一年的恋爱啊！冲破层层阻碍，才走进婚姻的。谁知道婚后这个他又跟这个女人勾搭上了……杨老师怎么也想不通,拐不过这个弯。当然,哪个女人都接受不了,只是这个转折也太过戏剧化了。作为只有旁听分儿的小女孩,我愣是不明白,分水岭就是结婚。改变人的也是婚姻。

女人的人生只分"婚前"和"婚后"。婚前一切都是天蓝蓝水清清,婚后便山河巨变。大家跟着安慰,跟着叹息,一块编织着一个道德的罗网:世俗的观念和该接受的谴责。杨老师最后怎么样,好像不需要交代后面的故事,人不是一直生活着,悲欢离合,然后就奔向尘土去了?

戏曲里,每个故事、每个人物的结尾应该给个很好的安排,满足我们人间的愿望。益春这结局和五娘的结局,也不是长长杳杳的潮剧舞台给我的。所以,我必须给潮剧的结局作一个满意的改写,或是重编那些堵心的故事,让它朝人间更值得的方向走去。来自语言的叙述,在我的文字里再三修改,再三重建。

外婆们的口口相传,被我的文字承载,每个字敲定得干脆利落。

只是那些疑惑顿生的问号,需要自己以人生经验才能得到答案。陈三不是喜欢五娘吗?怎么暗地里就喜欢益春了呢?就像我开始是不喜欢潮剧,而中年却如此沉迷了。究竟是人之初的真,还是经历沧海之后的容纳?

三

潮剧开场,角儿上台,一句话"咿咿啊啊"了大半天,等你生火做饭后,角儿还没转过身来。但除了潮剧我们别无选择,只要有潮戏可看,还是免不了拖着大人的衣襟,缠个没完没了,争取打败家里其他孩子,成个跟屁虫,跟着看戏去。

两三个钟头的戏出，我并不相信自己有这样的耐力把戏看完，只是打瞌睡也要在戏院剧场里，在偌大热闹空间里瞌睡好像也挺快乐的。想想耳边响着"咿呀"的唱腔和锣鼓的轰鸣，自己就睡在戏曲里，任剧情高潮低谷延续发展，欢喜悲哀似流水唱过，胭脂粉黛在流年里转动。一出戏我必定睡个几回。

"咚咚——"某声锣鼓猛然作响，把我从睡梦中又拖回戏台前，睁眼看着舞台的人物，同一幕的场景还未换下，睡了多长时间好像也没落下什么戏份，问姐姐刚才有什么好看的，得出否定的结论，倒也心安理得，继续进入梦乡。

锣鼓急骤如雨点，舞台前有武生连翻跟斗而出，跑龙套的跃过舞台，一个接一个进去又出来，台下掌声、喝彩声涌起，这才又调动了我的精神，把我的睡意压了下去。

绛红色的绒布围在粗大的戏台上，戏台由竹架搭起来，红绒布遮盖住竹子骨架，偶然被风掀起，露出竹架的粗陋。我们必须把这红色的围台、绿色的背景幕，根据剧情想象成各种场景。一张供桌、一把太师椅，上面加上一横匾：明镜高悬。这一地方便成了衙门，秦香莲、刘明珠、颜秋容等申诉冤情之所，同时也是惩治娄阿鼠、诰命夫人的公正法庭；换一排流苏摇曳的大红帘子，舞台即可以洞房花烛了，台上的才子佳人深情款款，弦乐丝丝入扣，后台的乐师们毫不疲倦地用音乐填补舞台美术的贫乏。

弦乐、打击乐，他们打着瞌睡也能弹奏，我溜进去后台，每个乐师都是闭着眼睛，才知道对戏曲生厌的不单是我，他们亦然，乐师手里的乐器在动，随着自己的瞌睡晃动着身子。某声吼叫，我才发现他们的瞌睡跟我大相径庭，好像一直跟着剧情，节奏什么时候紧什么时候松，即使闭着眼睛也不会差半拍。

音乐可以让人想象故事情节，声音可以虚拟出各种内容，可是视觉的贫乏是物质的，一直无法满足我的感官，我为舞台感到遗憾：为什么不多画些山山水水的布景，为什么不多摆设些丰富一点的内容呢？每场戏最怕这一红一绿两块老掉牙的舞台颜色，让人绝望到底。我的想象力在没有其他可触及视觉的贫乏舞台上开始滋长，两面手推旗，必须根据那个主角想象成八抬大轿或是驷马拖车。

"哼——喔——摆道——"

一声老生的吆喝从后台传来，随即有跑龙套的推出前面的犟旗，这个拿旗的旗手就是轿夫和马夫了：

"领命！噢——"

锣鼓声密集如屋顶敲打的暴雨，脚步紧密似珠帘，环环相扣。昏睡的孩子终于又斗志昂扬起来，左右一顾，发觉彼此的精神又回来了，不觉相视一笑，眼睛回到舞台上。五娘的美丽远不及阔少林大鼻更调动我们的神经。就像《白虎堂》里的林娘子即使美貌如花，吸引我们的却是擦着白鼻子的反角高衙内，一场戏下来，我们即能背诵高衙内的唱词：

> 堂堂公子高衙内，风流潇洒谁不知？娘子随我花车去，富贵荣华享不完。

臭弟才看了一出戏，隔天就能摇着折扇，学着高衙内用一根手指顶着折扇旋转，折扇在他的手指下似风轮般快速转动，一手扇着对襟服的衣角，边学着高衙内的唱词，朝我们马车般直冲来，像一条狗闯进鸡窝里，吓得鸡群四飞，逗得女孩子们一哄而散，深巷里尽是洒落的笑声。

下聘待娶黄五娘的林大鼻，有钱有势，是潮州一霸。五娘虽极不情愿，怎奈父母之命媒妁之言。林大鼻本名林大，因为是反角，戏曲里故意夸大他的鼻子，所以被称作林大鼻。跟所有丑角一样极尽其丑，鼻子不是传统的涂白，而是擦红，让这个阔少更显得丑陋和霸气。虽是丑陋，但中国戏曲的特点就是把所有坏人都变得可笑，一部戏下来，小孩子想看的都是坏人的戏，一部戏有多好看，几乎是以"白鼻头"（坏人）的戏份多少而定。这样的说法好像不那么光明正大，但当我们津津有味地谈论着这些丑角时，外婆她们脸上的笑意不也跟我们一样？只不过大人必须谈论些正事，例如补充些陈三和五娘曲折的情节，再谈谈他们最终的归宿，上升到伦理道德上来，以此显示大人们在年龄上的话语权。

只是陈三和五娘的结局太遥远了，遥远得都跨省份去了——到了福建泉州那边。

四

这是在泉州的陈府，已成为陈府三嫂的黄五娘是思乡也是思亲，在姑嫂闲聊中，黄五娘对故乡极尽奢华的描述，在陈府的小姑子看来不仅是吹嘘，更像是对他们陈府的贬抑，说故乡的好、自家府邸的高不是贬低我们陈府吗？小姑子一语戳到五娘的痛处：

"你说你们潮州城的府邸有九十九个门？！你怎么还得跟我三哥走（私奔）？"

私奔的成功并不能给一个女人带来自豪，特别是一个有身份的富家小姐，自己主动投身婆家，那是吃了哑巴亏的。婆家人动辄理直气壮地指责：是你自己送上门来的！没有明媒正娶过来，这是一个女人一生都无法面对的耻辱。

小气的五娘气愤难平，继而又猜疑陈三的真心，于是设圈套试探陈三：她故意把鞋子放在井边，布置投井的假象，让婢女向陈三假报其投井，自己躲在暗处观陈三的反应。谁知信以为真的陈三，来到井边看到五娘的绣花鞋，却直接把身躯投进了井里。

这下五娘假戏真做了，她还能活着面对陈府的人吗？自己不投也不行了！

破碎了的铜镜，还无法映照出陈三的真心，必须这一口吞了两个人的深井。

这样的故事有着出人意料的结局。

他们不是死在轰轰烈烈的抗争上，不是死在曲折的私奔路上，而是死在鸡毛蒜皮的家长里短中。所以我外婆她们一样能在家长里短中评头论足：五娘跟小姑比什么高啊？自己黄府再好也是娘家的，不是自己的。

外婆有时也把这些事提到了因果里，说五娘因为妒忌，恶毒地把益春给卖了——总之把益春抛弃了，所以结局不好。同时例证善果的报应——《金花放羊》的金花，最后宽恕了苦逼她的嫂子，所以结局很好，不仅当了贵妇人，而且活得很长命。

富贵长命，这是外婆她们所能设想到的凡间最美好的结局。

外婆说话时丹田力十足，话语铿锵有力。街坊中年轻的、年老的女人们都啧啧赞同着，虽然富贵离她们很远，这不影响她们决定戏剧人物命运的决心。这时候她们很有指点江山的气派，好像世界是这些拿针线的女人在后面运筹帷幄一样。

只是日头渐渐落山，她们往外一看，槐树上的太阳已经坠到对面街的瓦楞上了，她们随即知道该下米做饭了，不然等会讨赚生活的男人归来，桌面还未摆放整齐，那是生活的不对称了。每个家里的姿娘都有自己的节息和节点，自家在外讨生活的男人的时间便是她们的对照，各家不同，但每个姿娘都铆准节点，这些对应的家务事成了家里的固定的流水线。

双层木板老屋在每个日子的熏染呈现黑赭色，整条街如老麻绳蜿蜒远去。高低错落的炊烟缓慢升起，昭示着每间老屋的生命气息，王婶陈姆老嬷渐次丢下才子佳人的故事，在柴米油盐里，青衣花旦小生的悲欢离合暂时成了镜花水月，她们丢进木脚桶——把他们留给歌册、留给册子里的油印字。媳妇也好，婆婆也好，都旋进自家的炊烟里，归于各家的冷暖和温饱中。

我家的灶台飘出炒芥蓝的油香，还有砂锅的粥香从后院缥缈而来，酱油豆豉蒸鲮鱼也随着木盖掀开张扬挥舞着它的美味。人间的烟火蒸蒸日上，荔枝吗？铜镜吗？线装书里的世界更加遥远了，我置身于自家的柴米油盐中，看着泛黄的线装书，它们合上了，故事便永远属于纸张和油墨。

打　卤

一

卤肉担子的香味从龟桥头那边袅袅飘来，似有似无，更像一妖女的长裳，先拖过这条家汇街。香味预先登场，然后，等待好多时的担子才千呼万唤始出来。

不用说，这是卤伯"开市"了。他的担子从伯公巷出来，当他的身影出现在桥上，卤味也跟随着上下台阶，摇摇晃晃踏上家汇街来。这是他蚂蚁爬行的必经路线。

卤伯姓啥？要是较起真来，还真的没多少人能说出来。姓陈？姓杨？这镇上的姓氏看你居住的位置便可得知，卤伯住的伯公巷恰好是杂姓会合，好在没人需要知道他姓甚名谁。卖啥就叫啥，后面根据年龄给个称谓，就像馃汁弟，卖馃汁为生，从几岁就随着父亲卖馃汁，人家就叫他馃汁弟，叫到现在七八十岁了，这个后缀都没换下来。

还是回到这掠过我家门口的卤香味来吧！谁家都会卤肉，谁家都必须在各种时节卤些卤味，但不得不说，卤伯的卤味是哪一家都卤不出来的。

　　他那一大陶钵放在木炭炉上的卤料，从他父亲（有的说是从他爷爷）那时候就没有换过，只有不断地添加，再添加。谓之陈年老卤。

　　这陈年老卤的香味一出场，就像街口的大榕树，一下镇住所有人的心。香味从你的鼻子进入胃口，进入肠子，你会发觉自己更加饥肠辘辘。卤伯的担子，前面是可以切肉的家伙等工具，后面才是真正的主角，那一大钵热腾腾的卤味，还在文火中，火候极好，极小，保持热度温度，大了耗费碳木，也让卤肉烂了。

　　所有卤味在家已经制作好了，卤伯挑着担子出来，是需要半天卖完，从头到尾都需要保证卤味鲜美且不煮烂过头了。下面的炭火刚好够上温度，这在他来说熟稔可比《卖油翁》了。卤伯虽然不认识卖油翁，但他熟悉这个镇的所有角落和每户人家。

　　就像人家熟悉他的卤味一样。

　　想想，他走了一辈子，哪家有多少口，哪家卖啥东西，他若不知道，还真的没有人知道了。卤伯的担子里卖的啥卤味，大家也都熟悉，五花肉是主打，还有猪头肉、卤蛋，他的卤钵里的东西，就那几样，甚至没有我们过年、中秋时的卤味多。可他出现在物质疏淡的素日里，那些卤味，更有着朴素里的奢华。

　　卤伯的担子，填补了各个节庆之间的漫长时段。

　　担子来到我家门口，基本上该有的东西还是有的。比如五花肉、猪耳朵，拿着盘子出门的邻居，等着他放下担子，掀开后面卤钵的木盖，一股带着褐色的烟随着盖子升腾而出，这股香气毫无商量地窜进家里，甚至溜进后院。让做饭的外婆也得为这香味犹豫一下：今天能否多点超支，打点牙祭？

　　购买者点的五花肉被一双长筷子夹上来，放在前面垫板上，被卤成鲜亮的熟褐色猪皮，带着一层白一层褐的肉，微微颤颤地立在主人面前，卤汁顺着垫板流进下面的杠里，五花肉就等着切片，这块半月状的肉一般不用全部切完，只需跟卤伯说大概多少片就行，因着肉刚在钵里捞上来，甚是热，他在切时不是那么快，一刀一刀有节奏地下去，你看差不多时叫停他就行。

剩下的那段肉，回到后面的卤钵里，切好的肉整整齐齐码在买者带来的盘子里，像供奉的祭品一样端正，再给浇上一勺钵里的卤汤，这个节眼上，买者会再跟卤伯多要一勺子卤汁，这个多浇上去的卤汁，足足可以下两碗饭呢！剩下的那节五花肉放回钵里，继续盖上盖子。砧板前面是各种调料，芫荽、葱丝、蒜泥醋等，芫荽、葱粒陆续放在盘里的五花肉上，一下装点得光鲜亮丽。他会再给你的小碟子里装点蒜泥醋或辣椒醋。

芫荽、葱粒叫作"叠盘头"，形容装点门面，也是用这个词：叠盘头。它比"花瓶"什么来得更准确，更具深意和解读。鹅肉、鸡肉等大菜，切好了码在盘子里，也是需要"叠盘头"的，没有"叠盘头"，就像一个女人出行，没有装扮，素寡了。芫荽、葱丝、芹菜等的装扮，熟褐的、生褐、橙色、黄色的肉，点缀翠绿的配菜，美色可餐，色鲜诱人。辣椒醋更是在一旁盈盈笑着，碎红色的笑颜，恁是谁都招挡不住。

哪怕买几片肉，都能让这餐饭充满喜悦和期盼。事实上，我仅仅能得到的是卤汁浇饭，那卤香已经足够荡漾到隔天天明。

二

像春节、元宵这样的大节庆来临，是有日历里安排的步伐的，各种物品大件小件，大至衣裳、细小至调料、竹箕竹筛工具的准备，阁楼上那些积满灰尘的衫箕、米筛、簸箕、筐头、炊盖、甑笼需要拿出来清洗，它们堆在那里就是等着这一天。

这样的节前，就像要演一出潮剧，让人心里开始生起盼望和喜悦。

节庆一家的重头戏自然是卤味，卤味自是卤鹅卤鸭唱主角，既然家家户户开始准备卤味，每天走街串巷的卤伯便被我们忘在西北角，他好像也知趣而回避这大节日。我们自家做的卤味，足够热闹一个月。当我良心发现：卤伯这个时候做什么去了？却是提了个不识趣问题，反正我们每个人都顾不得他了。

具体而琐碎的事情需要我们忙碌，即使是确定新衣服，也需折算布票，扯布、量身、缝纫，即便是讨论今年家里轮到谁做新衣，都是再三衡量确定的，这个周期都需要个把月，此是另话。而卤鹅是共同的节庆，当然它出场自是大的节日：春节、中秋、元宵、六月半……家里的腰包足够时，小的节日也可以做成大的了。

卤鹅之外，充裕点的，再来一只卤鸭，这一大鼎的酱油汁，还有备好的各种卤配料。那可是一堆中草药般的香料，我以为是越多越好：南姜、八角、桂皮、草果、豆蔻、香叶、小茴香、黄栀子、花椒、陈皮、辣椒、丁香等，我无法辨识出那么多，但八角、桂皮、香叶、花椒、陈皮、辣椒是认识的，香料缺少的我们可以从邻居那里去要一点，大的配料如八角、桂皮、草果、小茴香等供销社有卖，这堆东西一直布满灰尘架在柜子最上面，十多二十种，需要什么，售货员会扯下什么，看都不用看，顺手扎成一扎，估量着告诉你多少钱。

酱油呢，也是找供销社打的。每一个孩子呱呱坠地，吃了多少粮食，能使唤了，便叫"打酱油"。当他（她）能打酱油了，说明来此世上开始有一点用处了。我在这个家庭里没白吃饭的体现就是去供销社打酱油，当然还买其他东西，这是人生的基本技能。

当我拎着黑乎乎的玻璃瓶往供销社走时，我得边留意瓶子不要碰到地上，有玻璃摩擦地面的感觉时，就得赶紧把瓶子往上一拎。

供销社位于陈厝街和家汇街交叉路口，一排老旧木板拼成的转成九十度的铺面，一盏昏暗的灯光根本覆盖不了半边店，店员反正也不是凭着亮光干活，而是凭着熟悉的记忆在操作。在我心目中，供销社是个什么都有的地方，它聚集了我们日常所需的一切物品，也聚集了整个小镇所有渴望的眼光。

我们的生活与之息息相关，除了需要票的东西，如花生油、肥皂等，我们得攒几个月，才能如遇节庆般大张旗鼓地买。在散淡的平时，我们也隔三岔五与之打交道，自然是很多不需要票证就可以买到的东西，如酱油、鱼露、盐、醋，还有米酒、茶叶等，供销社供应最多的就是酱油、鱼露了，门面后间的仓库里，一缸缸酱油和鱼露黑乎乎的，缸口用红布扎紧，厚厚的一层灰和泥，这不影响我们的生活，打出来的酱油和鱼露可香得很。

平日里每次去打酱油一般是打五分钱，五分钱的酱油，是店员手里那把长柄竹探打上来满满的一筒，好的运气就是那把竹探满满的一筒。当酱油随着长柄，在尾端的筒子里，微微颤颤地被提出缸，溢出的多，留在竹筒里就少。而竹筒里量的多少我们不能有异议，店员一不高兴干脆不卖给你。

这一竹筒酱油通过漏勺装进瓶子，回到我手里。

我会仔细地对着我家酱油瓶子上的刻度，看看这次打得多了还是少了。虽然少了他也不会给你补，反正五分钱是一筒，一角是两筒。我们的运气全部在店员随意的手抖中完成。

当某个节日嵌入我们的生活，家里觉得要卤一只鹅或鸭子的时候，卤料是少不了的，自然也是在这供销社买，镇里的人都知道他们的卤料放在哪里，有时候店员傻愣，我们反倒给她指方向，我会踮起脚，手伸向旁边那排木架子，"喏！最上面。"卤味像一堆稻草一样堆在那里，沾满了厚厚的灰尘，终于盼来了见天日的时刻。

再多的灰尘，存放再多的时间，也不妨碍它们被卖出去。八角桂皮草粿花椒等，还有好多不知名的植物，放在这里的都是卤料了。这东西我们阁楼上也堆有一些，所以不用花钱买，不仅是我们家，镇上谁人家里没有几样卤料？这些植物，放在家里又不长虫儿，不用花钱，哪里扯了来，放些备用。

我想这也是供销社那里卤料一直堆放的原因，当然有几种比较稀缺的还是需要专门过来买。

当我拿了一大笔钱，需要妹妹一块帮忙打酱油时，那种奢侈感足够我每一步都把街路踩得响亮。何况我身边还有两个跟班的妹妹，感觉我是个主儿。这不你瞧瞧，家里几个大瓶子都用上是什么日子？我们盯着店员手里的竹探，一次、两次、三次……他必须足足打够十次，才满了五毛钱。

甚至，店员最后还会为这个过程中抖落缸里的酱油，再多打半筒给我。

这样的机会千载难逢，我会把这多加的半筒酱油不厌其烦地描述给外婆父亲母亲听、隔壁阿敏听。半筒酱油给予我们的是一年辛劳岁月额外的奖励。

三

酱油来了，各种卤料繁文缛节紧锣密鼓地进行，为了那只早已定好了的大狮头鹅，狮头鹅自是我大姨家养的，大姨家就是养鹅养鸭的农户。

每年年初，她会来借钱买鹅仔，说好等养到年底，鹅仔变成大狮头鹅，卖掉之后，就会还钱。可是每次卖了之后，她也就会忘了还钱，自个儿过富足生活。等到隔年又回来借钱时，她好像就忘了去年还有借钱这回事。而这事绝对不会忘了，因为鹅仔的本钱，每年都来一次。

这样一大笔本钱被她拿走之后，日子就成了念念不断的漫长岁月。外婆和母亲开始数着日历，掰着手指算着大姨该卖完了鹅，数着她该赚了多少钱。这钱得还镇上人家了，母亲每次替她向人家借钱，都得许诺大姨还钱的日子，并且把前因后续环环节节都排列清楚：什么节日之前卖完了大鹅，一只大鹅能卖多少钱，到时钱就回收了，就能把这笔钱给还。因着母亲的面子和信用，每次大姨都能如愿借到钱。

可是，每次她拿了钱就杳无音讯了。而母亲却得在许诺的日子之前，东挪西凑地先把钱给垫还了，还得告诉人家是大姨卖了鹅拿钱还的。而节日临近，也是大姨需要准时还钱的时刻了，母亲就开始焦虑不安，开始到处碰撞，为了替大姨垫钱还债而焦头烂额。

而大姨得需要借钱的时候才会冒泡。

这样的常态成了我们诟病母亲的理由。我们甚至希望母亲能接受教训，因为外婆已经不再搭理她了，哪怕她再三哀求也无动于衷。

而大肥鹅母亲还是认为要跟我大姨买，肥水不流外人田嘛！何况大姨的狮头鹅确实不错，母亲本着给她赚一点钱的心，我们都赞同了。

宰鹅摊就摆在大榕树下，这行当帮你宰杀鹅鸭都不要钱，一地的鹅毛鸭毛即是他的报酬。轮到我们家这一只狮头鹅，宰鹅的阿坤乜了一眼，用手抓了鹅身，摇了摇头："这鹅一点肉都没有，太老了。"他还是把鹅给宰了，剥光了鹅毛的白鹅拎给我们看，鼻孔哼出了笑声："今年你们就吃这个？"

"竟然把一只这么老的鹅卖给我们！"

一只瘦不拉叽的老鹅耷拉着脖子，老鹅不仅肉不多，而且肉太老咬不动。别说外婆咬不动，就冲那摸不到肉的骨架，外婆气愤地用她的拐杖敲打着地砖："这个人就是不像话！"母亲一旁喃喃地说："还卖得比别人贵那么多，本来贵一点也就算了。"

"下次来我一定要骂她！你等着！"

外婆这股气好像很难撑到大姨下次过来，每天她都指着天花板，又敲打着地砖，走进走出。

外婆不借钱给她，因此也没有来自借钱的气。

我们的一锅卤料就败在这只鹅身上，而我惦记的是她还欠钱的事。大姨来我家只有一个原因：借钱。后来我发现一个：找吃的。那是我外婆去世后，因为我外婆在时会不客气地轰走她。我外婆走后，她来我家就开始开柜子翻找食物。看来还是我母亲给惯着的。

母亲又是叨念着，借钱这种事是一幕幕雷同的戏，每年都要演它几遍，不仅仅是买鹅仔的时候，而借钱的理由很多。甚至我母亲发工资的日子也是理由。我母亲还没下班，可是，外婆在，外婆怒气冲冲地把她扫地出门："小妹这个家要钱的时候多着呢！你这么好吃懒做，卖鹅的钱哪里去了？！吃喝完了就来？！回你家去！不许再来！"

大姨只要挨到母亲下班，外婆也就没辙了。母亲准会又借给她钱。

母亲明知她信誓旦旦，但只要钱到手，所有的话语就都烟消云散。"下个月还钱。""三天后就能还。""明天一定还钱。"这些都是门口的鸡屎，一瓢水就冲得干干净净了。

母亲一辈子就参不透她的怪圈，总在这个恶性循环的烦恼中。外婆反倒干脆，外婆对她的厌恶从里到外，毫不掩饰。外婆赶她走的时候，完全像包拯，铁面无情。

母亲得找时间跑大姨村里去跟她提还债的事，但这需要母亲有空闲时间，一者母亲每天上班，还得轮三班倒那种，二者大姨家离我们镇路途遥远，不仅得过公路，还得跑过好几个村落。纯粹靠双脚赶路花的时间也摆在那里。

可是那一次特别的时刻，让心急的母亲随即放下饭碗赶去她家，那还是个晚上。没有路灯的公路和村落，除非实在有十万火急的事，没有人会摸黑这样赶路的。

那是大姨那天来我家之后。隔天，我找不到放在枕头下的瑞士手表。这手表是我第一名成绩考上XX学校的奖励，爷爷的私房钱，外加一堆亲戚凑起来，给我内宿用的手表，相当于我妈两个月的工资。

这个瑞士手表是一个年代的奢侈。

家里丢了手表这大件事，晚饭时发现、宣布的，还只是在我家餐桌，消息还没扩散到邻里。二层低矮的阁楼，我们睡觉的地方，还有堆杂物。除了我们家里人，还有一个曾经企图从天窗进屋偷东西的贼，他还没进来就被发现了，这是我家族史唯一的事件。

这个阁楼没有外人涉足。

全家人脑子一回放，昨天就大姨来我们家，并且中午她还自来熟，毫不见外地上我们阁楼，钻进我的床铺睡觉。

就她来过。

刚端起饭碗的母亲已经憋不住，她知道她姐的德行，母亲毫不怀疑她干这事。母亲此刻脸色发红，我们全家人的眼光都投向母亲，母亲此刻直接受到了牵连。

母亲三下除二，赶紧扒完碗里的饭，放下筷子就出门，消失在黑夜中。我母亲是怎么赶夜路的，我们竟然只想着那块手表。

半夜，母亲从大姨村庄回来了，手里拿着我的瑞士表。

母亲无语地递给我，我们一家默默回归各自位置。

一只狮头鹅，自然无法与那块瑞士手表比。大姨卖给我们家老鹅也不是一回两回了，好歹母亲对买鹅的事不比借钱那样执迷不悟，我们需要时到大树下就能买到，母亲倒是喜滋滋的："这鹅肥美，要大要小还能挑，价格还便宜得那么多。"

价格便宜一事被母亲说起，她倒是觉得有点愧疚了，她本意就是要照顾大姨的，谁知弄得一家都吃不好。买鹅这事后来也是大姨漏了嘴，那只老鹅卖给谁，都会被谁找上门退钱的。成了我家年货，顶多挨骂几句，钱还是能收到手的。大姨卖给了我们家，挨外婆骂，我母亲数落，反正脸皮厚点能顶这个钱也值了。

她庆幸的是这只谁都不要的老鹅能把钱换到手。

我差点把饭桌上的盘碗都收起来，还是母亲瞪着眼，我才作罢。吃完饭，大姨又轻车熟路地翻我们家的食柜。我大惊，明天准备去学校的两斤饼干就放在里面。可惜已经被她掘地三尺给找到了。

我默默地盯着她，她在吃，我数到二十块，终于站起来对她说："我明儿拿去学校的，你干脆吃完吧！"

她的一张长脸漠然地吃，还真的继续吃。

她是我长辈，好歹我不能说什么，可我妈也忍不住了，凑过来一看："她明天去学校带着的，要顶一个月的吃，你难道可以把它吃完？"

母亲的声音带着怒气！再带着道理的话都成不了阻止的理由，而只有母亲的怒气才能制止这蚕食。大姨若无其事把这袋剩下的饼干又放进柜子里。

小妹气愤愤地对我说：我都不敢吃你一块，她竟然给吃了个大半。

　　我自然是不依的，我一个月的干粮这才剩下三分之一。母亲黯然不语，她跟父亲在房间窸窸窣窣翻箱倒柜后，晚上又跑了供销社，赶在我出发前把那个大缺口的饼干给补了回来。

　　我们不买她家的狮头鹅，可她照样需要我家的资助。

　　"我们村很多人盖了房子。我们不盖不行！"

　　"妈，我们家的老房子还漏水呢！你能帮她盖新房？"母亲在我们的怨言中继续添砖加瓦。

　　"村里有人接了电话，我们可不能落后。"这理由只有电影里才找到，因为我家也没有电话，我们的落后需要自己努力。而借钱的大姨理直气壮，她家需要跟上人家。

　　只有不买她家的鹅是最好选择，我母亲也就在这事的扭转上显得明智，不至于一条道上走到黑。何况每次买鹅的钱先给了她，却得三催四讨，盼爹爹盼奶奶，在节前的最后一刻，这鹅才姗姗到来。而宰鹅摊已经收工了，虽然最终他还是专门生火帮我们处理好。

　　后来的节日，我们提前半个月或一个月在大树下的鹅摊买狮头鹅和鸭子，圈养在溪边，用个把月的时间养它还能增加三几斤。鹅的叫声催促着我们，准备各种粿品，开始浸泡绿豆黑豆，开始去大石臼那里排队舂米，这忙碌的做粿环节产生了很多鹅和鸭的食物，物尽其用不浪费，还能有条不紊地把卤味安排得更加丰盛完满。

　　父亲看着邻居的灶火都生起来了，越发显得急，大灶的柴和鼎，一应硬活都是他扛着，而外婆母亲，我们都分工派活，日子被填得满满的，甚至连夜连日，灶火起了，一般不停息，卤了大鹅之后鸭子，还有跟着粿品，打捞的时候竟然还需邻居过来帮忙，他们两人一个环节，动用扁担和梅钩，才能完满挑起大鼎卤了这只大卤鹅，大鼎接二连三地发挥它的热，灶下的火紧锣密鼓地，我们姐妹两个轮流。"加火"只听父亲一声令，我们必须配合这命令，马上让灶火旺热;"好了,停了。"我们随即熄了烧旺的木柴,却仍需保持灶里的火种。

大灶烟囱的烟在这条街上此起彼伏,基本是步调一致。慢了半拍一拍,这个年也就措手不及了。

正月初一,那时一切都要准备停当,包括春联已经张贴,鞭炮已经挂好,灶台更需要洗刷妥当。

一切都整洁而崭新。

四

一只大狮头鹅,经常要收拾一两天的细毛,虽然摊点给拔好了毛,剖好了。但鹅身上的细毛特别多,这个需要几个人打下手,宰杀好的狮头鹅和鸭子放在矮木桶里,三几只光溜溜的生鲜需要我们几个孩子干去细毛的活儿。双手泡在水里一天,都脱皮了,这个活需要尽快,手里的镊子,一根根把细毛从肌肉里面拔出了,也体会了一把"粒粒皆辛苦"的滋味。

这些活儿我们都熟悉了,一股节日的气氛鼓动着我们,累了站起来伸伸腰,真想不明白卤鹅摊的鹅,哪有那么多双手在拔细毛?即使鹅肉那么香,我们还是会自我满足:就是没有我们自己卤的干净,鹅绒毛一点都没有。

据说那些鹅毛随着肉吃下去,是不会消化了,只有等来年的杨梅上市了,吃新鲜杨梅,它就能把一年吃在肚子里的这些垃圾消化掉。

外婆看着我们蹲得都直不起腰,还在认真执着拾镊这一大桶东西,那个对应的借口像是宽慰我们,她对着拔得不干净绒毛的狮头鹅说:"等着明年吃杨梅吧。"可我不愿意那么难得的鹅肉带着不干净的毛，多么败兴！

卤伯的卤担子并没有卤鹅，卖卤鹅的是大榕树下的鹅肉摊。固定的鹅肉摊相对卤伯的挑担，显得气派了。

外婆发了退休工资头件事，就是支使我去买卤鹅肉——在我们这里狮头鹅只有一种吃法：卤。除了卤鹅，鹅好像没有别的做法了，或许是卤鹅太过美味了，直接把其他做法给消灭了。有时外婆也自己亲自出马买鹅肉，那是我不在跟前的时候。我在跟前，这事情非我莫属了。

我会先在柜子里掂量哪个盘子合适装这四毛钱鹅肉，又能多打点卤汁。然后我一手拿着盘子，一手拿着四毛钱，为什么一定是四毛钱呢？鹅肉摊的鹅肉四毛钱是底线，最少四毛钱他才肯卖。要知道，这是卤鹅肉啊！无鹅不成席的鹅肉！四毛钱我们家可以买两三天的菜了。豪迈的外婆拿了工资就财大气粗，她是一定要打牙祭的。

卖鹅肉也有他的一套程序。他先片了几片鹅血垫在盘底，然后

再看看切哪个部位，从铁钩上拿下已经切开了的半截卤鹅，按原先的切口，平行斩开一小截，剩下的这大半只继续挂上去，这一小截鹅肉平放掂板，他的刀花熟练，一片片切了，左手掌张开，配合右手的刀，顺着把鹅肉放到盘子里，鹅肉在盘子里码得整整齐齐，感觉又满又靓，实际上是靠着下面那些卤鹅血在顶着。只有我才知道下面实在没有啥东西了，卤鹅血这个不用钱的东西，外婆会给我一两块下饭。这卤鹅血的味道，只有经常吃的人才知道它是上品。我后来甚至需要看到有卤鹅血，才肯买鹅肉摊的鹅肉，就是为了那入口即化、齿颊留香的卤味道，所有卤料的香气都融入，一下滑进胃肠，人之初的味觉在头顶回荡着。

自家卤鹅，自然也要卤鹅血，这样的工序也不少。即使再烦琐也阻挡不了我们，在我们双手的劳作下，不仅有卤鹅、卤鸭、卤大肠、卤豆腐，还有自家的鸡蛋添加进大钵里，让这个节日的陶钵呈现异彩纷呈的繁荣景象。

这个陶钵，一直延续着节日的味道，主宰着我们的餐桌，直到里面只剩下卤汁，卤汁浇饭，香味依然从鼻孔出来。只是我明白，卤汁过后，陶钵洗干净，我们又需要漫漫时日的等待了。

带着故乡、带着童年前行，我一直浑然不觉。直到在异地，某些远去的卤味又回到跟前与我指认，我才知道，尝遍双脚所能抵达的地方，真正抵达心灵的最美味食物——那些卤味的浓墨淡彩，在人生的起点上向我反扑过来。

卤五花肉、卤鸭、卤蛋，我一直不厌其烦地在记忆里擦拭着那只狮头鹅，把它放进今天的卤钵里。

芬太尼

　　这个中年男人站在我的梳妆柜前翻箱倒柜地寻找钱物，灯光泼在他的身上，他淡定地在抽屉里翻着找着：他打开了一个抽屉，又拉开了相邻的一个。镜子反射着橘色的灯光，也映着他粗横的身影。我醒来的动静好像惊动了他，他转过身子，看看远离灯光那头我这个主人的动静。他从容的眼神像探照灯向我投来，他知道我此刻无法动弹、无法起身，他瞄了一眼后又转过身子，继续翻东西。

　　我在半夜里昏死的列车中不经意卡顿，一丝光亮而醒，随即又随着列车昏昏而去。

　　这一幕突然被撕开，我吓了一跳。此刻，我正倚在床沿打电话，眼睛无意识地盯着面对床的靠墙梳妆台，手机有点发烫了。我言之凿凿跟妹妹分析着："这个人肯定下了迷魂药，父亲昏睡着，他从容地进屋里，打开梳妆柜的抽屉。用手电筒照明，先翻抽屉，发现没有钱，再翻其他柜子，最后才翻到父亲挂在衣架上的裤子，把钱拿走——"

　　我的床正对的梳妆柜有一面镜子，并不大的镜面倒也足够揽下我的活动场景，梳妆柜正中是两个抽屉。在我说到迷魂药的时候，昏黄的灯光，就是此刻的境况，镜子前曾经的一幕撞开了合拢的记忆，我描述分析的一切竟然清晰地掷落在此刻的场景。

我浑身抖动，我差点叫了起来：怎么有这样一件事？！那个贼半夜在我家翻东西！就站在房间的柜子前。我惊讶的是这样的情节竟然蹚过日常的河流，轻易地被我忽略过去？！怎么可以？

现在，我却必须抑制自己避开这个场景的入侵，它与我跟妹妹谈话的主题无关，不能干扰我此刻抽丝剥茧进入的内核，混乱了彼此的思绪。我努力抑制住喷薄出来的一幕，继续跟妹妹谈父亲家里失窃的事。

我对着手机继续说着，眼睛却一直盯着前面的镜子。那一幕已经再三凸显着，就像电影的蒙太奇：

　　　　他就在那里，在某个夜晚，在某个记忆里……

允许我从头跟您讲吧，袁老师——我还是继续叫您老师吧！这样就像跟您一块在心理热线值更，面对面轻松地坐着。您知道，我不是个没条理的人，我必须一件件说，才能抵达我的主题。虽然我现在就是热线里的那一头，跟您这个心理医师咨询着心理问题。

第一件事

这件事是铺垫——有关麻醉药芬太尼的神奇。

时间在麻醉药之下丢失的遭遇，这是诗人 S 最先捅破的。他做了个手术。"虽然说前后花了四个钟头，可我感觉就是一眨眼之间，自麻醉到睁开眼睛，绝对不到一分钟时间。"他笃定地说。他只记得被打了麻醉药之后，被推进手术室，一眨眼就出来。

"一眨眼"里的时间在身体里毫无停留的痕迹，那几个钟头就穿过灵魂而去。

我开始认识这种叫芬太尼的麻醉药，是因着我参与禁毒宣传活动。医院的手术基本用它麻醉，现场参与宣传的某医疗机构专家，顺带说他刚做了手术，打了这麻醉药"两三个小时像一瞬间"。

这是又一次听闻这种将时间消失殆尽的麻醉药：芬太尼。

借着禁毒宣传活动才知道这种药物也是禁毒的对象，用得好它是手术医疗的好辅助，用得不好就是毒品了。这是一把双刃剑。这样的例子并不新鲜，以前的鸦片本来就是药物，只是当人用它吞云吐雾麻醉自己时，它就是"鸦片"就是毒品。"鸦片"这个名词也因此成了毒品的代名词。

对芬太尼的认知刚开始，毫无征兆地，我与它随之进行了拥抱：一场手术落在我身上，准确说是头部。在对我的颅腔进行检查的时候，我还没料到这操作是如此一环紧扣一环，毫无喘息的余地。

在麻醉室等候，一个个麻醉相同部位的患者，表情呆滞，行尸走肉的样貌，与白墙白手术布铺就的阴冷手术室形成了一个略带诡异的空间。每个人不带情感的凝固表情纯粹是麻醉药展开的魔力，随之我也一样臣服：我成了这个队伍中的一个编号。麻醉师给我施行麻醉，我在她面前仅仅是对应的活体部件。她操作熟练，我的鼻腔和口腔被她麻利地捅开，这种打通腔体的熟练作业却是令人极其难受的，人是活着的一个整体，此刻麻醉药让我感受到了七孔的通联，所谓"动一发而牵全身"的感官经验便是这种痛苦的存在。

而在麻醉师的医学概念里，我的头部仅仅是一副包着皮的骷髅。不容我多想，头部的不舒适感随着麻醉药的作用，很快便停滞和麻木了。

我的眼睛还具备看的功能，但一切都凝固了，包括嘴巴。麻醉药在施展它强大的威力，我成了流水线上的物品。每个人都悄无声息地停滞着思维和动作，瘫在椅子上等候。

轮到了，我被送上手术台。医生的声音和手术刀的割裂声，就在我体内的热度里操作着，我尚能感觉到颅腔里面的热度。热度，是我作为活着生命体的见证。

医生很快就发现了不该存在的东西，在发现之际她同时带着建议般地询问，声音却是不容置疑的："我趁这个机会帮你做掉？！"

我耳朵的内力只听得"吱吱吱——"的声音，伴随一股烧焦的味道蜿蜒而起，声音和味道来自我身体里：颅腔血管里的瘤被切割被电疗，麻醉药此刻在发挥它的强大作用，身体毫无痛感，其他感知也都摁下暂停键。

当器械停止作业，我还未意识到手术已经结束。

周遭突然静止了。我一直沉溺在身体的黑暗中，人和声音都沉寂、消逝了，刚才的一切作业都远离我而去。好久。有一双手把我搀扶下手术台，是今天一早导引着我的年轻护士。外面等候的女儿也被允许进入，她们把我搀起，我跟跟跄跄站立不稳。颅腔里的麻醉药还在张开罗网，我的睡意那么浓烈而我并未在自家的床上，这是我需要强打精神的，我撑起气息催促着女儿："快，快，快回家——"我心里知道我已经支撑不住了。

到了家，我一头栽倒在床上。

一个电话把我的灵魂揪回人间。心脏尚未复苏，我撑开沉重的眼皮，竟然已是晚间时分。我足足睡了四个多钟头！我惊讶万分：我刚躺下，这一闭眼，就过去了四个钟头？！我不明白这毫无知觉的时间是怎样被掐掉丢失的。

麻醉药，芬太尼，这个长在身体里面的瘤是靠着它完成了切割分离。可是，它同时带走了我的时间，被盗窃的时间比手术更完满，它密无接缝。

这就是我这个铺垫事件的要素：芬太尼。在它作用下人的身体完全失去了知觉，换言之：它会把你装进睡觉的列车。等到它的魔力消失了，你才重回世间。

第二件事

第二件是我父亲老家失窃的事。这是我要讲述的主体部分。

父亲家失窃的事传到我这里，已经是往后好长的时间了，多长？我姑父告诉我的时候，是失窃后一年左右。整个事距离现在也有七八年吧！对于时间，就像回南天的窗口，朦胧、迷糊，我只能说出个大概。我的记性后来突然断崖式下降，特别是体现在时间上，在我的记忆中，时间有时是折叠或迂回的，而姑父说的话倒是清晰，包括他的语气和典型潮州音的声线。

重提这个事情，是因为前些天晚上，我跟妹妹电话聊天。话题像扫地机擦到家里的墙壁，妹妹扯到了父亲家里失窃的事，这个事一直刻在家人的记忆里，坏事大多具有强化记忆的能力，它雕刻般壁立成家里一件封存的档案。

我说我记得这个事，纳闷当时父亲为什么没告诉我呢？

实际上父亲心里有数，是谁干的他明白得很，熟人作案所以不想声张。

"我们能够猜测是谁干的。那天晚上父亲裤兜里刚好有钱，因为当天买空调，懂行的光叔带着他去看，看不到合适的，打算隔天再去。那天晚上钱还放裤兜里没拿出来。这就是内鬼，知道他刚好有钱的人。"

妹妹的声音微微颤动，这个事件是捅进家里人的一把刀。她还纠缠在那个伤口上，黑夜的隐匿和白昼的彰显至今还找不到量子纠缠的贯通。

"我还说爸爸呢，一辈子都睡不好觉，为什么那晚就睡死过去，啥都不知道呢？"

我的神思朝老家扫描了一圈。每天在父亲家门口喝茶的老友们，三楼家人……幸亏我的念头还未破土，妹妹的指向已经明确，这是她憋了好久的话，要知道这种话在老家那里是不能说出口的，若你没拿出确凿的证据，那指向就有可能成为一辈子的仇家。

妹妹电话那端声音压了下来："你知道土匪吗？就是他！他就住在咱家后面，跟我们家就隔着一户，他从他家上那户人家的天台走过来，就可到达咱家三楼的窗口。"

案发后大家回溯遗留的脚印，就是这样的线路。

"土匪"这名字从我的记忆深处带出了一个五大三粗的大汉，笑起来龇牙裂齿略显恐怖。记忆的胶带在老家的大榕树下放映，所有的物事重新拾起：一个体魄高大的男子，配上粗犷略显狰狞的五官，笑起来咧开的龅牙，那双富有深意的眼神，在这个安分的小镇里是一个可疑的细胞。他每次来我都带着一个小女孩，小女孩长相乡土，却是他所疼爱的幺女——他老来得女，这小女孩最好的福利就是父亲带她来我家玩。

凭着近年参与监督案卷的经验，我沉着引用专家的分析："入室盗窃，大多是有前科。"我很容易陷入对事件的侦探，奇怪的是我仅凭着直觉的分析却总是惊人地准，直逼真相。我分析道："现在基本不用现金，入室也都偷不到什么钱。现在的家庭防范严密，半夜三更入室，危险系数很高，万一被发现了就死路一条。这老式的偷盗行径必定是那些有前科的人，他们才有这种本事。"

在乡下依然会有把盗贼打死的情况，所谓铤而走险说的便是这种吧！

妹妹性子急，一听我说"必须有前科"，她急不可待地把土匪的前科抖了出来："以前他在海南干过这种事，据说有团伙的，他年轻的时候好多黑的、暗的事都干过。"

妹妹再三强调证据："在咱家三楼的窗口边，留下了很大的脚印，是特大码的军鞋。他这种高大的脚才配的鞋子。"那双赫然的大脚给家人留下了长久的阴影。

我刚还没冒出来的另有所指的苗头已经彻底掐灭、沉溺下去。

既然把土匪的皮囊拉开，里面的沙砾也都"哗啦啦"地倾倒出来，妹妹的声音从高又再压低："那时他当知青，那个地方什么都有。他在咱这里喝茶时，还经常聊起他干过的这些见不得人的事。"

土匪自己可以讲，却是忌讳别人讲他的事。在这么小的地方，有好多事毫无逻辑和道理可言。

土匪的獠牙从旧时光里露了出来——一副笑眯眯的狰狞相，他经常打卡的地方是我家，经常来，自然是他满怀着的情谊所在，我用"情谊"替代"善意"一词，一个对身边熟悉的人下手，也可能会有"情谊"在其中。他以前与我父亲同在大国营厂，工厂倒闭后各自谋生，同一个镇上的老同事渐入晚境，也来来往往成了剩余岁月的老友。土匪经常来，除了打零工外，他还是喜欢投进他熟悉的这个人群里，晚年的老同事对他的过往没了新鲜和忌讳，也不会主动触碰，虽然那些电影里才有的事儿，大家还是存着害怕和好奇。

这些过往是他茶余饭后炫耀的资本，也是大家完成一冲工夫茶的佐料。

土匪带着显摆的口气和他的影像又影影绰绰在我脑海。时间原来可以穿透，现在到过去，大脑随即切换。我掰开手指一数：我认识这个人的时候，竟然是还未出嫁之前。出嫁前的老家就是一副千百年不变的样貌。

我现在就这样折叠了三十年的光阴！想来他也有七十多了吧？还能干这等事！如电影里的黑帮？

我近年参与法工委的工作因此接触了一些案卷，我对破案的兴趣找到了一个入口，我对事物的分析凭着直觉、感觉，而案件是需要推理逻辑和证据的。但外行的我每每发现，我凭直觉的判断最终却与结果如此地吻合，殊途同归。虽然我的感觉途径只能作为文学的佐料，但它的准确性鼓舞着我勇往直前充当业余的侦探。

此刻我又进入了破案的状态。

我分析着：他作案最先下手的肯定是桌柜，先打开父亲房间那张桌子的抽屉，那里才是放钱放东西的地方。

"没有，他直接掏出挂在衣架上裤子里的钱。"妹妹坚持己见，答道，"抽屉的东西根本没翻过，因为里面的东西不乱。"

"不可能，他肯定翻过。"我笃定地说。

屋里是老式的实木桌柜，厚重，保留着潮汕人的习惯：桌子带着镜子的款式，同时也是梳妆台，是可以对照自己面貌的地方。我待嫁之前，家里唯一像样的家具便是这带着镜子的梳妆桌了。现在这桌柜是以前日子的延伸，连同延续的生活习惯：抽屉里放着现金和贵重的物品。

贼肯定是要翻这个地方的，按正常的思维。

"没有翻过的痕迹啊，东西不乱。"妹妹思维的惯性依然是"被翻过的地方应该是乱七八糟"。

"里面不乱说明他有条不紊地寻找，更加证实这个贼很淡定。"我坚持自己的看法。

即使土匪那天跟我父亲喝茶聊天中得知他身上有钱，可是谁会在睡觉的时候依旧把钱放在裤兜里？照常理他回到房间应该是把钱放抽屉里。放裤兜只是偶然，只是父亲一时图个省事，概率极低。裤兜的钱被掏走，应该是在翻了抽屉发现没钱之后，最终才找到这里的。

听我这么分析，电话那端的妹妹言语开始摇摆不定了，她重复着自己的疑惑："爸爸睡觉从不安稳，为啥半夜里有人进屋、翻东西，会没有觉察呢？那么大的声响！平时他可是连老鼠走过都能觉察到啊。"

三楼一家那么多人，四楼是我三妹，父亲住的房间是二楼，碉堡般的一幢楼，里面发出的声响都会被"集中"成"扩音"效果，父亲没有听到或觉察有人开门进入房间，寻找现金，这太不可思议了！全幢楼都没听到更是匪夷所思，家里夜猫子多，那一刻所有人却都蒙头昏睡了？

远视者的眺望更客观具体，那个位于粤东的小镇，高低错落和人物的活动，取得的是全景式的审视效果，那个镶嵌在长街上小格子般的老家，隐匿在视线下某些可能性划过眼前，灵光一闪破土而出，我继续"破案"：

"这个人肯定是下了药，他进入老爸家里同时就放了迷魂药。"

盗贼半夜登堂入室而家里十几口人突然毫无知觉的画面，那个进入我爸家的困惑的窗口，现在就直通我的心口：一定会有一炷迷幻的烟雾蜿蜒而入，所有被烟雾蜿蜒侵入的空间都带着昏昏沉沉的迷幻，里面的人除了气息，身体被烟雾的魔力掌控着。

这不是武侠小说独有的情景。小时候小镇的夜里经常发生入室盗窃，就像小说描写的：在一个风高月黑之夜，一个贼人跃上屋顶，静候着伺机入室。

这样的画面就曾出现在我家的天窗上。

一个盗贼蹲在瓦屋上，正准备从我家的天窗伺机进入，这个晃动的人影被睡梦中的母亲觉察，她睁开眼就着天窗的月光，发现贼影晃动着，一声"有贼"整条街一呼百应，他逃之夭夭，据说这贼还没来得及放迷魂药，才让大家吓跑。邻里多次遭遇入室盗窃，大家都知道，盗贼少不了一样迷魂药的工具，那样的夜晚必定都是一家人"死睡"过去，最终贼才能得逞。这是盗贼的技能。那时并不稀奇，就像后来武打片里的画面一样。

镜子在我的床尾位置，与我的床隔着一步距离，镜面对着我、俨然无声地提醒着我，一幕似曾相识的画面同时落在另一个空间：

　　　昏黄的灯光，那个人站在桌子前。他打开抽屉翻找着东西，
　　镜子里有他的身影。他身材高大，穿着浅黄色工装，我醒来的
　　声响惊动了他，他察觉背后的我在动。他停下了搜索，转过身
　　子，眼睛睥睨着远离灯光的我，他在看我是否醒来。

我努力撑开眼皮，我被这个人翻东西的声响吵醒，不如说被灯火晃动的人影摇醒。

我撑开了眼睑的一线缝，就像撑开黑暗的夜幕，这个人和这一切。我现在努力撑开合拢的记忆，继续搜寻着里面的存在。

桌柜前的这个人对他所处的环境了然在胸、镇定自若，迷魂药的神力所向披靡，除了他自己。我沉重的身体和撑不开的眼皮继续在黑暗中下沉，动弹不得，心里明白被下了药，眼睛这条缝的信息传到大脑，恐惧还尚未抵达。一丝念头抹过黑暗：陷入昏迷或许是最安全的，贼不外要钱，就让他拿走吧！若醒来岂不被他灭口？

迷魂药的魔力继续张开它的黑幕，覆盖了我的眼皮，眼睑坠落，缝隙又合上。

我又坠入睡眠，坠进黑暗的深渊。屋里的一切在我身体的感知之外，时间消失，就像芬太尼。

现在我重新扫描起这一幕：橘黄色的灯光，在镜台前映出他清晰的轮廓和五官。他是怎么进来的？我撑开眼睛正好切入他作案的中间。

这一幕是在发生我家里？还是在父亲家？我跟妹妹一直用语言描述着，可是电影般的画面却落在我房间里。我吓了一跳。

回到我当前的时间和维度，我与妹妹继续对话，这个进入父亲房间的人肯定下了迷魂药。我的逻辑加上语气的烘托极具说服力，遥遥领先于妹妹，我正等着她的思维赶上我。

妹妹的声音在发抖："哎呀！是啊！土匪他懂迷魂药，他以前就干过，干过这事。他还老威胁说，他懂迷魂药，谁若得罪他，他便给谁家下药。"

妹妹的话语开始有着追贼的快猛："土匪很缺钱，他总是在自己走投无路时，就会重操旧业，干这个……"这个经常来串门的父亲老工友，也是我们的街坊邻里，这个熟就不用说了。下岗后的土匪打零工就像打游击战，做一阵算一阵，青黄不接的时候很多。

我眼睛盯着床前的镜子，镜子透着旧了的黄色，这色调把周遭乱七八糟的衣物饰物氤氲成一片，这熟悉的画面又从遥远的另一维度拽了出来。镜子前那个人也有点像土匪，他转过身的眼神和五官，与镜前的灯相对照，我从眼睛的缝隙里看得清清楚楚。

可是，我终究在药物的作用下又失去知觉，沉入虚无中。

现在这种虚无也被我记忆的渔网——打捞了起来。湿漉漉的，带着一堆杂七杂八的乱草。我必须去伪存真。

我把被子往身上拉了拉，手机的热度明显地烫到了耳朵。我与妹妹打了多久的电话了？

我的大脑凝视着眼前的镜子，幻象般的一幕从镜中兀现。我的言语留在当下，我还在跟妹妹谈着父亲家里的一幕，复原着那个场景。我很熟悉父亲的房间，比我这个房间宽了很多，格局很相似。一个高大的身影在翻着东西，在搜寻着钱，他一定是拿着手电筒，淡定地、有条不紊地找，他并不慌乱。他必定是下了迷魂药，迷魂药能使所有人都臣服在睡眠之中，就像芬太尼。

父亲在床上熟睡着，他的床对着梳妆桌柜。我家也是，我看着我的镜子，直到看到镜前的那个人。空间变幻，他在父亲的柜子，从容不迫地翻寻着，父亲抽屉里的东西放得很整齐，这个人不必那么辛苦翻，只需一手打着手电筒，慢慢寻找。

除了柜子里的东西，父亲家其他地方可就杂乱无章了。房间外面的东西多得很，一不小心就会绊到脚，在楼道和客厅可得万分小心，噼里啪啦你若不小心总会碰到桌椅子柜子地拖等物品，它们简直就是罗网和陷阱，没办法，这屋里面积本来就不大。

我向妹妹抛出了一个更具体、可操作的问题："这个人必定打着手电筒，脚才能找到可以着地的地方，不然绊来绊去，家里的东西都会被碰撞发出声响的。"

妹妹终于意识到她忽略了如此重要的羁绊：逼仄的家里东西极其杂乱。她在我引导下开始回思陌生人在这个环境的可操作性。

我问："你天天在父亲家里进出，对家里每个角落非常熟悉了，但是，假设你半夜进屋不开灯，你能不碰到家里那些玻璃、陶瓷器皿，椅子桌子各种乱七八糟的东西吗？"

妹妹终于意识到老家这个像陷阱的碉堡，稍不留意"哐当哐当"地炸响。她恍然大悟："是啊，是啊……"

她每天为了把摩托车寄放老爸家里，得挪动多少物品才能腾出一点位置，家里就像个杂货店。

"迷魂药"这个因素把土匪的作案过程落实得清晰了。我的口水终究帮妹妹揭开了那个结：父亲和家里其他成员为什么不约而同地、那天晚上都睡死了呢？！

时间停顿，外面的声响被窗户隔离。手机声响消失，房间里是一统的灯光色彩，我的眼睛一直盯着床对面的镜子，灯光橘黄，黑夜中撕开的一幕，究竟是在哪个具体空间？父亲家？我的家？我自己的家也有两个地域：汕头、广州。

我大惑不解的是，入室盗窃这么大的一件事，我竟然可以忘了？！半夜里发生，我醒来时能忘得一干二净？也不是没可能，隔天匆匆忙忙赶着上班，这夜间的一幕被繁忙的日常覆盖。日常的列车一直往前，我们不曾停下来。

若家里失窃，现金才是值得偷走的价值，居室里堆积的那些首饰和石头，盗贼才不稀罕，除了金银首饰对于他人毫无价值。万物皆空，比如玉石，它们也可以一文不值。那么，我家里的钱丢了多少？我突然混沌起来，生活里的物事在我这里均凝固了，我一直是个马大哈，家里那点现金只是备用，何况现在基本不用现金了。我心神停顿的点在写作上，具体到生活里的细节却显得虚幻了。

"你的现金大概有多少？"询问我的好友正从事执业心理医生资格，她关心我的问题。我想了一下："大概也就一万多吧！"对这个话题我不知道为什么会显得羞涩，或许是因为自己一直对现实的忽略，人便生活得模糊了。

"这个可以理解，你搞艺术的，经常会忽略了现实。"她在电话里一语点中了我的要害。

好友继续引导我："你再想想，这一幕究竟是发生在哪个地方（的家）？"

我凝视玻璃镜子，它与我一同穿过时间的昏黄。汕头的家格局不一样，梳妆台跟衣柜连一块位于床的右边。且是我工作的初期，得追溯远久过去，每年休假回去的时候不多，放下了这个可能，我排除了汕头的发生地；那有没有可能发生在父亲家里呢？这一幕场景与父亲老家房间很相似。我回去探望父亲，基本不用在老家那里过夜，需要休息一般也仅有中午时分，我休息的地方倒是占用了父亲的房间。但我每年回去的时间屈指可数，大概也就一次，好像没有发生的可能。父亲家，基本是出嫁前的居所。

我终于可以确定，是在广州的家。

就在现在我凝视的地方：我凝固在这个熟悉的地方，它是我须臾不离的生活环境。我现在把它移进那浮现的情景里，就像外衣和内里，每一个细节都吻合而套成一体了。就在我半依靠着的床前。这个我每天出入的空间。

可我在后来的时间里竟然一无所知，隔天的阳光把这一切严丝合缝密封了。

这是平行宇宙的镜像？还是我主观的描绘和修复？我对这描述的一切依然有着诸多的不确定：我真的被下了迷魂药吗？某个夜里我家发生了入室盗窃？

问题：真实或虚幻

第三件事，就是我要向你咨询的问题：出现在我记忆里的这一幕，是不是真实存在过？

一个中年男人，他正站在我的梳妆柜前翻箱倒柜地寻找钱物，灯光照在他身上，他淡定地在抽屉里翻着找着，他打开了一个抽屉，又拉开了另一个，镜子反射着橘色的灯光，也映着他的身影，我醒来的动静好像惊动了他。他转过身子，看看我是不是醒来了，他胸有成竹地瞄了我一眼，他知道我在药物的作用下，无法动弹，无法起身，他瞄了一眼后又转过身子，继续翻东西。

　　我在半夜里醒来，随即又昏睡过去了。

这是什么时候的事情？它成了夜和记忆的赘疣。

父亲家失窃的事，就这样意外把它牵了出来，深埋在记忆深处的皮囊里完好如初。我清点了每一个细节，现在也是我要咨询的指向，我愿意把它归属于心理问题：这一幕是不是真的存在？我是不是被下了迷魂药？我家里曾经在半夜里失窃过？

　　"嗯——"电话里头他笑了，一直耐心听我讲述的袁老师发出了爽朗的笑声。

　　一回生两回熟，我跟着他的心理热线，看着他不厌其烦地倾听着各种有"心理"问题者的咨询。旁观者清，我跟踪的这若干个咨询者——自认为有心理问题的人，在我看来都不是心理上的问题，只是碰到了生活上的坎需要开导、疏导。这个心理学的专家却有超乎常人的耐心，他自己的"心理"像是包裹着铜墙铁壁，具有强大的耐抗力。

　　现在把我的心理问题投放到他这里，我成了真正的患者，我跟他预约了这个时间段，我知道对他的尊重是不能超时。我守时守约，虽然对问题最好是单刀直入，但没有前面的铺垫就无法进入后面的主题。

　　我言简意赅地把前和后带了出来。电话里的那端可以想象他接听的表情。

　　"这一幕没有存在的。"笑声之后，他直截了当地盖棺定论。

　　他的语气斩钉截铁。

　　浮云消散，尘埃落定。我透了一口气，心脏骤然疏通了，就像长期淤积的水道。这是最好的答案。

　　但我又将信将疑。"您是说这一幕是我的臆想吗？"我追着他的话语。我看看墙上的白色时钟，预定的时间范围里还有盈余，我可以继续说下去。

他继续持以耐心，语气平淡，却笃定无疑："是的，没有这么一幕的存在。"

"包括你的父亲那里，应该只是入室盗窃，但不会有下迷魂药。"后面这尾巴有点像蛇足，看来他不相信迷魂药一说。也难怪，年轻的心理医生是八零后，他生活的时代已经甩掉了知青的时代环境。

他在电话里又给我谈起了他的童年经历，我有点心猿意马。我不相信每件事心理医生总能在自己身上找到对应的痕迹。一个人的经历不足以应对那么多不同的轨迹，何况不同的年轮自有不同的辙印。不过这不重要了，他对我的诊断足以影响我接下来的思想。

那个人没有存在过？那一幕从没切入过我的时间里？来自他权威的答案让天空晴朗，大地清明。

可我为什么对这一幕那么熟悉？容我再想想，它究竟是出现在什么情景中？它曾经是一个梦境，我对这个梦境很是惊悚，早晨醒来后，我不忘告诉女儿："昨晚我做了一个非常可怕的梦……"她没来得及细听，或根本不感兴趣。我想，这个细节肯定是有过的。

梦境虚幻无聊不屑进入谈资，我们每天有很多紧迫的事情亟

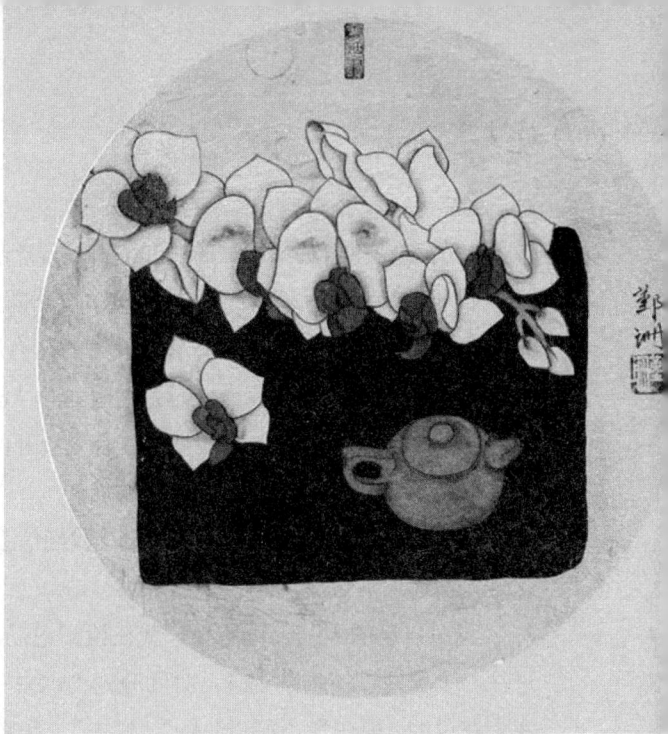

待解决。

梦的布袋随即沉溺于深潭。我们又漂浮于五花八门的日常中。

日子的快速转动在某一天被擦破了皮才骤然停住了——早上起床我发现家里的木门赫然洞开着。我家的门有两层，外门铁质，内门木质，厚重稳固。我惊恐疑惑，对着这扇大开的木门一直进行脑回路：是不是昨晚忘了关？还是半夜有人撬开门？

为什么铁门关着，而木门却没关？

检阅家里，貌似也没有丢失东西。我确信丢失的是自己的记忆，这是日渐递增的健康问题。

我对自己的大脑一无所知，我在检阅记忆，"现在"之前皆成过往，圣奥斯丁的神学观念：时间分为"过去""现在""将来"，我们在说的"现在"，说完已成了"过去"。跟随着时间的抽象齿痕，被抛开或被焊接。时间的雾霾里充满了消融记忆的芬太尼，那些丢在黑夜和无底深渊的记忆。

我的记忆已经成为筛斗，承接之后又被筛得所剩无几。随着时间这条生命线，我们的脚步不曾停留地一路往前狂奔。现在的我不得不停歇，回望苍茫地表的来路，那些深的浅的脚印，真的幻的印象。

我也是猫

一

不知是谁把夏目漱石的书推给我。

恰好，这么一个假期的休整，整块整块的时间，好好啃他的书，《我是猫》的节奏与我此刻的生活有些拉扯，刚好也治疗一下我心急的毛病。当我的期望一直在前面带着文字，情节依然慢吞吞地在后面爬行。于是，我只好停下来，匍匐如猫，这样在地面慢慢地轻着步，我和夏目漱石可以同行了。

一只猫的眼睛，一只猫的视觉，竟然可以用它的嘴啰啰唆唆地说上将近四十万字的内容。一看这么厚的书，本来让我生畏。但封面上一只水墨绘就的猫的背影，那么渺小，那么卑微，几乎是一笔绘就的，虽然不潦草，可显得那么轻，如一树叶，轻飘飘的树叶，飘在这书面上。它的话语，应该是一下就忽略过去的，怎么就攒了这么厚的页面？一本四百多个页码的书，我需要担心自己的耐心能否支撑多少个页码。

这是一只家常的猫，我们曾经每家都需要养的猫。它不是大唐女皇武则天皇宫里似有似无的猫。据说武则天很怕猫，这与她迫害致死的萧淑妃的诅咒相关，武氏洛阳宫中甚至不能有猫，而偏偏是越怕越心疑生暗鬼，猫在夜间的行动像是魂灵的窜入——感谢发明了电影的人，它的展示基本是再现，更形象生动。夜行的猫，诡异莫测。虽禁止，但武氏耳朵里总是它穿越的声音，皇宫里已经完全绝迹的猫，却有魂灵般的魔力，神秘而狐媚。让武氏胆战心惊，患得患失。

我们家汇街的猫，是每一个家的一员。毫无悬念，它是每个家必须有的配置，就像椅子是家里的配置一样，它与狗的存在完全不同，养狗的家庭不多，养猫却是每个家都需要的。一家家相连串的四通八达的街，老鼠一直与之生息相关。有食物的地方，便有老鼠，有老鼠，必须有猫。

若谁的家里连一只猫都没有，邻居定会张罗着谁家的小幼猫，或是告知你谁家的母猫刚下崽，可以给你匀一只。要知道，谁家都没有那么多的口粮，猫多了也不行。必须刚好，最好是一只，管用又不占多少粮食。

它与每家每户那群鸡不同，它是有责任的，鸡却完全不知，它们最终是餐桌上的佳肴，而猫，就是家的卫士，虽说这么需要它，毕竟它是猫，只要你见过夏目漱石的猫，就知道地球哪一端的猫都是一样的职责。

而猫的存在，与人之间，有时需要一根绳子。我说的有时，即并不是常态，在主人需要的时候，必须的时候。

它便是在"必须"的时刻，被这根绳子拴着的。

这只猫的哀怨，便是来自绳子的困顿。拴在后厢房的花猫蹲在灶边，实际上它的绳子就绕着红泥灶宽大的肚子，那么一截短小的绳子限制了它，可供它活动的空间很有限，何况它又那么不懂事，自己在拼命挣扎缠绕之中不知不觉又把绳子绕得更短，有时甚至连头都被缠在绳子中，越缠越紧，只有痛苦得"喵喵"直叫。

看到我来到，透着金黄色光亮的眼睛朝我可怜兮兮地求援。

我用右手两根手指提起它的耳朵——抓住猫的耳朵，是最安全的办法，或是抓住它头部的两耳处，一下提了上来，按绳子绕着的线路逆回去，回到炉子一边的打结处，把它解救出来。

绳子松了，很长的一段，让它有那么长的一段线可活动。但长度需恰恰好，不然绳子太长，它能绕着什么东西转，虽然能转过去，却不会像人一样绕回来，猫只懂得往前，而不懂得退后，所以又弄得寸步难行，且把自己的脖子勒住了。

脖子上拴着绳子的猫经常会出现这样狼狈的时刻，看着它，我也痛苦难受，它真是个不懂事的婴儿。

家里养过多少只猫了，没法子数，养猫是个喜悦情感不断叠加而痛苦一下子又斩断了你的日常的过程。这是矛盾的日常，因着猫最后的归宿、猫的命运，乃至对待它的残酷手段都扔给了我们承受——自从接纳它的那天起。

养猫需从小幼猫养，不然它不习惯，会逃掉，会思念老家。思念的体现便是，即使拴着绳子，也叫得凄风苦雨，让人的生活昏天暗地。

小猫咪都是别人家给的，我们家也经常给别人家小猫咪。猫生崽会生好几只，养着养着家里就没法养了，人口多了生活就成问题。猫饭一定得有腥味，虽然吃的是鱼骨等残羹剩饭，但每餐要这样提供，一只猫还能凑合，几只猫就得饿死了。即使没得吃，猫就是认准了鱼和带着腥味的饭，这是天性。没有鱼骨时，我们会弄点鱼露均匀浇上去，也算给白粥饭上涂抹一点腥味。可猫的鼻子精得很，它闻闻、想想，除非它特别饿，舔舔几口后，有时一鼓作气吃将起来；

有时就不理你的饭食，径自走开了。那点腥味还真骗不了它。而我反倒着急了。

当我们的饭桌有鱼骨残羹，那也是猫的盛宴。我会尽量把鱼骨弄碎，把它们均匀地拌在白粥里，拌饭的活还在弄，猫儿已经缠在我脚边"哼哼"直叫唤，用它身子的毛发蹭我的脚，用它的鼻子磨蹭我的皮肤，让我感受着它迫切的心情。食物丰盛的时候它风卷残云，聪明的猫自是先把和着鱼肉的粥一下子吃完，小骨头次之，也会随后舔完，大骨头留最后，它啃啃，然后左摆右弄，真的解决不了，我也感到遗憾，本来应该可以弄断大骨头的，只是因为怕弄脏手，人偷懒一下猫就需折腾大半天。

看着它的辛苦折腾，我心里多少有着歉意。

这种亏欠感很快就消失，特别是看着它吃我们餐桌延续下来的美味，容易满足于猫的满足。

另一种亏欠却是一辈子的负罪，那被遗弃的猫，需要被我们抛弃的猫，它的叫声一直响在我的心头。

此刻我只有躲在屋子里为它祈祷。这只猫被父亲带去扔掉，父亲必须把它带到很远的地方，出到镇外，父亲是骑着单车，必须骑单车，那样才能到公路延伸出去的地方，才能到猫都找不到回家路的荒郊野岭。

我的痛苦在屋里氤氲渐浓。

虽然我是个孩子，可在我们眼里它也是我带大的孩子，从它进我家门，从它咪咪叫着想念自己的母亲，是我们让它们骨肉分离，它不吃不喝，眼睛惶恐地看着我，我抚摸着它，梳理着它的毛发，拿水给它喝，拿调好的鱼骨粥给它吃，终于，思念和陌生终究抵挡不住饥饿，它怯生生地，开始试探着吃起来，慢慢地，开始大胆狼吞虎咽起来，很快把半碗鱼粥给干掉。

我们不时买些小鱼，小溪就在门口，打鱼的人若有收获，我们可以先跟他们买下杂鱼，很小的杂鱼他们可以便宜卖给我们当猫粮。

一个月过去，小猫渐渐在叫声中忘记了过去，新环境替代了原来的家，母亲于它已经是隔世的记忆，它的眼睛已经渐渐熟悉了当下，我带着它来到了我家的后院，告诉它，这是前厅、这是房间，这是门口的街路，这是便溺的盆，这盆放了很多捣烂的煤渣。

它"咪咪"地朝我摇着尾巴，绑在它身上的绳子可以卸下来了，看着它玩着门口的石阶，专心致志，我知道这里已经是它的家了。

每餐它按时回家吃饭了。

可是，这只有着漂亮毛发的黑猫一直无法认同的是它的便器——这个放了煤渣的搪瓷脸盆，我们每天教它在里面便溺。跟它说，这是你拉屎拉尿的地方。它是否听懂我们的话尚未知，只有当它是听懂的。并且弄点它在别处拉的猫屎放里面强迫它闻，让它知道：只有这地方是它的厕所！

黑猫依然不懂，家里最不能有猫屎的臭味，这臭是无法清除的。当某个阴暗角落里又传来猫屎猫尿的难闻气味，家人把黑猫抓来，摁下它的头，让它闻闻，用我们的语言告诉它：不能随便大小便。然后打它的头，又抓它到它的便盆里，告诉它必须在这里便溺。

它痛苦地呜咽着，这样的强制行为彼此都痛苦，语言不同，理解不同。我们都知道，让它懂人意是多么艰难的事情。

"好的猫"——外婆如许定义猫："好的猫它是懂得掩埋它的大小便的。"爱干净的猫也忌讳自己便溺的味道。

我家就养过好多这样的好猫。

它们自动自觉地在便盆里便溺之后，闻闻，用爪子刨着煤渣粉，掩埋得没有痕迹和味道它才放心走开。甚至当盆里积了太多它的大小便，我们忘记了给便盆换煤渣，它便拒绝在里面便溺。

它们是特别爱干净的猫，有好品德的猫深得人们喜爱。

这只小黑猫什么都好，它已经出落得漂亮健壮，它的毛发非常漂亮，据说漂亮的猫都爱干净，也即是会懂得在便盆里大小便。黑色间白色的条纹，额头还有横纹，邻居们仔细研究了，居然是老虎才有的"王"字。字形不那么明显，但颜色随着它渐长越是清晰起来。它的头大大的，显得更可爱。它跟我撒娇，玩着我勾花的线，轻轻地拍耍，它是不敢弄坏的，玩玩，不一会远远地躲开，怕闯祸。

可是，它就是不懂把大小便装在盆子里。

现在，家里到处都是猫屎臭味，好多角落已经臭不可闻。要不是小黑猫额头上的"王"字纹，家里人早就把它丢弃了，每次臭味，父亲便把丢弃它提上日程，已经唠叨几十次了，我知道他也是舍不得。

小黑猫好像恃宠撒娇，在它依然故我，又一次重施故伎时，我隐隐看出父亲是下了决心："看来这只猫真的不好。"

我把它抓来，狠狠地打着它的头，在它小便的角落里，让它闻这难闻的气味，它痛苦地挪开它的头，"以后一定要在这里小便，知道不？"我狠狠斥责它，并把它的头摁到煤渣里，它一直想逃离我的手，喵喵直叫。

我是为你好，再这样，我恐怕保不了你！

我如是对它说。

刚松了手，它一溜烟跑得无影无踪，我的话也被它丢脑后。

<h1 style="text-align:center">二</h1>

在城市看到它们，密集的人群里，它们存在或不存在，上班族已经顾不了它，绿化带、垃圾桶、停车场却如荒漠，这里的猫，眼

睛看着你，却带着旧有的沧桑和漠然，是的，它们的叫声有着诸多无人聆听的冷漠。

居民小区一直有这么一群猫的野蛮存在，各种品种的猫，特别是有几只脏兮兮的宠物猫，它们有绿色的眼睛和特别的造型，看出被圈养时的娇宠。可现在，它们和不同种类的猫抱团合伙，它们成群结队，聚集在垃圾桶下面觅食，在它们眼里，垃圾桶是食物的地方。它们已经熟知人们的节息，熟知什么时候有食物。晚饭后人们倒垃圾之际的残羹，就是它们的盛宴。

就这样让我与它们结识了，一群青壮老幼混杂的猫，一张张充满饥饿朝我呼叫的脸孔，和一双双渴求的眼睛。我一直养成的好习惯：剩饭剩菜专门另装打包，之前可以给收泔水的，可以给鸡吃，可以给猫吃。后来几乎毫无用处了。

我拉开手里拎的垃圾袋，把里面专门装好的鱼的残羹、剩饭，一块端出来，这是一个装满了的塑料盒子，刚低下身子，还没放好，它们一窝蜂围了上来，嗷嗷直叫，我真担心被那些脏兮兮的毛发蹭着，猫们可不管不顾，拼命抢吃起来。

为此，我每个晚上，几乎要打包一些食物，就是为了它们。动物是很直接的，不到两下就认准了我，当没有剩饭时，它们也围了过来等待我手里的袋子。只有垃圾没有剩菜时，这样的空囊使我心生负疚，让那些充满期待的眼光落下失望的颓丧，这感觉很不好，我的脸火辣辣的。

而上班时候，它们远远地也认出了我，竟然从垃圾桶那一边纷纷朝我奔了来，一整群猫奔跑的情形，声势浩大，它们认为我应该能够给它们带来食物。这种一厢情愿的落空，让我从此见到它们就有负罪感。

因着出差和各种原因，好长一段时间没有在家吃饭，最终它们也放弃了对我的期待，反倒让我心安落。我知道小区里为这群猫操心的队伍日渐壮大，现在好多人在努力为它们提供食物：有的住户专门备了盒子留了剩菜剩饭，不时有人喂养着它们。

垃圾分类之后，一切都按部就班，那些厨余垃圾再不会像以往那样高高堆在垃圾桶上甚至掉下来，猫可以跳上去觅食。现在密封的桶，分"餐厨垃圾""有害垃圾""可回收垃圾""其他垃圾"，有条不紊，干干净净，我才想起好长时间没有看到那些猫，那群被人遗弃丢弃的猫，它们哪里去了？我也突然发现，以前见过的好多地方的流浪猫，也都不见了，它们隐匿于城市的什么地方呢？它们被收留起来了吗？它们若再流浪，该如何果腹啊？

心流出牵挂，那些在黑夜中亮出的眼睛，一下又从沉溺已久的童年中泅渡而来。

三

我惦记着它。

小黑被父亲带出去，用一个布袋装着，它在里面"喵喵"直叫，看到布袋在扭动，抓得我的心很痛。父亲要把它丢到很远的地方去，直到它找不到回家的路，它将变成一只流浪猫，它将露宿荒野，它必须自己觅食，与其他野生的动物打斗，弱肉强食，它有可能病死饿死，它将承受风雨和霜露。

我在家里数着时间，外面是黑暗的，父亲带着手电筒。他往哪个方向去？他去的地方是我不认识的，我也怕那样的地方，我幸亏不是猫，不然，那在布袋里喵喵叫的有可能是我，布袋里的猫还不知道它的命运，它此后一生的路。

这是生之悲哀。

外面寒冷，屋里是橘黄的灯亮。我的灵魂在外面行走着，跟着那只猫，每段时间，我总有这样的痛楚，这不是唯一的一只，这只猫尚且有它的错，它的错令我的痛苦减弱了些，那些臭味让我的负罪感有了释放的一个透气小孔。

曾经的那只可爱的小猫，因为它的母亲生多了，又没有找到要它的家庭，它们就得面临着分流的命运。没有谁的家里能够养这么多猫的！很多时候，人们喜欢的是公猫，不喜欢养母猫，母猫会生孩子，一生一大串，此时每个家庭的主人都得狠下心，让它们生离死别。

那只面临此种命运的猫咪极其可爱，虎头虎脑，它已经断奶，能够自己吃饭，每天玩得够开心的，殊不知家里给它们的食物越发紧张。它们几个兄弟姐妹中必须丢掉一两个，这时候我知道我们无法选择，唯有丢弃认为不漂亮不乖巧的那只。只是，这个时候的它越发显得无辜可怜，因为我们知道，这样的小猫咪在野外更加难以生存。

我们能做的，就是再养一段时间，让它们有更加高大的身量。

上帝是否也可怜猫这样的动物？在野外的生存能力也匹配着猫的体格，能存活下来，它们成了野猫，精练如豹子的野猫。

我的茫然与黑夜一起蔓延。我唯有祈祷它能够找到回家的路，这样，家里不会再丢弃一只寻觅回来的猫了。

我的祈祷毫无条理，而我内心的呼求的愿望，只是让这只曾经在我手里觅食的动物有着生的机会。

我曾经抚摸着它光亮的毛发，享受着太阳的光照。它的温顺和依赖激发着我对它的担当。可是，实际上我对它的命运无能为力，那个被告知即将丢弃它的那个晚上，父亲也专门准备了杂鱼，有肉的鱼，而不是剩余的鱼骨，给了它一顿丰盛的晚餐。它一点都不知道接下来的命运，兴高采烈地把它吃完。

父亲回来了。一个人，没有猫。

我一直没睡觉。我期待它会回来，有的猫很能认路，很远的地方，甚至三几天，它都能回来。那只几天后回来的猫，一身狼狈，瘦了很多，毛发脏兮兮的，只有眼睛越发精亮，看见我们，由喉咙口发出的叫声一直呜咽不止。连外婆都心疼得赶紧给它弄饭吃，它绕着我团团转，不停地呜咽，全家人的情绪都被它调动了，我们都围着它，跟它说话。那一刻，全家就像对待一个失散的亲人，热情地款待它，能够自己寻回来的猫，家铁定是它的了。

黑暗里，我祈祷那只猫能像它平时那般聪明，在布袋里也能凭着感觉，循着去时的路，找到家。

我最初的情感便是与这些猫悱恻缠绵。

爱、悲伤、牵挂、痛楚……直至在往后日子里彻骨的思念与负疚，埋没在尘埃之后，在某时不经意被风掀起，露出清晰的浮雕般的记忆，"喵喵——"它的叫声依然清晰在我的跟前。

四

我是猫——夏目漱石家里的猫，它看到人们看不到的真相，看到人戴着的面具后面的真实面貌。

我发现，我也是猫。

地位低微，没有一官半职，没有谁需要求你办事，看着你的眼色生活，因此不需要迎合你，给你虚假的面孔。我欣喜地发现，世界是真实的存在，当我也真如一只猫时，谁都不用戴着一张面具。

这样真好，不管是漂亮的还是丑陋，温和善良还是凶神恶煞，不管是喜欢还是厌恶，那些面孔给予我的都是不加伪装的真实。

"放眼世上我们便可得知，越是无才无德的小人越是横行霸道，越想升官发财。此种恶劣秉性其实就是从囡囡时代露头的。"来自《我是猫》的猫的剖白，一只猫竟然看得如此透彻！看来不管哪里的猫，哪里的环境，都是可以用道理贯通的。这只主人家的猫看着"囡囡"在家里横行霸道，胡作非为。它眼之所至，都是一个囡囡的真实呈露，没有遮掩，没有面具，与主人所看到的自然不同。

"她是个很热情的人，她能办好我交代的所有事情，而且尽心尽责。"贾主任由衷地对媚赞赏道。

我静默不语，我也是猫，一只低于桌椅的猫，我看到热情的她狠狠地敲打桌椅，骂骂咧咧着，把虚拟的数字填报了满满的丰收画栏。

我是猫。

当电话响起时，已是十年之后的某个夏日下午，我分辨不出贾主任的陌生声音，当她再三强调自己的名字"我是贾甄"时，这名字撞击我。

我明白，现在我们彼此都是猫了。当她坐着官帽椅子后，她就没有自己的名字了，"主任"便是她的名字，她现在专门打电话给我，特地把自己的名字报给我，让我们曾经要好的时光又回到跟前，只是我心生纳闷，我是猫，谁愿意回到猫的跟前？

"我是专门跟你聊她的，阿媚，我被她害得好惨，我一直提拔她，谁知最后被她一脚踢开了。"

人间的事情很复杂，我是猫，我已经是猫。我想起家里那只漂亮凌厉如梅花的猫。

踏雪寻梅，这个名字就像浮尘里一朵盛开的梅花！

这猫浑身黝黑发亮，自腹部以后却是截然不同的雪白，连同爪子，黑和白的颜色都是蓬勃充满生机。动物是那么的真实无假，它的毛发黑得滴油白得晃眼，那时它正威风凛然，人们喜欢它，老鼠怕它；若它病恹恹，它的毛发必定黯淡无光。

这身衣裳配在它身上就如将军的铠甲，作战时的战鼓。它的眼神掠过你的脸时，一阵寒意直透心里。眼睛里的金黄透亮，在黑色的毛发里是两盏灯，动物的眼睛比人更纯洁，更亮，我是从猫的眼睛里得出这样的结论的。

这样的猫不一定要吃饭的，有时候它两三天不回家，但不用担心，你也不知道它究竟去了哪里，它回来依然威风凛凛，好像出了一趟公差似的，人们只有用敬仰的眼睛看着它若无其事地继续在家里生活。忍不住抚摸着它问：你这几天去哪儿了？它回头看了你一眼，回应一声轻描淡写的"喵——"几天消失的时光就这样被它喵过去了，更增加了那一份神秘感。

一条街的屋子鳞次栉比，高高低低的瓦棱屋，上百年的老屋上积聚了好多厚垢，长了各种寄生植物。屋顶，是一番天地，也是猫的领域。夜幕披压，每个屋的灯都关闭，整条街沉沉睡去，万籁俱寂。

没有夜灯，只有一双眼睛如灯般发亮，踏雪寻梅，是将军，巡行在这街的上面。这只猫十几斤重的身体走在屋顶上却是无声无息，此刻它威风凛凛，是一个王者，整条街的老鼠退避三舍。

街上的邻舍因它而欣喜。

它吃老鼠，所以，给它的猫食不是每天都需要的。但不时我们会调好食物在它的盘子里，看它没来吃，隔天才会把剩饭倒掉，把盘子清洗干净。它特爱干净，一定要新鲜的饭食，每次它都会先闻闻盘子，断定它的干净与否，再闻闻盘子里的食物，确定清楚才开始狼吞虎咽起来。

吃过老鼠的它是完全可以睥睨我们准备的猫食的。猫无求，品也高，何况，整条街的老鼠还靠着它整治！

　　阳光下的它非常享受，只要看它眯着眼，一副睡意蒙眬的样子，就知道它沉醉着，若加上人的手摩挲，于它简直是人间美妙的享受。椅子、晾晒的竹匾竹筐，都是它睡觉的地方，它是极少蹲在地面的，它骨子里高贵的！若是它睁开眼，发现摩挲它的是不熟悉的人，半眯的眼睛随即变成敌意的凶光，令靠近它的人胆战心惊。

　　这只猫有着冷峻的性格，就像男人——我一直当它是男人。而矜持的特性又多么淑女，它对谁都有着三分冷漠的对峙，先保持着一段怀疑的距离，只有在熟悉了解的情况下才肯让你靠近它。

　　不知不觉地它成了以后渐长的我，还是我渐渐长成了它？

　　它是忧郁的，它的眉眼很有型，爷爷说它额头上也有"王"字，我们端详额头的"王"字依稀模糊，有点牵强，我在很多猫额头上都好像看到这样的纹路，但我们都宁愿相信就是这个字，有这么三横一竖的存在便印证了猫十足的底气。它是高傲的，不像以前的猫喜欢在人身边摩挲着，希望得到主人更多的关注，它特立独行，它有自己的眼光，它有自己若有所思的事。

　　它坐在黑酸枝长椅上，静静地思索着。那样的时刻，它是个男人，深沉似后院那口井，一个经历风霜雨露的男人，只有把所有甘苦都深埋心里。不知道它经历着外面怎样的风雨，外面的世界于我只有黑暗的未知，而它从黑暗而来，它的沉默和冷然由金色的眼睛射出，如镶在夜幕中的星星，幽深神秘。

　　我看着它，用人的高度，"上帝造人，世界上的动物都让他管辖。"虽然岁月于我只及大人的膝盖，我也渐渐入猫的世界，用它一样低矮的身量和眼睛，遥望遥不可及的高度。

　　它这样蹲坐在椅上看我，转过头去，又转过来，眼角斜睨着我。我静静看着它，想从它眼里看到它心灵的深处。它看着我，好像洞穿一个小女孩的心思。

我们就这样互相读着彼方。

有那么一刻，我以为我与它必定是心灵相通的。虽然它是一只猫，但它同样有一颗跳动的心。

我问父亲：猫有灵魂吗？

猫有思维吗？我想知道它在想什么。它为自己的生命忧伤吗？

一只太出类拔萃的猫注定了孤独。邻里的猫从不与它在一起，不知道黑夜里是否也一样。

某一段时间的夜晚，屋顶传来猫的撕咬和叫嚷声，这样的惨烈叫声持续好些日子了，据说是猫在"起拳"——叫春。每当夜幕覆盖，屋顶猫声喧哗，像猫的武林大会，撕咬翻滚震得屋顶要坍塌，家里大人只有拿着竹竿往上捅，并大声吆喝恐吓它们，倒是把猫赶到别处的屋顶去，换得暂时的安宁。

经历过夜晚与同类的战斗，隔天的"踏雪寻梅"精疲力竭，看来同类才是真正的敌人，对付老鼠对它来说小菜一碟，只有同类的野蛮进攻让它伤痕累累。我们无法知道屋顶的剧变，只有从大白天它残存的模样而想象夜晚与同类战斗的激越。

它的眼神有着悲伤，不仅仅是身体的痛。带着伤痕的它在阳光眯着眼，想着自己的心事。

因为它不需要经常回家，所以当某些日子发现看不到它的踪迹时，才知道它已经多少日子不见了，不知所终。

它不知道我一直惦记着它，在与一只只棕色的、灰色的、黑色的猫走过每一段极长的生活，走过自己的青葱岁月，在为人妇之后，如恋人般纪念着它的深眸。

只因与它有过眼眸的对峙，一刻，就是一生的牵系。

我也是猫，我已经读懂猫的心事，我也看到人的真实容颜。

第二辑 微尘星光

　　人性的真实在于缺点的生
动呈现，在于某点掩盖不及的
真性情，这些毫不影响画师的
表达，倒也瑕不掩瑜。

鹊巷
8

微尘星光

一

一罗坐锅锅	二罗走脚皮
三罗有米煮	四罗有米炊
五罗五田庄	六罗伯心肠
七罗七益益	八罗作乞食
九罗九娃娃	十罗做大官

墙角、蚁群，它们繁华的世界。

蚂蚁队伍歪歪斜斜，蜿蜒攀上屋顶方向，一个大黑点从下面袅袅娜娜，挪上了队伍里。"蚁后！蚁后！"蚂蚁队伍的蚁后不用自己走路，它被其他工蚁像抬轿般抬着，在队伍里——队伍里的蚂蚁没有敢偷懒的，每只都背负着包裹家当，它们进行着声势浩荡的大搬迁。

"等等，再让它们走一段。"

蚂蚁的世界在前，殊不知我们在后。这是比电影还好看一百倍的演练，我们不知道电视这东西，还有《动物世界》的栏目，那些在我们的世界之外。我们的世界很大，今天我正对着距离鼻子一尺之遥的墙角，那里是我投入的世界，那里有一个微尘的宇宙。我熟悉这破损且冒出几棵野草的角落的奥秘——我家外墙的拐角有几处蚁穴。这蚂蚁的世界就在我们的鼻子底下与我们共处一个屋檐。

我们不喜欢它们，特别是它们总是来分享我们的食物，只要有食物，它们总是能闻风而至。甚至空的盘碗，它们也能津津有味地像吸大麻般沉醉其中。

它们几乎成了母亲确定我的碗洗不干净的昭昭罪证。洗好的盘碗若是有蚂蚁蹲在上面——我奇怪没食物，它难道用某点味道就能填饱肚子不成？母亲会飘过一丝轻蔑的眼神："看看！洗成这样。"蚂蚁真是检验真理的唯一标准，确凿证据，我哑口无言，辩驳不得，只有无奈返工，重新把所有的盘碗再洗一遍！

蚂蚁也是密探，只要我偷偷吃点糖罐的红糖，它们便会围绕在密封的糖罐周围，告诉母亲，有糖的粉末被人带出罐来。

蚂蚁从墙角绕过大竹子，再走过半边老门板，九十度的墙角就是它们最齐整的康庄大道，它们的队伍已经源源不断消失在屋檐尽头。

这只蚁后被抬着，速度比较慢，后面很多工蚁不断越过它们的"轿子"，有的还碰碰头打招呼再走。而现在蚁后好不容易从远处走完它那漫长的路程，已经转进九十度的墙角，又继续往上前进。中途有工蚁轮换，也有磨磨蹭蹭的，不知道是不是在抗议着。

"快！快！把棍子捅进去。"墙角下不停地喊着，他们正破坏着蚂蚁的队伍，蚂蚁乱作一团，墙底下的小洞也被他们捅开。

"快！可以了。"旁边有敦促我的声音，我丈量好这距离，手里的树枝叉子稳准地把蚁后整个抬进了我脚下的这个小洞，用树叶塞住。

"哇！"一阵欢呼声。

我站起来，工蚁是一条永远走不完的长蛇，今天最少猫了两个钟头，我蹲久了，站起来伸伸腰。

"哇——"一站起来，我的后脑勺随即碰到了什么东西，只听"哎呀"一声。我的头"嗡"的一声响，不由得也发出一声叫喊，我这才发现，发出"哎呀"叫声的是站在我后面的阿牛，他一直站在我身后看着我们共同的蚂蚁世界。阿牛发出的声音比我大得多，几乎是惨叫。

我知道头部的疼痛是碰到阿牛的下巴，我看到阿牛的嘴里正流着血。

我虽然撞了他一下，也就疼了一下，毕竟后脑勺比较硬，阿牛的下巴往上猛力碰磕，口腔里面自然受伤了。

看着血从他的嘴角流出来，我们都慌张了。阿牛先愣了一下，用手擦了嘴角，手一下沾满血，看到手里的血，他一下哭了。我愣住了，我不知道怎么办，傻站在那里。蹲在地上的伙伴们也都站起来，看着阿牛手里、嘴里的血，一个个面面相觑，这样的突发事件超乎大家的认知，流血的情形更让大家感觉问题的严重，最需要的是躲避嫌疑，一个个赶紧溜回家了。阿牛也边捂着嘴巴边哭着回家了。

只有我一个人呆呆地看着他的背影，天将塌下来。

看蚂蚁还在继续搬迁，不仅有往上的队伍，还有往下的队伍，搬上了屋檐它们新的地方又往回折，继续它们搬运工的活。幽深的蚁洞藏了那么多东西，像是永远都搬不完。一队来，一队回，它们就在我眼皮底下穿梭着。我的眼前只有流动的黑色溪流。天也是黑的，我为什么要站起来，我怎么不知道他站在我后面，同心协力进行着一场破坏行动——让那只从不露面的巨型蚂蚁落单，然后看它能不能活着，猜测蚂蚁如何构建没有蚁后的王国。阿牛是什么时候站在我后面，成了我们的啦啦队？

阿牛父亲带着阿牛告状来了，告诉我外婆必须上卫生院。卫生院是个严重的词语，镇里生病的人不需要卫生院，顶多去那位包治百病的老中医把下脉，抓几服中药。若他没办法，那就只有老天爷管了。卫生院就是打架后必须去验证、相当于裁判的地方，被单车板车碰撞后必须去抹擦药物，相当于心理慰藉的地方。两个人相碰撞，年长或是体弱者，会觉得需要去医院走一趟流程式的医治补偿。卫生院——这里的医院，事关一个事件心理上的胜利。

我目送阿牛跟着父亲去卫生院，我脑海中一直嗡嗡作响。外婆也看着他走远，她还没回过神来。

我一直站着。很快阿牛他爸带着阿牛回来了，径直到我家来。阿牛他爸用眼睛斜视着我，直接对着我外婆，把阿牛推到跟前："你看！你家的奴仔把他弄得这样子！已经去了医院，医疗费四角！"阿牛的一边嘴巴弄得鼓鼓的，贴着方方正正的纱布和药棉，用胶布封好四边，胶布条打成夸张的"井"字。一个白色的大"井"，旗帜鲜明地告诉人们一次进行过医疗的事故。

"上药，贴药，四角钱！"我家外婆自然得赔医药钱。外婆忙不迭掏钱，递给了他。他拿过钱，瞪着我："你怎么搞的？把阿牛打伤得这么厉害！一个女孩子！"

外婆连连道歉，转过头，眼睛也露出了凶色。"过来！"我挪过来两步，外婆指着阿牛脸上代表伤口的纱布，厉声问："是怎么打的？怎么打成这样？！"

天昏暗，雨降至。我知道为这一笔意外的支出，我将是一番皮开肉绽才对得起这四角钱巨额损失。阿牛和我同在一年三班，若不是今天的事，他爸每天都会笑眯眯地来借我的作业给他抄，或是以我的作业来校对阿牛做得对不对。

我的声音是泥土里拔出来的草，摇摇晃晃，柔弱而艰难。

"我蹲久了要起来伸腰，不知道后面站着阿牛，不小心，一下就磕碰到了他的下巴。"我知道这样的事实也很苍白，在需要以钱财为代价的现实，损失的还有我们的自尊。

我为自己辩解着："我没打他。"是的，我和阿牛那么要好，我们连口角都没有过。

外婆应该也不相信，她转向阿牛："是不是这样？"

我看着阿牛，我的命运在阿牛那里，他爸也看着他，期待他有顺眼光而意会的说法。阿牛圆圆的脸，还是那副无表情的样子，他点点头，老老实实说："是的，是这样的。"

"她不知道你站在后面？"他爸有点恨他不争气。

"她不知道。"阿牛不会看他爸的脸色。

阿牛爸爸一手拿着钱，一手拉着阿牛走了。头也不回地说："以后要小心。"

我一直站着，天很沉闷，预期的雷暴雨还没降临，蚂蚁没有走完它们庸庸碌碌的路，那看似无休止的路。它们的天地，那么宽阔，宽得占据了一角，它们的天地那么深远，往我家的墙里无限延伸。我在某只蚂蚁的车轮后，推着板车行走在它们的大军里，我以为我就是一只差点走丢的蚂蚁，没有人知道我的路途。

四角钱医药费，这不是孩子之间的摩擦，这是大人之间的面子，我的道路会堵塞在这里，就像刚才我们堵塞住蚁后的路，把蚁后堵塞进洞里。如今，我就是黑洞里的蚂蚁了。

我已不记得那天有没有暴雨，蚂蚁有没有搬完家。我等待的棍棒最终没有落在我瘦弱的身上，外婆没有再提这事，外婆完全可以再提这事，外婆可以不看前因后把我吊打，那次阿春的事情外婆不也是不管她姐妹俩卡住我脖子，而只看阿春手里的牙痕？对我吊打？我在十多天奄奄一息之后，生命才渐渐回归。五岁的我蜷缩在墙角两天两夜，我知道我将如一只鸡那样死去，我在棍棒的雷暴雨之后苟生了下来。

那时阿春的手还没有流血，而现在阿牛的嘴都流血了，我却侥幸地躲过一劫。还有这四角钱损失的脸面——外婆是最要脸面的，足以让我戚戚然而随时准备迎接棍棒。

外婆的风暴却让人难以置信地隐沉下去。

外头阳光透过正对着门的竹帘透进来，蚂蚁稀稀疏疏还在分头忙碌。外婆也在忙碌，日子翻过，我的沉重迎来了怯怯的阳光。这次事故最终没有以身体的惩罚作代价，我的侥幸脱免在长久的等待中甚至带着凄凉之意。

阿牛还是坐在我右边的那列位置上，他上课老老实实，一直写，但还是漏了好几道题，下课了，他眼睛有点红。我知道他一着急就要哭的。我向他伸出手，把写得工工整整的作业本递给他抄。

阿牛接过来，头也不抬，赶紧对着作业，认真地抄写起来。

阿牛嘴边的那块纱布很快不见了，阿牛说，"是一颗牙齿流的血。"没有贴纱布的阿牛很快忘了那次蚂蚁的碰撞。有些插曲就像蚂蚁的队伍，不经意一个打岔，又一直向前走。

阿牛和我还是继续在门口玩，他不知道他的一句真实见证让我躲过生命的一劫。蚂蚁不再行军，我们转而在门口的树林寻找天地玄黄宇宙洪荒。香樟树干上的树胶，一滴滴从龟裂的树皮流出来，透明又有点香味，带着米黄色，我们一一寻找着树胶，收集了，虽然不知道能做什么用，可那是我们的战利品。

那一滴泪般的树胶，里面晶莹剔透，我看到里面有一块小小的树皮，还有无数的微尘在它的世界里。

二

心底的恐惧像蚂蚁列队，一直从阿春家里爬过我家门口、爬过我的五岁时光，从此，一直爬到我的少年时代。后来，它又绕道而来，岁月的痛感一阵阵袭过心头，我的心脏疼痛，疼痛着那一次命若悬丝的灾难，我的生命差点夭折于外婆那场毒打。

那也是流血事件？没有血，只有牙印痕，而印在我额头和心头的印痕，我一直想逃脱，我用双手为桨，希望尽快划出我少年的时光。逃离阿春母亲的毒意，逃离那深藏在她眼里的撒旦。

冬天里寒风凛冽，厂里一片萧条，还没有开工的工厂，就是我的天地。我家与它一墙之隔，每个工人都没有我对它的熟稔，没有幼儿园，它就是我的乐园，那里有大大的金凤树，有鸟窝，有毛毛虫，更有车间隐隐溢出的豆豉的香味。这股味道长年都留在工厂很多角落，因为这里是做食品腌制加工的工厂。

没有人起得我这么早，我尽情捡地上的树籽，金凤树太高大，我们都够不着上面大刀似的豆荚，掉下来的都是熟透后开裂的树籽，偶尔有大豆荚的果实，却抢不到。现在我竟然捡到了一条臂膀粗如豆荚般的果实，坚硬的外壳弯成一把大刀，可以扛在肩膀。一摇晃，"豆荚"里面"噼里啪啦"地响。

光滑坚硬的树籽，既是战斗的子弹，也是摇铃里"噼啪"作响的工具。金凤树籽是大地最美的馈赠，不需玩具，它就是百变的工具。敲出里面这些作响的树籽，能抓阄，能打子弹，我的大盒子里攒满了这样的树籽，它是我的首饰，可以装扮我自己制作的小布人。

工人还没上班，还没人打扫地上的落叶，满地金黄碧绿，我回到自家门口，满怀喜悦地看、打量手里这把天然长刀，它是电影里"大刀向鬼子头上砍去"的大刀。

不料想敌人已经悄悄靠近，我还浑然不觉。阿春忽地站在我面前，抢过我手里的"豆荚刀"，我紧紧地攥着，两只手拼命拽，我们僵持着。我手里的树籽掉地上了，可我顾不得捡，手里这把豆荚大刀才是重要的，我死死地护住，不让她抢走。阿春年龄与我差不多，但比我胖，力气上我是处于下风。我使了洪荒之力。

两个人就这样拉扯着，我快撑不住了，开始哭。进犯的敌人总是很凶恶，她的恶气写在幼稚的脸上。

谁知我的双肩随即被揽住，是阿春那读小学的姐姐吖儿，吖儿比我大三岁，高我一个头，她像包饺子一样把我抱住了，双手掐住我的脖子，这下我连哭的力气都没有，可是，手里还是死死地抱紧我的豆荚，我不知道它为啥比我的生命还重要？！就是不松手，阿春的一只手来抓我的脸，我的嘴趁机咬住她的手，狠狠地。

这一下，被我咬住的那只手松开了，阿春"哇"地哭了，她一哭，从后面掐住我脖子的她姐姐吖儿也松开了手，连豆荚大刀也顾不得抢，赶紧看阿春的手受伤了没。这下轮到阿春大哭，她姐姐带着她回家了。我不知道一场风暴在她家发起。

我反倒不哭了，我的战利品全都散落地上，我一一捡起地上一粒粒树籽，豆荚大刀被扯得裂开了嘴，露出了里边的牙齿：那些树籽。

没有损失，我慢慢把地上捡干净，我刚才的泪水也被北风吹干了。我回到了自家屋里。

阿春的父亲带着她到我家来了，他让阿春伸出手，手上有两个牙齿痕迹，虽然手没破皮。她父亲指着我厉声问：是不是你咬的？

紧接着她母亲也过来了，她奶奶也紧随后面。她那矮小的母亲咬牙切齿："这么狠？咬得这么深！多疼哪！"阿春配合着又哭了。

她姐姐指着我：就是她咬的！

她奶奶说："女孩子被女孩子咬，是有毒的！要出人命的。"

她父亲摊开双手，对我外婆说："得马上去卫生院治疗！看医生怎么说？还要预防以后成长出现的问题。医药费你们出。"

外婆从家里拿了两元钱先给了他。

大地空寂。

阿春的手包扎白纱布回来了，她脸上了无痕迹。他父亲说："连同医药费和消毒，看医生，还有……"我没有听清他后面的话。

外婆又把钱结清，没有再道歉。

她父亲走过我身边，低声说："要是死人了，就拿你偿命！"

他们走了，没有风，外婆却把门关了。她让我走到后面灶台那里，后院斜靠放着木柴和棍棒，也有藤条。她抄起一扁担长的木棒开始往我身上打。我抱住头，可身上随即落下疼痛。我哭将起来，疼痛让我大叫："是她们抢我的树籽的。"

外婆的棍棒继续落下来，我希望我的辩解能使得棍棒讲理："是她们抢我的。"我只有往墙壁躲，墙边的木柴倒下了，我无处可躲，外婆继续打，人高马大的外婆尚有着日落西山前的强壮，吊打只小鸡绰绰有余。墙边有架高木梯，可以通到屋顶，父亲会用着梯子上屋顶清理鸟榕。外婆把我双手绑住，吊在梯上，我悬挂在这梯子的中间，够上外婆的高度。

木棍在刚才又一下的时候打断了，外婆又在木柴堆里试着找木棒，找了一根更顺手的，我的身上，我的手臂，我的双脚，都是一根根的长痛。我的身体拼命地做无用的躲藏，虽然无处可躲。可每一下剧痛都让我本能地左右躲闪。

"是她们先抢我的东西的。"我已不知道我重复三百遍的叫嚷已经成为释放疼痛的本能。脑子里还未转到吖儿掐住我脖子让我差点窒息的危险里，密集的落点让我脑子都停滞着无法思维。

我的哭声已经沙哑，我瘦弱的身躯开始架不住，外婆的强悍在这时候使上了劲，我动弹不得，只有肚子的气息在动。我的叫声已经微弱。

四姥舅敲开了门，来了客人，外婆停下了手里又一根的细藤条，藤条已经断了一截，不好使劲。她一边跟他应答着话语，一边又重新整理刑具，我在梯子的木架上发抖，我已经管不到四姥舅是不是来借钱。他看了被吊打的我一眼，我心里希望他说句客套话，哪怕轻描淡写的"不要打了"也是我一根救命稻草。

可是，他只是观看了一阵抽打，我的叫声没有打动他，不过他有事儿，希望先把事儿插上，哪怕打死了只要不耽搁他的事就好。

他跟外婆嘀咕了几句，我的意识在昏暗，只有耳朵的听觉，"这钱就——"我的身体在他们的商量中得到棍棒的停歇，自己在痛苦中抽搐。

四姥舅拿了钱走了。

外婆歇了歇，喝了水，又是拿起长藤条，又一下下落在我身上——还有头上。没有人来了。

我不知道自己口里的话语怎么变成了"我再也不敢了"的求饶。

我在努力发出声音，虽然我的声音渐弱。我知道阿红是怎么死的，她就是在求饶声中渐渐熄灭了声响，熄灭了生命的气息。阿红偷拿了钱，被她爸用棍子打死了。她被吊打的时候也发出我那样的哀嚎。他爸打到她没气息了都不知道，再三瞧瞧才发现真的不哭了。

隔了个晚上，依然蜷缩在角落里的阿红手脚冰凉，才彻底被家人用草席卷起扔掉。

"可惜了一张草席。"阿红奶奶无不为那张草席觉得惋惜，虽然破了个大洞。

那草席的破洞，露出阿红的手，她的手紧握着，那么紧，手里紧紧攥着承受的痛苦。阿红被卷在草席里面，像个包裹，甚至不需要费两个人的力气，她爸一个人就能把她夹在腰间，扔到垃圾堆里，只要趁早，不要让人发现就是。

只是卷起草席的时候才发现，那丢失的两角钱赫然掉了下来。

这破草席是阿红她爸睡觉铺地的"床"，估计是他睡觉的时候从大裤衩的口袋上掉了下来。大家才知道不是阿红偷的，虽然她不断地哀嚎"我再也不敢了"好像她不偷也得偷了。但死就死了，女孩子也省得白给别人家养大，"这草席也算送给了阿红。"她家慷慨地说。

有这草席，好像就不亏欠了阿红。

榕树下那块地方，就是大家丢东西的垃圾场，别想有剩菜剩饭，家里掉地上的饭粒都会被鸡捡干净。哪怕馊饭，也可放泔水里一块喂猪。大粪都会有人收，当肥料。那里最多的是烧完的蜂窝煤。当然，还有死狗、死猫，阿红不过是比一条狗多了一领草席。

反正死了，就当垃圾烧掉。

我怕我快死了。人死了就是没鼻息，铺天盖地的痛反倒使我浮升了起来。我的身体已经不是我的，我家的屋顶上有天窗，那四方格子似的天窗很亮，我的脸紧贴在木梯的墙上，有汗水和泪濡湿，死人的眼睛是紧闭的，我的眼睑紧贴着墙，但我也看到天上的亮光，我已经能从天窗那里能飞出去。

他们吃饭，我被放下地，蜷缩在墙角，我是不是睡去，耳朵边似有似无，家人在吃饭，碗筷的碰撞声，以前凡是犯错就惩罚不给吃饭，现在不叫我是理所当然的。父母的说话声又让我精神回到头脑上，他们与外婆说与我有点相关的话语，又忙开去了。看来他们也是认为我罪有应得。

家里安静得很，灯也熄灭了，妹妹她们也上阁楼去了吧，上午还没挨打之前肚子有点饿，现在反倒不饿了，就是冷，角落里冰凉，老鼠沙沙走动的声音，我是熟悉家里的老鼠，它们晚上先到我们灶台，然后家里都是它们的时光了。有两只，吱吱地呼应着，灶台的酱油瓶被碰到了，撞到旁边的罐子发出的声音，又是它们踩到锅鼎，木盖和铁器互相摩擦发出的"咿呀"声，它们肆无忌惮，跳上跳下，它们不知道我在这里吧？我需要让它们知道我在它们的地盘里，我是活着的，我跺一下脚想吓唬它们，脚却不是我的一样，一点都不听使唤，幸亏我的手还能动，我把梯子晃晃，弄出声响，果真老鼠一下跑开了。

我不知自己怎么一直在这里，我的身躯在这个角落，只有这个九十度角的角落在保护着我，我今晚对它心怀感恩，这个角度帮我抵挡了棍棒的力度，使得外婆的棍棒不大好使唤，只有这个冷冰冰的墙角是我的温度。

饥饿离开了我，人间的温暖离开了我。

我的大脑开始出奇地清晰，清晰地听到屋顶猫的脚步，还有偶尔几声叫声。天窗在黑夜中却透出星空的亮光，几颗星星亮得很，没看到月亮，这个天窗太小，还没板凳那么大，但今晚它的亮光离我不远，嫦娥奔月，是不是就从天窗飞出去？

我想飞，但我又开始担心死，我的思维回到我的身体上，我怕自己这样就死掉了，并且扔到垃圾堆里，我不想那样，我攒的一个小本子还在等着以后上学用呢，我攒的零花钱还等着以后上学了可以买铅笔盒呢，虽说还很遥远，但我一直在等着。

我记起来了，思维又开始清晰，外婆打了我两个半天，上午和下午。没有一次像这样子，下午还能延续上午的怒气，接着找第三种能打的工具继续打，我停歇了哭声又起，可是很干涩无力，我连声音的气息都撑不起来了。

没人在乎我死了没有，更没人在乎我吃饭了没有。我只记得，母亲的声音，带着气愤的声音："这么大的事。死了扔垃圾堆！"虽说平时她常这么说，现在我发现不是吓唬我的了。我离垃圾堆的距离，就靠我的鼻息在支撑。

我不能死！

外面的阳光和行人很遥远，一天好像又来临了，阳光给了我一点能量，我又听到耳边有吃饭的声音；有说话的声音，时断时续，这个尘世的人们越来越近，又越来越远。家人上班的，上学的，我还没能去到书本的地方，还没拥有自己的课本和书包，我要是背上书包上学，那该是一件扬眉吐气的事。

家里阁楼有破烂的草席，那是没有用又舍不得丢掉的东西，唯一的用处谁也不知道，它会成为包裹我的最后归宿。我又打了个寒噤。

洗碗的声音，又渐渐从后面传来，洗澡的"哗啦"声也传来。灯火亮了又灭了，晚饭渐渐响的声息又熄灭了，四周冰冷又寂静。

现在，是寂静把我叫醒了。

我睁开眼睛，四下无人，是夜半三更。

我奇怪恐惧在第二夜才来临，伴着寒冷渐入我的骨子里头，现在我完全清醒，我知道自己的位置，在无人的厨房和厕所之间的闲置间，还有这个给我委身之处的角落。上面空荡荡，阁楼曾经坍塌，一直空留着它的位置。只有高大的梁，黑乎乎的横梁。

疼痛整个笼罩了我，而马上退位给恐惧，我是极其惧怕一个人的空

间。我知道所有人都已经入睡了，此刻除了鬼魂和我。没有人在这个空间里。昨晚有老鼠做伴，而我在晕过去之后又不是那么清醒的情形，竟然在这么黑暗寒冷的地方过了一夜。

我摸索着，凭着对这屋子里的熟悉，我跌跌撞撞地爬行着这黑暗的空间。

阳光还会升起来，我不知道这是上主给予我的恩赐。而我依然在阁楼的木板上，我的脸贴着木板阁楼的地面，我睁开的眼睛看到木板上一圈圈木轮，还有每块拼接木板直接的缝隙，缝隙透出阳光，是楼下敞开大门之后的光线。

我的鼻子闻着木板陈年的味道，我看到自己的鼻尖和呼吸。我气息还在，可是我没有力气，我只有骨头的咯咯响，本来就只有不长肉的骨头，气息无处躲藏，我出生以来积蓄的气息在昨天的棍棒和哭喊声中耗尽了。

我数着我究竟多少顿没吃饭了？除了惦记吃饭，我已经忘了我还有私藏的那么多可以玩的东西，一个方盒子，一个圆柱形纸筒，还有一个竹编的有盖小篓子。

我把每天都拿着玩的那些藏得严严密密的东西都抛诸脑后，只有饭是我此时灵魂所计算的，虽然我一点都不饿，可为啥不饿呢？姐妹们就可以瓜分了我那份菜，但我知道她们不像我那么在乎我的菜。

爷爷朝躺卧在铺上的我看了一眼，说："竟然打成这样。"

一片阳光抹过我全身，我悄无声息，我的全身静止，五官静止。

爷爷的话语与平时无异，此刻却如水，一点点滴进我的心头，心的呼吸开始复苏，我听到自己的脉搏在阳光下慢慢张开。

爷爷不知道他走后，我的灵魂一直追寻着他那一瞥和那一句话，我在咀嚼着一根枝干渗出的汁液般的温情。爷爷从来一副封建社会的脸，家里谁都怕他，再不肖的儿子也都得畏他三分。

"竟然打成这样。"他的话，让我嚼出了泥浆般的汁液，渗入我毫无知觉的身体，我的四肢开始动弹，我正回到尘世间，我是身体在尘世里又开始蠕动。我不知道喊魂，可这肯定把我的灵魂喊了回来。

我的脸僵硬，两天前被哭泣的唾沫和眼泪涂上一层浆般，我已经感觉到脸上的浆层和皮肤的分裂。这张不需要喜怒哀乐的脸，开始渗出我身体里的温暖。

我的呼吸配合着阳光，我看着阁楼窗外，榕树枝桠嵌在四方的木窗里，像一幅画，鸟儿的声音跳跃在里面，阁楼以上的空间与它们对等，是它们宽阔的天地。

阳光唤起潜伏的种子，又慢慢酝酿起一片绿意。

三

阿春的母亲——那个个子矮小的裁缝，她的眼睛极小，经常得眯着眼把线艰难地穿过缝纫机的针眼。她的家撑开半扇木板，就成了开张的铺面。敞开的似窗口，露出缝纫机和一堆碎布、衣服和纱线，开着成半爿窗口，同时又作临街铺面，进出依然是一旁的门。

她两只小眼睛露出的凶光和脸上的恶相，只有我知道，她知道——其他人不知道。

她知道所有人不知道。

就我一个人知道：她身体里住着个魔鬼。只有我看见，牠在没有第三个人在场的时候，就出来张牙舞爪。

她的店面经常会聚集了好些闲聊的女人，在忙碌完自家活儿之后，那里就是市面和街上新闻的流通处。她指着我跟那些女人说：

这个（人）太厉害了，竟然咬断了我家阿春的手。我远远地，不敢靠近，可我能躲多远呢？我家就与她家相邻两间。一出门，都是左邻右舍。整条街都知道我咬了她家阿春的手，快咬断了脉搏。

当然，脉搏"还没断，要是断了人就死了"。

"幸亏没断，留你一条命。"她小眼睛里射出来的目光，喷出了十多米远的距离，精准地击中目标——我站在门口。

门口是我无所事事的天地，够年龄的孩子读书去了，像我这样放养着的还有家里的鸡群，它们和我在饥饿的时候会自动自觉回家找饭吃。

阿春她妈——女裁缝出门买菜，正迈过我家门口，时候尚早，阳光穿过槐树上的细叶，落在我家门板上。刚好四下无人，她快速地左右瞧了一下，突然三步并作两步，一下蹭到我跟前，眼睛露出凶光，我才发现，我竟然从没正看她的眼，她那很小的眼腔里放着眼球还绰绰有余，在内眼睑留下了三角状空间，上眼睑下垂，不仅遮挡了眼球，还让眼睛呈现了三角状，所谓的三角眼应该说的是这种。被遮挡了的眼球里住着一个魔鬼，在里面撕咬着我。她指着我的额头，压低着声音骂："我要把你扔到河里去！让你去死！"

我惊恐地望着她，即使她个子矮小，我还是得仰起头才能接上她的脸。

她一个大人要扔掉一个瘦不拉叽的小孩是绰绰有余的。我正担心她要拎起我时，家里虚掩的木门"吱呀"拉开了，屋里母亲要上班，边走边唠叨："谁把煤渣掉了一地？"

母亲的脚刚跨出门槛来。女裁缝的脸一下就堆满了笑容，变回平常那副憨厚慈祥的笑脸，她跟母亲热情地打招呼："要上班了啊？"

母亲回答："你买菜去啊？"

我不知道女裁缝一只手已经抚摸着我的头发，她的声音轻得像布衣衫："这个孩子过两三年也可上学了啊！"

她的声音轻柔地配和她的手，又拍拍我的肩膀，跟我母亲说："我们家阿春马上要上学呢！"有炫耀的成分。

母亲和她都走远了。母亲没有看我一眼，可女裁缝的那眼睛，我傻傻地回不过神，我知道她是两个人，一个身躯里面还藏着一个魔鬼。

"你长大了会嫁不出去！"

"我要把你掐死了，扔进河里漂走，没人知道你丢了。"

"我要让你读不了书，让学校的老师不接受你上学。"

她的话语似蚂蚁，蚕食着我的前路，我未成长的枝干已经覆盖了蛀虫，成了黑压压的天空，我的未来是如此无望。

五岁的我，生活如此的绝望。

在夏日午后，在冬日早晨，在雨天的滂沱……在没有其他人的时候，也在有其他人的时候，他们不知道她在我旁边悄悄的狠话，她甚至可以在妇人们围挤一堆高谈哄笑时，在我身边，用她的小眼睛盯着我，从牙缝里蹦出一句："街上有鬼，晚上会来吓你的。"

我的牙打战，我从她眼睛里已经窥见了魔鬼。

我不敢一个人在外面，不敢一个人在家里，我开始黏着大人，我的恐惧无处不在。她恶狠狠的话语就是一个个潜伏的魔鬼，随时威胁着我。

矮裁缝的这双小眼睛，伺机而出，恐吓了我个人史的童年和少年。

四

阿春的父亲是在供销社，奶奶坐在门口绑竹编器具卖——在我的文章里不时出来打酱油的竹篾婶。

竹篾婶算是街上任劳任怨人群的一个符号，可以作代表是因为她的存在感很强，每天她都坐在门口编竹器，顺便卖出。除非生病躺床上，门口那些横七竖八伸到我家门口的竹子、竹条，还有她的身体，都昭示着一条街的气息。她儿媳妇——阿春母亲，那个每天埋在一堆人头和衣服里的裁缝。

因着个子小，我经常担心她被湮没、憋死在人堆里，我的担心自然是多余的，她的眼睛甚至能穿过人体的缝隙，翻过衣布堆，逮住我。她的眼睛很小，却能把空间划分得细致无比：一是我们家人和所有人都在的时候；二是我们家人不在的时候；三是只有我和她在一块的时候。

当着我们家人，她热情洋溢着邻里该拥有的真诚，对我也笑意盎然。她跟我外婆和母亲聊起家常一样贴心贴肺，会说出"该让孩子上学"之类满满的人话。

当她这样的话语在双唇冒出来时，我愣愣地看着她的唇，其他令人胆战心惊的话语还深藏在里面。我知道接下来，多少只有我听到的话语，就在等候着对我的射击。我妈已经去上班了，我外婆刚折回屋里，她小眼睛里的魔鬼立儿蹦出来，露着头角，她咬牙切齿地说："我会把你送进派出所的！学校不会让你读书的！"

我还是愣愣地站在原地，在裁缝的后面几间远，油漆婶正在门口把被子挂在竹竿上，她有点费力地摆弄着三根竹子扎成的三脚架。阳光辣辣地抹在头上。

我看着阿春的妈，我那牙齿的印记出来了，越来越清晰。她咒骂着："是你咬了我家阿春，你们家的饭会有毒的！你们全家会被毒死的！"

阳光和空气封住了我的嘴巴。我的眼睛录下了一切，深藏。没有表达，没有揭发，一棵草，怯怯地生长，我没看《画皮》，却看到裁缝的另一张脸。我还看到顶着人的躯体的狰狞魔鬼！当油漆婶在阳光底下招呼：你今儿有闲啊？

她瞬息堆砌起的笑容在秒间即回复人的模样："啊呀！你可真勤快！我正问这孩子什么时候可以上学呢！"

我家与她家的距离是上辈子就注定，因此我逃离不了她的目光。当着没有我家里人在场，她的话语又是另一番如山的压力。她指着我，对他们（她们）指指点点：

"这就是那个把我家阿春咬得差点死去的人！害得我们去卫生院打针治疗。"

"还说她读书多好呢！可要记住，那时候没读书时就已经欺侮我家阿春了！在学校不知道会怎样！"

"这样的女孩子长大了嫁不出去！"她每每跟那帮在一块的人说。

我落网而逃。

阳光下的日子如此无望。

我不知道在几岁的童年时段就为自己的将来担心着。

女裁缝的缝纫机，缝住了我的嘴巴，我只有一双童稚而过早成熟的眼睛，看纯蓝的天空，翠绿的槐树，还有女裁缝画皮之下的另外一张脸，张牙舞爪。

那张脸一直是我终身的噩梦。

她依然坐在门前的缝纫车前，有时要放下厚重的窗板她还会喊我帮忙，我赶紧过去帮她把厚厚的窗板拉下了，协助她把木板完成为严密的墙板。

我还是用一双眼睛看着她忙碌的身影。忙碌时看不到她眼睛，魔鬼暂时在她体内休息。

五

她扶着阿春奶奶，到我们家来，阿春奶奶眼睛开始看不见，出门得媳妇扶着，在家里依然是干活的一把好手。

裁缝扶着家婆——阿春奶奶到我外婆这里，满脸春风。跟我外老婆聊了几句，就自己先走了，她还要买菜等等，自从阿春奶奶眼睛开始模糊，她就得负责买菜等家务。

与阿春隔壁的阿星告诉我，阿春家有鬼。

一听到鬼，我哆嗦着又抑制不住好奇，问："在她家哪个地方？！"

阿星说："放屎桶那里。"我不禁嗤笑他。

镇上人家吃喝撒拉，男人在外面的东司（公用厕所），女人不出户，传统的习惯都在家里，用木板架起一个简易的厕所，放着宽大的木便桶。两天就有船儿过来收肥。所以，两天一次，早上每家每户都倒屎桶，清洗完毕，晾在门口晒太阳。

男孩子偷偷去看女人家的屎桶，只有阿星敢。这厕所的位置基本都在房子里，也不用偷看，所谓"厕所"不外乎用一布帘遮挡。

进去便溺才把布帘拉下。其余时间布帘都是扎起来的。里面也就一览无遗。

我也假装去她家门口，这样就能看到她家的厕所。她家白天打开木板的铺面，整个里间都袒露在路人眼里。

没看到鬼。

可是，阿牛也说阿春家有鬼。我问是不是他看见的？他支吾了半天，说在厕所里。

奇怪，阿牛也没进去他们家，怎么知道厕所里有鬼。

为了确认这个说法，我还壮着胆子，去他们家的厕所，因为我们这里经常会有各种理由去邻居家借便桶用。

阿春家的便桶跟我们家差不多，那个木板搭起来的厕所空间也一样不大。可是，不知是不是阿牛和阿星的话在起作用，我开始冒汗，我还没有用她们家的便桶就逃了出来。

阿敏也说阿春家闹鬼，她肯定是听说，因为她压根儿就没踏进阿春家，她一直瞧不起她们。她只跟我说话，她连阿星都没正眼瞧。

她端着碗，碗里还有今晚的红烧肉，她家一直有肉吃，今晚恰好我也有鱼肉，放在最上面，我问她要不要夹一块。她摇摇头，扒完了碗里的饭，她没进自己屋子，她说进屋就得洗碗忙碌了。

她悄声说："阿春家有鬼！"不管听过多少遍，再次听到还是新鲜的。我三下除二把碗里的饭扒进嘴里，没来得及回味鱼的味道。跑回家把碗放木桶里，顺便在毛巾杆上把嘴一抹，又跑回阿敏身边，阿敏端着碗还在门口。

我凑过去，继续刚才她的话，问："你怎么知道的？"

阿敏待门口好像就是在等我问这个话，她看着我说："是吖儿自己说的。"

我有点恍然大悟，吖儿就是阿春的姐姐，那个掐我脖子的高个子，她曾经跟阿敏同学，就一年级，那时候分学校了，就分开了。吖儿本来比我高几个年级，读着读着，年级之间的距离竟然拉得很近了，看来很快不小心就被我赶过了。

阿敏进屋去了。

街上萧索得很，带着秋的冷意，我不冷，耳边有某家炒菜热油上下菜的声音"喳——"蹦到街上，跟随着某种肉丝的香味窜出。

我逛到吖儿门口，吖儿正坐在板凳上，弯着腰吃饭，看到我，抬起了头，幽怨的眼神，她好像已经知道我是来看她家里的鬼，又埋头吃饭。

阿春指着布帘处，话语塞进了我的耳朵里：就在那里！

说这话时，她和我就站在离她家门有几步远的地方，好像她说的那个鬼还在那里。

阿春说是她看见的，但她不能给她妈听到，她妈会揍她，说她胡说！

我问阿春，她家的鬼是什么样子的。

阿春说，是个小女孩，就在布帘后面。

"阿春——还不洗澡？！"她妈在屋里喊着。阿春急急进屋，不忘回头叮嘱我："不许跟谁说！"

六

竹篾婶——阿春的奶奶，那个每天坐在地板上用厚刀剥开竹子皮，分成一条条长长竹篾的老太太，就只有阿春她爸这个儿子，还有个女儿——也就是阿春的姑姑，嫁到镇上不远的地方，一个街道干部，有时会回来看她母亲，回来时就带着一些吃的东西。

阿春姑姑坐在铺里，阿春母亲不知道今天去哪儿了，竟然不在缝纫机前缝衣服。竹篾婶拉着女儿的手，眼泪"哗哗哗"地掉下了。

"你说，你说，她对你怎么了？"

阿春姑姑生气地说，女干部是能够生气的，不像街坊里的媳妇，只能背后叽里咕噜。

竹篾婶回到地上，坐在她那个矮小发黑的小板凳，又拿起了厚刀削竹子。

"难说，难说哪！"她边叹息着。

阿春姑眼睛盯着她母亲，说："她不让我们知道，我清楚她背后会搞什么。你告诉我，我不会对她客气！"

竹篾婶连连唉声叹气，她的气息很重，手里厚刀和重力干活养成的说话习惯，好像声音也得花点力气冲出喉咙，才能从她门前杂七杂八的竹具里跳出，到达邻里前后十来家的耳朵。现在即使她压低声音，声音还是可以进入我的耳朵。她边跟女儿说话，边不时抬头眺望街头。

阿春母亲正拎着菜从街头走来。

竹篾婶慌忙说："她来了，不说了。"赶紧手一抹，把眼泪擦干。埋头编织起竹篾，手里的竹编需要长时间低着头，这样眼睛里的泪水能被遮挡住。

阿春母亲矮小的身影很快转到自家门口，远远地已经看到小姑坐在她母亲身边，她的笑容从我家门口已经盛开，她笑起来眼珠子都不知道哪里去了，就像我家黄猫见到阳光的模样。我家黄毛这个时候正蹲在门口晒太阳，阳光亲吻着它的脸，它的舒服就写在全身的毛发上，每根毛草都迎接着阳光。

阿春母亲此刻以脸迎着阳光，一副幸福模样。

"阿姑，中午在就这里吃。我再去买肉，难得来一趟。"她一篮子的菜，还做出要继续往回走的样子。

"不了，我路过，还要回去办事。"阿春姑姑言短意赅，以至于邻居们一致认为街道的女干部就该是这样子。

她站起来，对坐在地上干活的母亲说："我走了。"阿春姑姑面部一副千古不变的表情，我没见过她笑的样子，坐在办公桌后面的脸，就是黑，即使阳光下。

"啊呀！阿姑工作就是忙，每次都没能停下来吃顿饭。阿姑——"阿春母亲对着她的背影连连挽留，意犹未尽，一副还要转身去买菜的姿势。

阿春姑姑干脆利落，脚步也是，人一下子去到街头了。

她目送阿姑走远了，略低着头用小眼睛的余光问竹篾婶："聊了很久吧？"

竹篾婶继续低着头干活："没有呢！刚路过。"这样的低头，让人看不到她的脸，更看不出湿润的眼睛。

阿春母亲提起手里的菜篮子，抓出芥蓝和春菜，对竹篾婶说："别再搞那个啦！中午啦！"说完拎着菜篮进屋里。

竹篾婶边说："这个活赶着明天竹社来收呢，工钱也可同时结算。"虽这样说，还是站了起来，拿起地上的菜，去找木盆好放生菜。

她的木盆今早洗了放在溪边的树下晾干呢！

溪边，就是洗菜洗衣的地方。有一两个女人零落的身影正在浆洗衣服，木桶、脚桶在溪边渍湿了水。

我已经忘了蚂蚁，忘了它们的生计。我搬出凳子，坐门口写作业。阳光曲折地透过槐树，散落成碎片，印在我的九宫格上，贴在我脖子上，身体抓痒，我徒劳地抓了几次光柱，它们与我捉着迷藏，多年后，我在书里对照着这一幕，写下：

　　　话语、竹篾声

　　　炊烟的气味，木桶的骚味

　　　善良和恶意

　　　沉溺在日子的烦琐中

　　　阳光正好

失眠症候群

夜　熬　我

夜，占据我们生命的一个很重要部分，我们在努力与它言和，妥协，甚至投降，求得它的接纳。而它脾气倔强，经常高傲地弃我们不顾。把我们抛在路上，夜的高速公路上，有一个个抛锚的人，无助地立于天地之间，前不着人家，后不着客栈。

此刻为凌晨三点，朋友圈依然有不少人在夜游，我只是夜间起来，再也无法入睡，睡眠的马车突然失控，再也找不到原路可以继续奔跑。于是倚着床沿翻阅微信，心神可以随波漂流，以期融入夜色。

友人在我朋友圈下面留言：女人还是不要熬夜。

微信里虽有夜的浸漫，可也在萧索中兀自热闹着，这一块巴掌大的手机屏幕里，聚集着多少灵魂，无视夜的存在。

熬夜，很多人在熬夜，他们在朋友圈里显现出各种存在状态，很精壮地存在，灵魂们在闪亮的屏幕里爬行着。"熬夜"这个词太过普遍普通了，屏幕里的世界，日与夜并无多少区别，何况成为"城市"这名词的堡垒便已经具备不夜城的功能，它二十四小时都亮着，一具活着状态的城堡。

但我是个从不熬夜的人。夜间睡不着，并非我在熬夜，而是夜在熬我。

夜以黑幕箍紧着我、熬我，我数着秒针数着分针数着时针，数着羊……羊数完了多少只，重新再翻转羊圈，一圈又一圈，夜一直都在。时间拖沓着，人却无法沉入它的黑暗混沌中。这是一只什么样的巨兽？在它的面前，渴望被它吞噬，却被它抛出帐幕。

当某些声响又淅淅沥沥跳入听觉，我又开始琢磨发出声响的是凌晨苏醒的哪些生物：动物？或人类……

在现代和当下，夜这只巨兽有可推诿的冠冕名词：失眠症。

记得多年前中央电视台有一档节目，是崔永元主持的栏目，其中有一期就谈失眠的问题，崔永元也长期受失眠困扰，这样主持人角度的现场访谈很被我所接纳，因为只有失眠者才能体会失眠之困苦。而非高高在上以专业理论的指手画脚，比如专家说不要想太多，要怎样按理论指引就能入睡……

崔永元在节目中说道：最反感人家说不要想太多！多年来出自医生和诸多好友的忠告，有一句用得最多的话便是：不要想太多！

电视机前的我正被失眠折磨着，长期与夜拉扯着。现场患者冲口而出的"我们并没有多想什么啊"这句话也是我隔着屏幕发出的。相同的体验和痛苦在这个场景碰撞着，真实的感受是，我们努力把思维停止，每一处安放思维的地方都随时颤动着，震动着我们的感官。

而大地沉寂，我们无法安眠。

根据世界卫生组织统计（以2019年计），全球睡眠障碍率达百分之二十七，即失眠的人占百分之二十七，而中国远远高于这个比率，成年人失眠发生率达百分之三十八点二。

失眠这种"病"，漫漶我二三十年时间。漫长的夜晚，我的灵魂浸漫在清醒的药水中，身体却禁锢在夜这个帐幕里，机体必须睡觉，灵魂却无法合眼。

孩子出生之后我严重缺乏睡眠。自从生孩子后，我没睡一个好觉——连续三四个钟头的安稳觉。每个晚上都与安宁绝缘，叫醒的频率很快，两个钟头就得醒来一次，延续了孩子整个婴幼儿、童年直至少年时期，睡眠缺乏从此成了人生常态。初始，睡眼朦胧时，随着孩子的哭声把我撬起来，喂好奶，把她哄睡了，侍弄好一切才能躺下。殊不知一个轮回又将到来。

在这战战兢兢的夜里（孩子稍微有动静就要醒来），小心翼翼渐入睡眠的列车，好不容易让睡意安抚着大脑。列车尚未开出，孩子新一轮的哭声又响起。孩子婴儿期的睡眠极其短暂，超不过两个小时，每一轮睡眠的轮回都是自己的忙碌和对她的安抚。

自己累过头的心脏却是无法钻入循环的溪流，每一轮周而复始的操作，让我的睡眠成了不可触及的奢望，我是如此渴望睡眠，比食物更需要，我的身体已经飘摇欲倒。

隔天照样需要早起做饭上班，一日三餐也是周而复始地轮转，每个日子如轴轮不停转动，让我忙得每餐饭都没能好好吃。当忙完孩子哄她睡午觉，眼见下午上班时间又临近了，而我的午饭已凉，肚子空空如也，手头也还没能闲下来。

回顾这样严重内耗的人生时段，突然一阵寒意袭来。我是一个容易覆盖坑坑洼洼过往的人，这需要另辟话题，暂且折回思绪。在城市生养一个孩子，作为像我一样的女性上班族，体力和精力远远不足以支付每天的日常。现在我看到好些女同事疲惫的脸孔，我深有痛感，她们正走在我曾经的路上。

我身体的马车已经跟不上时间的节奏了，我睡眠链条的松弛和每个时间节点上的紧绷，大脑里控制睡眠的神经紊乱了。随着日常的变化，孩子已长大，日常的节点松缓了，我可以好好睡觉时，大脑深处的睡眠神经却跳出来抵御睡眠帐幕的降临。

这是睡眠对我加倍的报复。负责带我入睡的机器链条崩了，睡眠机器再也不听使唤兀自奔腾乱跑。我就这样眼看着自己的身体相撕相杀："我"与自己对抗着，"我"与自己努力和解着、妥协着。

我曾经筋疲力尽之后的休息时间，心脏和入眠依然浮在日常之上，与睡眠无法再调和。

失眠症，这个不独城市人霸占的名词，这个脑力劳动深度持有的名词，配得上写作的我。可是，我的写作从不敢占用晚间的时段，我的写作也要向它臣服。

漫漫长夜，当我可以享有整个夜晚的睡眠时间，甚至是完完整整十来个钟头的时间，却一直杀不进睡乡。

夜的森林啊，我一直在降伏着它，希冀在无边无际的混沌中把心融化，我伸出双手与夜握手言和。夜却依旧是一副高傲冷漠的武士样貌，它继续征战继续讨伐继续扩张它的领域。我把"安眠药"看作举手投降的标志，我不愿意缴械投降，我总是挑选兵器，重新拿起戈戟征战。

站桩、吐纳、运动，它们逐渐加入我的武装阵营。

我一直在与夜做着深度的对话，在它广袤无边的帷幕里呈露我的虔诚。

匍匐在夜中，我隐秘的角色又蠢动起来。

侦　探

这里的楼房显得朴素陈旧了，这是位于鲅岛龙湖新区的宿舍，也即是我们这整个小区的原始住户都是同一系统的。

相同的工作性质，让大家的节息时间基本拧得相同。上下班的时间链条拧得一致时，生活起居基本也是相同的节点：早上七点开始就有摩托车启动的声响，接踵开启的"突突突"——发动机粗重的喘息声开始了一天忙碌的生活，接送孩子上学的，自己上班的，都让整个小区的楼房瞬间活了过来。

更主要的是低矮的铁栏杆围隔，就是学校，前面有后面也有，与小区首尾相连，它几乎是深入我们小区一半的身躯。让我们的生活一直在它的指令下：学校的铃声是自动播放的，即是不分双休日，每天生猛响亮的铃声报时般地催促着、高傲地叫响着。

完全不用担心小区居民投诉，响得理所当然理直气壮。

晚间，晚自修结束的铃声响起后，夜也随着散惰。每家的烟火气息也该歇息，小区的灯光也随之渐次熄灭，楼下的业余潮乐队在铃声之后也自觉销声匿迹了，铃声让他们很准时很自觉地遵守着某种无形的约束，这拨退休的老教师们都会顾念那些明天要上班赶早的人。

小区里最老热的乐队一消停，门房处聚拢的闲谈就突兀出来，那里总保留着几个人，出出入入的，或是闲暇吃茶聊天的，突然都听得清清楚楚了。

但这便成了尾声，他们不用看表，也知觉气息已入晚，陆续回家歇息了。即便是夏天，他们在门房处继续纳凉，声音也会压低了很多。我家的客厅正朝向门房位置，客厅的灯也该关掉了。光亮逐远，人方可入息，督促孩子睡觉了。明暗的过渡阶段就是开一盏温馨的床头灯，昏黄的灯光可以照应入睡前的行动，也告示着即将沉入漫长夜幕的黑暗。

黑暗与睡眠几乎是同步的。

鼾声渐至，老公孩子都已入梦乡。我每晚的辗转反侧，总得找点让自己入睡的法子，看书的时段过去了，哪怕一点亮光都是对其他人的打扰。平躺，听着外面说话声，门房的声音也退回夜幕，估计看门大哥打盹了。小区大门已经关了，旁边人行的门到了下半夜也会关的。偶尔摩托车的进出，发动机的声响显得很张扬，每次都能让我辨别着摩托车的去向。

连摩托车的声音都完全静歇，那是全世界都在入睡了。

世界皆睡而我独醒。

我在床上，听着来自四面八方的声音。

我们小区后面与科技中专操场交界处有块很大的空地，两不管状态，刚好适应自然节气。其实这是难得的一处天然之处，杂草横生，春天和夏天正好是虫儿的天地，蛙叫虫鸣，辛弃疾的诗句也在这里演绎着。天气晴朗的夏夜，熄灯之后，细细听去有人声悄语，肯定是学生们偷偷溜出来晃荡，谈情。年轻的精力真好，外面的凉爽让他们都可以少睡觉。

那些悄然的声息可以支撑着整个夜晚。

卧室窗外往下望去是我们小区的车棚，铁板搭成的摩托车单车棚借用了两小区交界栏杆的围墙，毗邻的两小区之间仅仅是一个人高的铁栏杆，我们与对面楼距离反倒没有自己小区楼幢距离那么远，很是通透，除了人无法来往，猫、狗、老鼠等完全可以畅通无阻。而视觉同样可以畅通无阻，买菜做饭，牵狗遛狗都是共享的。

夜幕之下的万家灯火，他们在屋里头，我这边平视的角度不用调整，契合时间，就会上映相邻的人间烟火气息。人声可以穿透窗户墙壁，抵达我们的耳朵。

夜半，间或一两声叱责孩子的女声；有孩子突然的哭声，很稚嫩；有不知哪个窗口传出冲破夜色的咳嗽声，渐弱。对面小区终于沉入夜色中，只剩外面的公共灯光与城市连成一片，支撑着整个夜晚，但每个窗口灯火的落幕告诉这世界，他们与夜共融。

只有我，虽然家里灯火已熄灭，心神却是照亮着自己的天地。

我听得外头"窸窸窣窣"，我指的外头，自然是卧室的窗外，可以是我们小区，也可以是对面的小区。我几次忍不住从床上悄然起来，站在窗口往外张望。

声音明显是从下面车棚传来的，不时有猫从栏杆那边跳过来，或是从这边跳过去，平坦的车棚是猫夜行的大地。

"砰"的一声，眼睛若跟得及时，会瞅见大猫矫健的身影蹿过落地。

此时此刻，顺着外面灯火的余光投射，我看到的却是一个人的身影，他（她）蹲在车棚上，人的身影毕竟比较显眼，对比猫的身影，落在车棚上自然庞大了，特别是远处灯光的投射，面貌沉在黑暗里，身影轮廓却是清晰的。人就是人，猫就是猫。

猫不会在车棚上多逗留一会，除非发春，有伴儿一块在上面"起拳"。那可不是一般的声音，会肆无忌惮地大叫大嚷把整个夜晚倒腾得鸡犬不宁。上棚顶的猫一般只是借路而已，我们这两个小区包括旁边芳草正茂的空地在猫族心目中都是同一片领地，有着攀爬技能的猫在这里的生活比狗优越多了，它们轻松穿行于栏杆，飞身上车棚、大树、矮墙，人工设施阻挡不了它们。

而大白天一脸凶相作威作福的狗却是外强中干，特别是那看似勇猛的身躯却囿于这么几根铁栏杆毫无办法，一副英雄无用武之地的局促，也只有在小区中不停地狂吠以示存在。

现在，狗自是被拴紧且入睡了。而棚上这个人影确实吓了我一跳，换做你半夜看到伏身屋顶的人，你也比我淡定不了多少。

我并非胆子多大，而是突然面对这么一个黑色潜伏的身影，骤时回不过神来。看似被我"期盼"到的：来自夜晚的声响，都会被我猜测来源——人或是猫，有一个不着边际的猜测就是"有贼"！因着入不了睡乡，我的脑子一路跟踪着声音，疑神疑鬼，不时起身站到窗口边侦察，当然看到的多是猫滑溜的影子，或是猫跳跃之后震颤的车棚，或者什么都不是，一团乌黑留下余音。

而此刻，人影就在车棚上，离我家窗口不远。家里的灯都熄灭，我依然站在窗边，让窗帘帮我打掩护。外面的灯光只是投射到车棚处，我在单元里自然是被黑暗屏蔽，我还是有点害怕，我把厚重的窗帘悄悄拉扯过来，整个人就被裹挟在一团窗帘的混沌里。

那人形身影一直蹲在车棚上，好像在等待时机，刚才他是怎么上去？有可能在隔壁小区进入的，然后企图潜入到我们这边，虽然行动安静，但人的重量落在铁皮上的声响终究是逃不过的闷重。难怪我刚才听得的车棚声响比平时沉重了很多。

这些年猫啊老鼠啊之类的声音看来没白听。

我转过身子，摇动熟睡的老公，悄声对他说："有贼！有贼！"被摇醒的他尚未破梦，伸了腰转过身继续进入梦乡了。

我用力摇他的肩膀，压低声音继续跟他说："喂喂，外面有贼！"

这下他真的被我弄醒，努力睁开眼睛，一股怒气也出口来："胡说八道！还不睡觉！"他闭上眼睛转个身又睡过去。

我怕他声音太大会被外面车棚蹲伏的那个人听见。其实是我多余的担心，外头的声音传进来纤毫毕现，但并不对等，家里一般的声响、低声细语是不会传到外头。但我这样摇晃这样"低调"是叫不醒他的，何况他思维的惯性延至睡梦中，大概都认为我一直在做无聊的事。

我继续隐身在窗边的一团黑暗里朝车棚观察，再一次看却发现那个身影没了。

我倒是吓了一跳。他已经溜下去落地了，毫不怀疑，肯定是潜进我们小区了。我们小区只有一个门房，管理比较严格，又是同个系统的人员，每户人家的情况基本上都清清楚楚明明白白，连某个单元亲戚来了大伙都会发现"有异"。毗邻小区是商品房，门房管理也很宽松，好几次失窃呢！他从那边过来的，目标是我们小区。

这夜行者已经进入我们小区了。

我这下精神十足，把拉锯战中的"敌方"睡眠抛弃了。怎么办？我不敢去客厅，我只好悄悄潜回床上，斜靠着床沿坐，思索着如何应对这种情况。床头柜的摆钟小针嘀嘀嗒嗒地走着，声音响亮且清脆，它洞穿我的所有，它等候我有所作为。

我开始睥睨它，以前失眠都没见你响这么透彻，今夜你是帮着我数秒来着呢！

我思前想后，依然对眼前这个熟睡的大男人抱有期望，我边摇动他边压低声音说："这个贼应该在我们小区里，不知道他进了哪家，要不要报警？"半夜潜入无非是入室偷东西啊，前面小区都发生好几次有入室偷窃的事情了，有警车来时显得胆战心惊。

被我摇动的人毫不动摇他列车的行程：鼾声如雷，"呼呼"地翻滚着，又渐次沉寂，又重新再一轮地起伏，周而复始，从低到高，再低……

这次响起密集声音却是来自楼下。

叫声先从小区最里面的角落传来，很快地急促的脚步声加进，不久楼下各种声响都起来了，人声开始鼎沸起来，"砰"地厚重的开门声，跑上阳台张望的声音，从楼上往下的跑步声，各种声音横冲直撞了："快！别让他逃了！""大门把紧！""快！快"……

我抓起床上轻软的空调毯披身上，赶紧奔客厅去。客厅的大窗口朝着大门，也对着小区的其他幢，从窗口往下看，门房处突然堆满了人，各幢楼不断有人披衣下楼往门房处奔去，"咚咚咚"的脚步声从近处、远处的楼梯奔着下楼。

我知道是抓了贼。那个黑暗处的影子祖露在阳光下了，那是什么样的？男的？不用说。老的？年轻的？丑陋的？贼，古往今来很多行当都随着历史潮流不断被筛掉，只有它翻过历朝历代，有人的地方，就会有他的存在，入室盗窃，"室"翻越多少轮变化，而"盗"依然能入之。

我兴冲冲折回房间，扔下空调毯，换上外衣，看到老公也睡眼蒙胧坐了起来。外面的吵闹声实在蹦响，是上上下下都有的密集如鼓点的那种声响，我回头对他说："真的有贼！我就说呢！"扔下他呆坐着。

我冲下楼，好多熟悉的脸孔站在楼下，他们都着睡衣，或搭披着外衣，好多人惺忪着眼。人群中间倒是开辟了一块空地：一个小伙子躺在地上，一动不动。身上的衣服是白色的，他很年轻，比较瘦小，看样子身上并没受伤，但他躺着，完全像死了一样一动不动。

我吓了一跳，转眼看周围的人，先到者谈论着，并告诉慢来的，"已经报警了"。大伙无非是看贼，等待警察到来。

可他不会死了吧？我特别担心，问了周围这帮平时熟悉的半熟悉的人，大多数人都是抬头不见低头见，可难得说上一句话。现在，大伙自来熟了，在窃窃私语，无非初始发现这个人的来龙去脉。

我心里的话绊在了泥潭里，我不敢告诉大家：其实从他半夜潜伏在车棚上我就发现了。这侦探好像不那么光彩。但现在我更关心地上这个男孩子——他就是一个年轻人啊，怎么就"死"地上了？不管如何，要叫救护车啊！我发现我是这么说的。

周遭有声音回答我了："早叫了。"

"还是警察叫的呢！"有补充的话语发出。

可怎么还不来呢？我突然特别揪心，特别心疼地上这个年轻人——他像个不懂事的孩子，怎么就蹿进来偷窃呢！我真担心救护车还没来他就死了。

"救护车怎么还没来呢？"我问，人群中有眼睛看着我，又再转过头去继续谈论。我走出人群，不放心，回头对人群说："别打他啊！"

我离开楼下这堆人，上楼。躺在地上这个人是我大半夜一直纠结的黑影，白天的光亮让他现形，看不清地上的脸孔，福尔摩斯的侦探也告结束。只是我的心路依然在暗中爬行着：若半夜发现的时候故意惊动他，他会逃走吗？那应该吓唬他让他逃跑就行。那个黑暗中的影子，跟面前这个穿着的年轻的人，完全不是一回事，那个让我大半夜纠结着的影子就这样呈现在大庭广众之中，我的恐惧随之变成了怜悯。

楼上忙碌了早餐，楼下也已经完成了一系列过程，该上班的上班，门房的观众都回归自己的轨道。

一切都走在各自的线路上，就像夜晚的盗贼，趁大家熟睡匍匐爬行在屋顶，而失眠症患者在窗口正瞅着。

这在白天被证实的一切，鼓舞着我夜间的披荆斩棘的征程。失眠症让我成为的侦探角色正铺张开……

一 滴 水

我成了"心理医生"。这是失眠症候群的良果，病人成了"医生"。我失眠症不再有锋利的锯齿，它也呈现凝滞和颓势。它的衰老也跟不上我身体的步履，我认为我经常能把它把抛开，虽然它努力跟上。

我是个病人，就像经上说"我们都是罪人"。我们都是病人，谁能说他（她）一点毛病都没有，毛病马上来找他。这是民间古老的禁忌。

用"心理医生"一词有冒用的粗暴。我更愿意归源于传统和宗教意义，西方宗教典籍有"形哀矜"和"神哀矜"，等同于佛教的"布施"之道。我们对他人的关爱便属于此种。关爱，如此简单，简单得顺理成章。我仅仅是为熟悉的、不熟悉的人，灌输了我自己认知的做法，这简单的认知来自我经历或正经历的失眠症。

我多少个睡不着的晚上，我被黑夜的煎熬——煎熬出来的汤药，若果能医治他人，也是自己煎熬之后累积的功德吧！

"健康的人不需要医生，生病的人才需要医生。"新约上如许说。

这是蕴含哲理的话，落入我这里也是药引：来自病人的医治，是经验拱起的药方。这比俯视视觉的医生更有疗效。

数羊？这是最无用的切入，这些机械的数字无法让它进入我的大脑中。它们只是一种说法而已，或许对某些人有效，这种有效性还不如放任羊群。失眠正因为大脑很活跃，特别是文学性的灵感在这里划过，如流星，隔天再也想不起来，必须打开电脑，赶紧录入，而刚躺下，又是流星划过，这样再三喷发，可想而知，我只有忍住，不再可惜每次流星的无痕，这样倒也不再纠结星火的熄灭。

与写作中人语，更是如此。

失眠只是一个缺口，它的内里也有诸多各异的因素，苍生皆是尘埃，每一颗尘埃只需一滴悲悯的水。

学生时代接触的心理学算是那个年代的先行者，连皮毛都算不上的那一丁点的知识，迎向了后来正儿八经心理学专业的家人，让我越发觉得这不是知识的问题，古代战场上的十八般武器，得胜与否取决于使用者自身练就的驾驭武器的本领。

现代城市人持有失眠症状数量庞大，心理问题不断加剧，心理与精神类疾病成为人类健康的隐形杀手。我抛开学术理论和统计数字的深晦，我的切口迎向身边之人。每一个人都是城市的堡垒，我们无暇与他们沟通交流，只是"刚好"谈到，当敞开自己的门扉时，我便如一个提着药箱的"赤脚医生"。

药箱里仅是充盈着一滴水般的爱心，一份对他人的关心而已。

一滴水的爱心很容易照见周围的暗晦，就像我一下子看到女孩A的愁容一样。

本应青春勃发的A脸上充满了枯草般的焦虑，她刚大学毕业进入一家医疗公司，我被推荐去理疗的地方便与她碰面，这两个免费上门给我们做理疗的年轻男女在大大的房间等候着，她便是其中那个女的，本来这样的接触不需要后续。说给我们做理疗和普及医学常识，看她那副样子更像是需要治疗的人。

已经工作经年的我很快猜测到这样的"福利"实质上是推销医疗器械的，免费治疗只是幌子。女孩子A掩盖不了一副苦不堪言的疲惫神态。陆续排队做理疗的人都走了，我不忍心"免费"占用她二十分钟的时间。轮到我时，从她开始对应把仪器放我肩膀后背等部位理疗起，我也用自己的症状去针对她愁苦的神态和疲软的双手。

我没有戳破她的隐痛，这隐痛已经被我一进门就看到了，我肩周炎的物理症状相比于她心里的沉船已经无足轻重了。话题很快转向她自身，虽是二十几岁的女孩子，可是毕业后的工作焦虑让她睡不着，现在她置身的环境让她无可奈何，焦虑和痛苦同时也来源于人际关系的失衡，这才是年轻的A失眠的痼疾所在。

挠痒般的仪器二十分钟下来停止了微温，我们的谈话已经抛开仪器的关联，一直继续着。看出她很需要人来开导她，已经没人来理疗了，我也很愿意成为她路途上的一个驿站的补给。

现在是一个多元的世界，年轻人的选择很多，最初的落地点并非需要走到最后，而仅仅是自己与这个世界的开始接触而已，自己一直秉持的良知触碰到现实，有很大的痛感，若干年前的我也曾这样。

她还年轻还有一整个未来的世界，正等着她精神焕发去敲门。

我知道我的语言抵达了她内心的船舷，晚上她继续给我消息，就像一个对问题纠缠不放的学生，在橘黄色的灯光下看到她的信息，我的脸上一定是那种悲喜交欣的神情。我像看到一个刚走出校门的我，正艰难地跋涉在乡村的小路上。我曾经奋力踩着单车，逆流向前着，风裹挟着泥土堵在前面，那一刻我的伤悲无垠，多想有人伸手打捞我于茫茫的田野中。

我继续给她溪流般的文字，我知道我是站在屋子外面，在给一个困厄于黑漆屋子里的人指向一个通向阳光的窗口。

短信和电话频繁地联络，她的淤堵慢慢在疏解；杂草和枯枝慢慢扫除，她的夜晚也畅通无阻。

几个月后的某天我正在地铁里，她的电话进来，声音里有阳光闪烁着。漶漫的阴霾已经散去，随着阳光和生活轻快的步伐，她已经走过无眠，有了新的生活。

我的驿站成了过往。

一滴水的爱也可以集腋成裘，只要葆存一滴水的爱心。我在世间征途上，每个碰到的人都是缘遇，良善，关爱，给悲伤者安慰，给需要者有效的建议。这些建议已经与睡眠无甚关系了，很多人都有潜伏于心中的魔兽，不一定非是睡眠的阻隔者，也有可能是其他途径的拦路虎。那一滴水在言语的引行中，化解一点阻碍。

我有时还是失眠，有时自己都不明白究竟睡了没有。睡眠在或不在，已经不是我所凝视的内核，我关注着身边，边托着陶钵边布施。

续貂之尾，补充一句我的现在时，我正在参与某心理热线的值更。

感官追索

《创世纪》里说：人啊！你本是尘土，死后还要归于尘土。

医学的说法：人的身体百分之七十五是水分。化成水分便归于尘土了无痕迹，连骨络都可以在时间浸泡中成了炮灰。一具身体的细胞、器官、血液、水分，在科学那里是可以用数据量化的，那些数据在"一个人"生命运作的正常值中高低起伏，可以量化的身体被我们的灵魂驾驭着，灵魂与身体共度这一段生命的河流。我们的器官因此有着感知。

灵魂真的是身体的司令官吗？它能调配我们的身体让它听候指令？实际上，我们的灵魂却时时囿于身体的藩篱：必须听命于感官，或是与之妥协，或是战胜于它，它们是饥饿的困兽、是困乏的蚯蚓、是疼痛的蛇……我在生命里一直与它们进行着拉锯战。

我痛、我知，故我在。

饥 饿

这面用了几年的画墙，呈现着劳作的痕迹，毛毡不再洁白，表面起毛并沾满墨迹和斑驳的色渍。

我的笔行走其上，十多平方米的毛毡就像广袤的荒原。此刻，我左手托着色盘，右手握着笔杆，在画墙上进行着大湾区写生系列的创作。

六尺宣纸上是半爿淡墨堆积起来的砖墙，我要画的是前海的建设，这是从写生稿子上提炼创作出来，砖墙上堆叠起如山般的安全帽。后面，是起重机、脚手架，它们正垦荒般犁开在这片大地的肌肉，筑构起一簇簇大地的铠甲——一幢幢高楼在我的积墨中垒起。

我与墨汁重重的高楼对峙着，高楼已具规模，眼睛和双手、全身的神经都与高楼相连着。突然，胃里一阵断崖式的跌落。我明显地感到胃部被抽空——满与空并无过渡期，哪怕是几秒的时间都省略了。这个部位一空，全身的神经一下被这空洞揪住了，胃部成了全身的中心。大湾区的写实和创作都在我眼前如列车远离了。

饥饿一下子袭来，毫无征兆，一看，已是中午十一点半。

人为什么要吃饭？我每每为此而进行着思想斗争，我的生物钟如此准确无误，感官追索直截了当。我绝不能耍赖欠账。每每此刻，我随即得中断手头的活计。因为，手不听使唤，站立的脚也被抽掉了气力，眼睛也在内视自己的胃。

深圳地标的组合已经被替换成可填充胃的物品，食物开始鱼贯进入我的脑海：盒饭？这念头最先被我剔除，我从不喜欢盒饭，从来没有好吃的盒饭。然后就是潮汕牛肉粿，这个要不要移动自己的双脚，还是要网上购买？又被我否定掉了。楼下的快餐店，十多年来我竟然没有一次选择其中的任何一家，可见快餐永远是我疆界之外。这样，能吃的也就只好看家里还有什么东西。

一下子又回到冰箱，这个不大的冰箱，打开来，里面剩余的物品就决定我此刻空洞的胃。一条深海的鱼子，干品；十几个鸡蛋，老家捎过来的咸肉。我发现我几乎都是以面汤为主要思路，这样也限制了我的寻找方向。

这样的储存几乎无法进行我的面条汤计划。家里也没有香菜葱之类可以点缀的菜，这也是主要原因。一个鸭皮梨蹲在茶几上笑眯眯，很大很喜感。我决定今天将就，拿它顶一餐，骗过自己的感官。

这个梨很大，削了皮还是肥胖异常。几大口吃完它，一下子而已。我继续对着画墙，进入大湾区的创作中。

可是"饥饿"提醒着我，不能这么忽悠它，这是一餐吗？我不知道人家的减肥餐是如何能做到与饥饿的官能抗衡的。反正我现在无法顶住它的揭竿起义：它正在全面调动我身体的细胞，它们喊着：饿饿饿。

我退后，看着茶几，还有麦片。一袋子麦片足够半碗的量，我全部倒出来，茶几上的水壶一摁，水"突突突"地奔跑起来，随即热气腾腾，与碗里的麦片融洽缠绵。

半碗麦片进入我的胃，这是足以抚慰的食物和它的分量。我想继续与大湾区的画作进入心灵的交融，重新执笔，感官依然把我拽回来，饥饿感如一只猛兽，半碗麦片填不满它。我在它面前很无力，再往胃里投进一个梨，依然像打了水漂。

冰箱里冻着半袋水饺，煮了刚好一碗。热腾腾地吃将起来，汗津津淋漓尽致。饥饿感退后了，这只顽固的猛兽被食物压服了下去。此时饥饿更像幽灵，我正要寻求它的意见时，它又消失得无影无踪。

饥饿感的入侵在一天中可以隔三岔五，让我无法好好照着原路走，就像汽车在行走途中突然抛锚了。折腾一番，重新启动才能前行。

低血糖，这是他们给我的定义。

当我的眼中冒出狼一样的绿光，女儿一下看出了我来自深林的饥饿。她本是打算请我中午到一家新开张的石头锅吃饭，到达时发现店已经爆满，需要排队等候，相比排队的费时，不如换一家，临时起意换后面一家顺德鱼。谁知才走几步，她回头看到我如丛林里饿狼一样的眼神，那眼神如火冒出，充满了饥肠辘辘攫取的紧迫。

饥饿，是一个人身体最原始的本能反应，身体的运转机能在急切地等待补给。

曾祖母病危时，请了医师到家里看，家人同时忙碌着准备后事。富有经验的老中医来了后，尚未把脉，笑笑安慰一屋子焦虑的老幼："没事的没事的，你看她两碗饭都吃了下去，哪会有事？！"

对食物尚且有欲望，两碗饭啊，身体的蓄电池尚且能充进如许多的能力，看来生命的火种还在燃烧，身体的官能还未曾沉溺。果真，曾祖母很快"活"了过来。

同样的例证，外婆为了印证六岁的我病是否真的严重了：瘦小如鸡的我已经几天不怎么吃饭了。外婆特地买了一个猪肉包给我——热气腾腾的猪肉包啊！我什么时候能吃上？一年都没有一回，即便是能与猪肉包相逢，我也绝无可能独自拥有它，我们是姐妹四个分一个包子，来到我手里就是掰开的一角。那一角猪肉包，我得端详它里面拥有多少猪肉丁，我得欣赏好久之后才舍得慢慢舔吃它。

而现在，我可以拥有一个猪肉包，这是绝无仅有的。我拿在手，却一点想吃的欲望都没有；看着它，它成了我手里的玩具，舍不得丢的玩具，因着它的稀罕珍贵，我的双手一直拿着它，却不想让肚腹拥有它。

当一个猪肉包在我手里无所事事地待了一个钟头后，外婆辨出了端倪，她拿回了猪肉包，我也顺从地递还给她，好像我并不稀罕似的。

我没有饥饿感，一个缺衣少食、稀饭萝卜干都无法保证的时段，一个猪肉包子竟然打动不了我的肚腹，勾引不了我的食欲，可见我真的病得不轻。我还不懂人间疾苦，忧虑的是父母长辈。

我不吃饭，也没有玩耍的动力，只有一双活着的眼睛，静默地看着这个世界。

父母为我四处奔波寻找医生，他们的脚步和焦虑在我的认知之外，此刻，我只看到家里外婆，她对我没有了往日的严厉和呵斥，她的言语少了，问我的话语多了，没有多余的闲话，都是问我要不要吃饭。

即使是这样奇怪的问话，也提不起我的好奇心。外婆从不用操心小孩子的吃饭问题，吃饭时间一到，鸡群自然会跑回家找饭吃，肚子饿了自己着急的。身体落地来到这个世界即需要面对自己的肚腹，喂养它，是我们生存的本能。

吃饭吃饭！从童谣中生长出来的本能：

　　烧搅肩，夺肉矮，夺有烧共食，夺无做乞食。

这是多么残酷的世间，我们必须觅食，为了觅食而竞争，"夺"字是潮汕话，一字足以表达诸多含义，它是激烈的动词，在我们这里也可看作形容某状态的形容词。而现在，幼童的我呈现出官能开始沉寂的状态，是一种不好的迹象。"夭折"是一个沉溺在食物之下的名词，我的身体一直为父母所担忧，父母需要为每天的食物而辛苦劳作着，孩子们需要一饭一粥喂养，同时更要为"不需要"食物的孩子而担心操心着，这是多么窘迫的人生。

困乏 or 失眠

我不喜动，就像手机打电话看视频容易耗电一样。

我知道自己容易困乏的生理状态是因着身体的虚弱：气血皆虚。中医如是说，我已经是久病老中医了。

自幼体弱多病，让自己的生存状态沉溺于"静"的水平线下，呈现出一个人的性格特征便是"文静"，这是多么美好的形容词，我也由此而得诸多青睐。年轻时因着青春，可以遮盖疲惫的神色，一切都让人感觉"静如止水"的美丽，随着年龄的增长，动力不足的机器对外呈现便是随时露出疲惫的倦容。

困乏，让我生出对应词"懒惰"的罪恶感。略懂中医知识后明白自己是无辜的。灵魂很想坚强，可身体总是无奈地拖了后腿。年轻的时候以为自己睡觉有定力，在宿舍里，我的"睡功"无敌：一个挤满十一人的宿舍，双层铁床紧紧相连着，三四台手风琴"嗡嗡嗡"地操练、加上六七把小提琴"咿咿呀呀"五音不全地横拉，寝室连老鼠都被赶走，别说活人能待。可我愣是能在这样的噪音底下，淡定入睡，睡得香睡得甜。

睡觉——我耳朵乃至大脑的自动屏蔽功能成为一群宿友此后永恒的谈资。

可是，时间转入为人母的轮胎之后，失眠成了我此后的十字架。看过谈论失眠的节目，只有失眠的人才有这般真切的体会。失眠没有缘由，没有良药，不管什么方法我都试过了，极其困乏之后某根神经依然绷着，睡眠在困顿的汪洋中总是无法靠岸。每晚在床上辗转反侧几个钟头，都无法让自己的脑子进入睡眠状态，有时连续一周如是，白天里，我知道自己是什么样的画面：颜色憔悴，面容枯槁，风中摇曳着，稍微一个趔趄就倒了。

失眠让我每天更加困乏。

心脏被掏空的虚脱，一天的忙碌只要有空隙我就想睡觉，只有睡眠才能给瘫软无力的躯体充进能源，抻直脊梁和躯干。但越是零碎的时间，越是无法编辑成睡眠的篇章，身体是一节什么样的电池啊，电流很难畅行充入。

没有电能的身体，倦容罩住了我。

那些年，我笼罩在困乏的罗网中无法突围。每天无精打采地工作、生活着，纯粹一副行尸走肉的躯壳。我在自己的混沌中毫无悬念地感知别人眼里的我是怎样的一副尊容。病恹恹的身体和倦容像干瘪的轮胎。

颓丧、萎靡、低沉，它们是困倦在我这个池塘上的浮萍。

自从我们进入这个电子时代，各种充电：手机需要充电，手提电脑需要充电，电蚊拍需要充电，刮胡子器也需要充电……我们直接套用"充电"这个词。一名中医每每劝看病的青年人：勿熬夜啊！他如许解释：夜晚睡眠就是人体充电，夜晚没有充电，白天怎么补都没有用的。

黑夜和白昼，两块截然不同的板块，它们与人体息息相关，与宇宙万物相连，它们隐藏着万物的奥秘。黑夜，它的世界在一团混沌中，在黑暗的统治之下。黑暗行走必定是摸不着，我们的感官只有驯服在黑暗之下，安然入眠，这便是顺应天道。

失眠，睡眠的官能与天道违背，是我每个晚上必须面临解决的问题。

当夜的黑闭塞万物，我的感官却在它的帐幕下踊跃欢欣。为此，晚间我未敢写作。即便如此，我的大脑在沉寂的夜里却如蛇出击蜿蜒爬行于大地。

微信时代，夜闪烁在手机里，朋友圈浓缩了"生活"在圈里的朋友们的活动状态。当我发了一条朋友圈消息之后，有友人随即在下面尾随评论道：女人不要熬夜。

我发现自己无意中泄露了隐秘：时间、场景、状态。只是真相依然可以藏匿：我是被夜所熬，并非自觉流窜于夜的猫。

我回复留言：我不熬夜，是夜熬我！

手机里的世界可以无视夜的存在。此刻为凌晨三点，朋友圈依然有不少人在夜游，我仅仅是在夜间起来，却再也无法安卧于眠，微信已成了贴身膏药，不时翻阅、看看朋友圈和碎片化的新闻，微信里虽有夜的浸漫，但也在萧索中兀自热闹着。

熬夜。很多人在熬夜，在朋友圈里显现出各种存在——很精壮的存在。"熬夜"这个词太过普遍普通了，现在的日与夜并无多少区别，不夜城里各种吃的说的唱的，继续精彩着。

但我是个从不熬夜的人。夜间睡不着，实在是夜的煎熬！专家说不要想太多，不要怎样怎样……而对于失眠的人来说，这些都是扯淡，专家的说法无法剥开问题的核心。失眠就是失眠，貌似很多原因，却完全没有缘由，就是怎么也睡不着。

而我每每在黑夜精力十足灵光闪烁之后，在白天接受加倍的报复，无精打采成了我气血匮乏的妆容。

我们总会在人群中找到自己的盟友。一群画家外出的写生中，失眠异类遂凸显出来。画家应老师自学生时候便受此苦，依赖安眠药"度夜"，而长期依赖安眠药给他带来的副作用在白天也如山川褶皱刻写在脸面和身体状态上。与诸多"盟友"交流了对付失眠的心得，却发现没有统一的章法。各人身体情况不同，各人失眠原因不同，解决办法依然在路上。

而我却有备受诟病的坏习惯：喝茶！

"你竟然还喝茶？！"这是大家认为我活该遭罪的原因。而我在多番权衡之下依然是茶照样喝，当然失眠也如常报复。

只是偶尔身体也驯服于夜晚，即使喝了很多茶，也睡得香甜，所以我自认为失眠与饮茶无关，茶依旧喝，甚至喝得变本加厉。大凡吃喝有个习惯，口味是往浓处走，所以喝茶同样会越喝越浓，直至味觉麻痹。

回到睡眠来，睡觉便是自己的身体与黑夜融洽相处。是夜，女儿发微信说忘了带钥匙，我告诉她到了打电话给我便可，我下楼接她，因为上电梯还需要刷卡。发完信息，我便沉入夜的黑暗中，我与天空大地融合……直到被电话叫醒。一看手机，已经过了两个钟头。这消失的两个钟头完全被夜吞噬，毫无痕迹，就像一滴水汇入大海，大海依然波澜不惊。

多么美好的睡眠，我应该为它歌唱：一场美满的安眠，与黑夜熨帖地合为一体。

我相信睡觉机能的愈合，与食物与调整毫无关系，它们来得就像流星——骤然而至并无预兆，这是一种恩赐，随时再犯又是一种回旋，是自己身体隐藏的魔兽对黑夜的捣乱。

来自黑夜的寂静极其容易听到某些声响，而让自己疑虑窦生成为警犬般灵敏。我的听觉在暗中潜伏如蛇，它们爬行着，警觉周遭的动静。

果真，若干次的怀疑最终笃定，我起身 N 次，终于看到一个身影匍匐在小区车棚上面，没错，那个身影在万籁俱寂中跃上铁板质材的棚顶，有"哇啦啦"声响不争气地响过，一般进入睡眠的人们不会听到这声音的存在，即使听到，也不会在意这夜不期然的声响。偏偏我的灵魂一直潜伏在暗夜中，聆听着丈夫鼾声此起彼伏，更加辗转反侧难以入眠。

天还未见亮，楼下吵闹声突至。

这一幕随着警车的到来而解决了，后面情节已经远离了我们小区，大家作鸟散。

而我的困倦却在白天铺天盖地压了下来。讲台上的我呈现虚胖的亢奋，继续热情洋溢的课程。

心脏里面却是空的，它拉下了整个身体的抻劲，我在这样无眠的夜晚之后，特别是连续几夜空虚睡眠，我的面貌不只是困乏的状态了，皮肤干枯眼神无光，我行走着，灵魂被抽离一般。

在与睡眠征战的若干年，我耗尽了诸多办法，当身体如破衣服，洞口越来越多，我顾此失彼四处补洞，哪个洞大先补哪个。身体永远呈现老牛拖车的状态，我的失眠状况好转之后，只要晚上睡眠不足或是午间没有休息，困乏又让我从头至脚写满每一寸肌肤。

《红楼梦》里对林黛玉病恹恹的描述，我寻遍书缝都没有发现她有失眠的病。我在寻找一个相关的人物对应，直观地把我的困顿符号化。

思索再三，失眠居多是心肾不交，气血虚，血不盈心，那也是困乏体现于外的根源。看来，依然回到林黛玉的身上，她多愁善感，卧榻之上依然挂虑这思虑那，自然是失眠。困倦与愁容，它们也是一对邻居。

疼　痛

他的三根手指一直摁在我手腕处，沉吟一阵，候诊的人看着他，等着他或是开口，或是书写药方，眼睛再多，他一点都不着急。

良久，他的手才收回，准备书写之前，开口了："你右侧的输卵管阻塞了，难道不疼吗？"

石破天惊，一下子把深藏在石头缝隙的那只甲壳虫给揪出来。我连连点头："疼啊！疼的啊！半夜里特别痛。"我其时看的病症自然是亟须医生治疗的，而这隐藏身体深处的疼痛我还不把它当回事，虽然夜深人静时它就跑出来作祟，就像一个淘气的小精灵。疼痛是一个点，就像墨水滴下来，自从这痛点出现，我透彻理解了"隐隐作痛"一词。这身体深处的虫洞发作起来就是隐隐作痛，而这么隐深的地方，在夜间可是睡眠路途上的拦路虎。本来我失眠的神经极其敏感，屋漏偏遇连夜雨，加上这个痛点，夜晚辗转反侧更加清醒。

殊不知疼痛的点随着时间推进，它的威力如坍塌的洞穴，疼痛愈来愈深重，这只"小甲壳虫"早先半夜才敢趁无人出来闹腾，后来白天也明目张胆地舞棒作威作福。

我的身体如大地，孕育着"小甲壳虫"并看着它成长，开始痛时状如珍珠，后来如鸽子蛋，圆溜溜的，疼痛的时候就现出了形状。它更像是我的孩子，我孕育了它，滋养它成长。

经医院 CT 检查，医生却说我疼痛的部位里器官正常，其他啥都没有。除了人体天成的器官，"啥都没有"这个结论更令人放宽心，只是专科医生说我这个部位的疼痛感完全没有道理，看他样子甚至怀疑是来自我自己的心理作用。小捣蛋二十多"岁"了，二十多年的作祟即使没理由，也是真实存在的。我问专科医生："中医说我这个位置有堵，若是输卵管堵塞，能不能照出来？"医生摇摇头说："没法子。除非里面有东西才能 CT 出来。"

精准的科学仪器便是这样"眼"见为实，科学的发展已经发现黑洞量子纠缠等等超乎肉眼的东西了。而老祖宗竟然能凭着三根指头的脉动给测了出来。

可医院的专科医生最愤慨中医的"无证无据"，他问道："中医什么都没看到，凭什么就说你这个位置淤堵？"

我突然无语，我知道体系不同，如何用 CT 照出经络啊？可这位医生不相信我的疼痛是真的，他好心地认为是我的错觉，也"有可能是阑尾的问题"。"心理问题"是一个垃圾桶，所有未明未知的东西都可以扔给它。

我告诉医生："我的疼痛不是偶然，它存在若干年，并且准时准点值班。"

　　既然不是物理意义上的大问题，我也只有用自己的方式对付它：艾灸。当这只甲壳虫跳出来发疯地祸害我时，我用艾叶条熏阿是穴。一阵子烟熏的强迫后，它终于像《西游记》里面遇到克星的妖怪，乖乖就范。可它并没有被完全驯服，它只是躲回洞穴，在里面暂且蛰伏，它随时准备伺机再出击。

　　经年下来，只有艾灸能缓解越来越尖锐的疼痛，我倒是被这只怪兽带动着，被动进行阻击，因着它我也逐渐熟悉了针灸。我本来是没耐心的人，而准时来打卡的疼痛却不由得我有没有毅力，这妖怪每每迫使我兵戎相见，艾灸、穴位、放血等传统的治疗方法渐渐与我相识相知。

　　疼痛的那个鸽子蛋区域，在年复一年的艾灸过程中慢慢地往下挪移。当夜来临时，疼痛的区域很明显地呈现椭圆形，我甚至怀疑是淋巴结，可是医生笃定地说那里什么都不是。我只好求助书本图像，解剖图谱清晰标示为输卵管，可是疼痛时鸽子蛋的形状如此精细明晰，抽象的痛感落在具象的形体中。

　　那个无形的世界是不是在施行某种计谋？

　　隔三岔五做针灸和放血等治疗让我结识不少民间的医生，民间和医院的治疗方式我可以列表对比，这是一个颇有趣的课题，可以专项研究。

　　王姑姑给我传授刚学来的方法，当然这也是民间的医生："推拿的医生教我，顺着这经络往下推，推到哪个地方疼痛了就说明那里堵塞，就要在疼痛处刮，刮舒畅了，就不堵了。"我豁然开朗，我苦读着晦涩的《黄帝内经》，"痛则不通"这很简单的道理，我竟然把它忽略过去。

　　疼哪儿灸（按摩）哪儿，这个就是阿是穴。其实我每次艾灸的也就是这样子的方法。

我开始用推拿的手法，只是疼痛的洞穴很深，在身体里面，我的手指力度要到达那里，有些阻滞，一波操作后，隔天发现按摩过的位置很疼痛，蛰伏在洞穴里的小魔兽倒是毫发未伤。

但洞穴里的小魔兽也有所畏惧了，它不敢嚣张，它也感知到外面的"推土机"在企图铲翻它。这发现让我欢欣鼓舞，我继续推拿，用砭石的弧角顶着痛处，这些年广种的医学知识算是掉了下来几颗芝麻。一大块刮痧板推过的片区穴位有归来穴、子宫穴等，刮痧板覆盖过的地方，不是这个穴位就是那个穴位。总之会撼动洞穴里面的魔兽，这是穴位按摩至简单的原理。

这个作祟的魔兽一度非常活跃，它后来已经不分昼夜地跑出来闹腾，甚至在我出行时阻拦着我，让我乖乖投降：当我走出地铁口时，我疼得蹲了下去，抱着双腿弯曲着，冒冷汗的身体臣服于这鸽子蛋的疼痛。好不容易等到它偃旗息鼓回营，我才能继续我的路程。

人生之事皆不完美，特别是身体，想来此生我都没有过强壮，哪怕是青春年少。而疼痛，就是身上的针刺，时时提醒着我。圣保禄宗徒说他身上有一根刺，他求上帝把它拔出，上帝没答应。

他发现，身上有这根刺，他才每时每刻意识到自己的软弱。

我身上这疼痛之兽，已经在我使用按摩针灸刮痧的诸多武器之后渐次衰弱，我甚至觉得它已经是垂垂老矣。每次当我以为它已经离开时，它随即出来恐吓一番，我习以为常了。近来它偃旗息鼓好久了，但我知道它一直都存在，隐匿在物质之外，有时以麻痹的姿态出现，就像冬天公园长椅上无精打采闲坐的老头：它只是打盹，并没有离开。

此刻，我还能感受到身体上的疼痛，未曾不是好事。想来，灵魂不也是如此？偶然隐隐作痛。随后尘沙覆盖，人间烟火，风沙甚浓。

我仰天望天，天还是蓝的。

吃 鲜

　　每一个潮汕人不管被扔到哪个角落，都会被认可潮汕菜，都会被询问海鲜的事。好在现在四通八达，海鲜可以抵达任何地方，特别是诸如北京等大城市，海鲜也还多的。它们可以通过航空高铁等，各种保鲜方法完全可以保证海鲜们的颜色如初。

　　说到潮州菜，我们潮汕人还是习惯经常被询问吃海鲜的事，现今的名词，潮州的标签居多被改为"潮汕"，或许只有这潮州菜可以坚挺地坚持"潮州"这个词。实际上，人们的理念基本以"潮州"名词覆盖潮汕地域。曾经在北京听当地人说，一条鱼死了十天，在北京就算是新鲜的了。我觉得无比自豪，很为自己作为潮汕人保持天天新鲜的海产品而幸福不已。特别是曾经一位年长的园林保管员听说我是广东汕头的，露出无不羡慕的神色问："你们是不是天天吃海鲜？"得知我们真的天天吃海鲜，他几乎感到有点不可思议。这是在九十年代，在北京那些日子，我确实很难闻到鱼腥味，更别说看到海鲜的影子。交通的速度也决定海鲜的"脚"。当地人告诉我，咱是不敢奢望吃海鲜，你说，几百块钱的工资，哪吃得起呀？至此，我才感叹自己多年来"身在福中不知福"，平时常吃没有感觉，几天没吃，我血液里的海盗开始出来作祟。那应该是猫缺乏鱼类的本能，回到家里，第一件事就是马上去买鱼。不管是什么鱼，只要是海里的鱼就行了——在沿海人民的心目中淡水鱼根本不能算鱼。

没有海的味道，怎能算是鱼类呢？！

说起来我们家里一半真正在海边生活，祖母他们更是世世代代的渔民。而我们的吃鱼却是深受母亲的影响，想来这具体的地方，谁家不是跟海有千丝万缕的关系？我家里却是不可一顿无鱼。没钱时买杂鱼小鱼，有钱时买好鱼——贵的鱼。弄得在那个缺荤少油的时代，我们却也都不喜欢吃肉，偶尔买一斤肉，一家子十来口竟然可以吃上好几天。

我家三亲四戚大部分是天天与大海拥吻的居民——我勉强找出"居民"一词，因为生活在海边，却不打鱼，照理来说不能称为"渔民"，从事船员的工作居多。这也是可以拥有谈资的，或是真正向大海讨过生活，家人对吃海鲜都有一套臻熟的见解。走国际货轮、一生都在海上漂荡的船员姑父告诉我：海鱼不管高档低档、贵和贱，只要新鲜就是上品。真是至理名言！

姑父到过好望角，到过澳大利亚，到过日本，到过加拿大等国，漂过大半个地球，太平洋大西洋印度洋，对于海里的"居民"他最清楚，从大海的深处回到陆地，他可以藐视任何我们崇拜的鱼的贵族。我们捧为上品的金枪白枪鲍鱼，他连眼皮也懒得抬，却叮嘱我们只买鲜的就行，即使是剥皮鱼巴浪鱼也是好货。

被姑父点名的这些沿海里泛滥的鱼，上得岸来是非常便宜的，大凡口袋里还有点钱，绝对不会买它招待客人的。姑父反转了我们的惯性和理念，把我们那点可怜的虚荣心给擦掉。经济拮据的时候，我妈不好意思买薄壳，怕被人家笑话，却指使我去买，我一个小孩子还不怕笑话，但我心里面知道来自薄壳的便宜和低贱。实际上，我们不得不承认那些便宜海鲜却具有其不可抵挡的美味。薄壳爆炒鱼腥菜，那是香飘一条街，虽然家家户户都加了一盘，却是以买其他鱼后面的附带；同样便宜的剥皮鱼，焖生姜豆豉加葱，这是极品的美味，时间翻转三十年，我才正儿八经地尝到餐馆的菜谱，却昂贵得配不了它们的身份，何况味道还差了个十万八千里。

在市场上，我很少挑那些名贵的海鲜，只买很普通大众化的时令，但必须一双慧眼看出它拥有的新鲜度。很多内地人诧异：海鲜也有对应时令吗？当然有啊！六月的鲫鱼，秋天的螃蟹，它们都是对应季节的，应季的海鲜肥美好吃。走的地方多了，也知道规律，贵和便宜，有时仅仅是地域的差异。贵的东西，有时是因为稀罕，它在某些地方因为泛滥，恰恰又是低廉的产品。时间和地理位置让它的价格发生倒置。

潮汕本土很贵的黄鱼——它某一时期几乎是菜市场上最贵的鱼，九十年代初，小一点的黄鱼一斤十多块，稍微大一点的，就要二三十块。善吃的潮汕人认为黄鱼的肉质细腻，口感嫩滑，当属上品。从渤海湾那边过来的友人却告诉我，这种黄鱼在江浙一带特别多，且个子又很大，他们经常买来晒成鱼干——晒鱼干的都是特别便宜的，鱼头才几毛钱一斤，他们天天煲汤吃，都吃腻了，听得我们目瞪口呆：原来黄鱼换个地方也就是巴浪鱼的档次。

母亲常常叨念她小时候吃龙虾，那是因为外婆家没饭吃，连红薯都没有。这是真实的存在。那时外公利用便利，每次趁渔船靠岸，渔民分拣海产品，他就捡渔民们扔掉的龙虾晒干，一布袋一布袋让我母亲扛回家当粮食，在没饭吃的时候用龙虾充饥。听起来挺荒谬，难怪母亲每次都轻蔑地说：龙虾有什么好吃？那么贵！龙虾的肉质很粗糙，壳又硬，在以前都是渔民丢弃的东西，没人要。

从小在海边渔村长大的同学也经常诉说她在人之初时吃过的海

马数量，她也是拿它当粮食吃。那才是真正缺衣少食，海马更比不上龙虾，除了一身铠甲，一点肉都没有。海马是渔网的刺，容易钩缠渔网。当渔民在沙滩上把海马海参这些"杂七杂八"的东西扔掉时，那些没饭吃的孩子们就去拣捡，他们就地烧开柴火，把这些渔民扔掉的海产烧烤。倒是香喷喷的。多年之后回味，海边并不存在饥饿，大海的馈赠是丰饶的。

折转回来，现今的海马一斤几千块钱呢！据说是补肾的好东西。

夏天大行其道的剥皮鱼，在市场上最便宜，当黄鱼三十多块钱一斤的时候，它一斤才两块钱到三块钱之间，买得我都很不好意思：真不是挑它的便宜，谁能体会它美味的精髓呢？它的好吃体现在骨头上，鱼骨是松软的，吃的时候不用剔开鱼肉，直接半截鱼就往嘴里送，"吧嗒吧嗒"地嚼，非常带劲。

后来它身价突然大增，十几块钱一斤，物价这东西很奇怪，一上去就只有继续上。这鱼也跟着跳龙门，我一直见它的价格一路狂飙。活的剥皮鱼，可以六十块钱一斤。而此时菜市场的黄鱼也只有十块钱左右，价格竟然委身它之下，而后几年，这活蹦乱跳的剥皮鱼竟然追至一百多元。

真是三十年河东三十年河西啊！据说黄鱼价格昂贵，所以人们就大搞人工养殖，一养殖数量多了，也就不稀罕了。在这个什么都可以"人工养殖"的社会里，野生的剥皮鱼兀显得"出类拔萃"了。

正因为如此，潮汕大地反其道而行之，时尚带动了吃法，人们喜欢吃"鱼仔"了——以前是家里的猫才吃。先是各种"鱼仔"海鲜店在海边春风十里盛开，然后是家家户户盛行煲鱼仔汤，美其名曰营养汤，这倒是，当营养数据赫然于报纸健康栏目时，我后悔自己懂的知识滞后了：曾经的营养就被家里几代的猫给带走了。

现在集市上的鱼仔是最先卖完的货，当从大海赶来的新鲜鱼仔泛着亮晶晶的光，你会不由得被它吸引，腥气和星光一般生猛，越是细小越是带着原始的节奏。鱼仔堆里一般都是杂七杂八的鱼，小且不够名贵，还够不上分类。鱼贩干脆堆起一小山堆，按斤称。每个买鱼的要不买它个三几斤以上都不好意思叫买鱼。

我却是喜欢买一竹篓一竹篓的鱼仔，省得打秤，一竹篓都有三几斤重。各种意外的惊喜，各种认识的鱼都可以去发现去辨认："凤尾""赤翅""金钱花""三马"……就听那么美丽的名字，都会引起你无限的遐想，我每次都喜欢在里面想找找还有没有新鱼类，就像发现新的宝藏一样，经常会有混进队伍的小虾小蟹，一煮熟泛红就是装点了一锅汤的颜色。

买来之后，大一点的鱼，摘掉鱼腮帮和鱼肚，洗干净，非常简单的操作即可，一锅子煲汤。煲出来的汤水，鲜美绝伦，鱼汤是不用下味精的，加点蔬菜，或是加点葱、姜，下点盐，就是绝美的上汤了。营养丰富，容易吸收消化。

海鲜应该是安全系数最高的，虽然没有科学数据。但吃猪肉褒猪骨汤，怕猪喂的是"瘦肉精"，吃鸡又怕饲料含激素，淡水鱼在养殖时鱼料也是人工的产品，那只有这海鲜了，虽然现在专家警告说沿海的"赤潮"使海里的鱼类和壳类污染,可没什么比这更安全了。

一个家庭主妇就是一部大百科全书,不仅是柴米油盐酱醋茶,还有煎炒闷焗蒸煮,一条鱼也有一百种吃法,"靠海吃海",真是其乐无穷。

家里人多的时候喝茶多,以为独自一个人时喝的茶少些,结果相反,独酌的茶如酒,时时刻刻都没间断。在广州的时候凤凰茶喝得更多更有滋味,这是令我意想不到的,因为在汕头时我是以福建岩茶为主打。现在反倒是潮州凤凰茶的味道更入心,这也是一种骨子里的乡思吧,绵延在血液里的茶汤,总归是需要家乡的山和云雾孕育出来,才能慰藉血液里的饥渴。就像海水里的族群,那种霸道的海腥味,才能与胃腺指认。家里翻箱倒柜寻找鸭屎香和蜜兰香,无意中也找出了两包来自大海的"蔬菜":赤菜。

这种从汕头来的赤菜都产自南澳,那是一种海里的藻类植物,市场卖的都是干品。带着些灰白色的盐粉,赤菜呈熟褐色,潮汕人叫这个颜色为"赤","赤菜"的名称由此而来吧!有"树头"样状的枝桠,然后像树一样长出繁密的分叉,这浓缩版的树木长相,可以想象在海底的礁石壁上,它是如何像一棵植物般蓬勃生长的,海水就是它的空气和风。

可能是由于开采艰难吧!据说要游到大海的礁石上,爬到那光滑的石壁上采撷,需要极好的水性和技术。所以赤菜很贵,一丁点儿就几十块钱。幸好干品的赤菜很轻,分量多,浸泡出来的赤菜像胖大海一样发胀得很威猛。

我们用三个指头抓一小把,放在杯子里,加上冰糖,用开水冲泡。杯子里的赤菜慢慢融化,用筷子或是勺子搅匀,变成很黏稠的东西,杯子里有沉淀的微小沙粒。喝起来清甜无比,很是解渴,自己调制无非多放了些赤菜,分量足,特别满足味蕾的需要,不仅清爽,还带着海的浪花翻滚而来，腥风和水珠，它们汇集在这个陶瓷杯子里，隔着千里之遥，舌尖可以感受到类似凝胶状的颗粒，它们更像是大海凝固的浪花。

因为这东西能健肠胃，以前朋友曾送给我一点，放在家里千般珍重，只有在孩子肠胃不适时才冲服。如今手头有两大包，于是放开大喝特喝。

作为食疗，应该平时常喝才有效果，防病于未然，"有病才医"效果不是那么明显。孩子这段时间脾胃不好，食疗胜于药物，我就这样冲泡给她喝，喝着喝着，自己忘了，肠胃毛病也好像丢了。

南澳的后宅鱿鱼据说也能消积（食积）。鱿鱼也是干品，要食用时先用水浸泡，最好是前一天晚上泡，隔天可用，切成薄片。白萝卜切段先煮，快烂时加上鱿鱼片。鱿鱼萝卜汤对小孩子食积很有疗效。潮汕人吃鱿鱼还有一个诀窍，即是浸泡鱿鱼的水不要倒掉，用这水去煮萝卜，熬出来的汤特别鲜美。我试过了，且一直这么做，后来在广州发现地道的潮汕人竟然都是一个模式出来的：尝过那鱿鱼汤的鲜美，绝对是海的原汁。

我嗜吃海鲜。这有点上瘾，如果一阵子没吃到，从胃到心，血液开始翻滚，它们要揭竿起义了，真像瘾君子。特别是腌渍过的海鲜，当朋友圈一个汕头的好友发了腌海鲜的照片，我血液里的海盗终于醒过来，隔天我非赶一个有海鲜的菜市场买了生蚝，自己腌一盘不是那么鲜美的海味满足胃的渴求。

腌海鲜必须海产特别新鲜，为了十足的保险，我必须自己腌，一者新鲜，二者口味合适自己，最起码不那么咸。汕头的海鲜品种繁多，什么螺啊贝啊都可上盘当菜。有一种壳很薄的叫"鹦鹉"的，就是腌渍的上品。买来的鹦鹉先放在水里养，让它吐净沙子。然后用剪刀剪去两瓣壳之间突出来的韧带，这样腌出来它才不会"开口"。

用粗盐腌渍个把钟头，中间还要不停翻转。倒掉腌出来的水分，加上酱油葱末辣椒蒜瓣再腌渍。味道已经出来啦！就这佐饭佐菜，比什么都可口，一瓶能吃上好几天。

而腌渍墨鱼就更容易。把新鲜的墨鱼淘去墨和内脏，洗尽、晾干水分，用大把大把的盐腌渍，装在瓶子里，什么时候吃就拿一点出来，蘸点辣椒醋，特别下饭。腌渍虾子的原理相同，你随便问一个从海边来的大婶，她都会给你说上美美的几道。沿海城市的人，他们都习惯自己腌海鲜，这是完全可以根据自己的口味加佐料，它们可以在时间的沉积中形成自己独特的菜。

正因为如此，潮汕盛产各种小菜，家家户户都会来一两种"杂菜"，这也是亚热带天气带来的炎热、食物不易保存的原因，特别是容易变质的海产，加点盐腌渍能够保存几天甚至更长时间。

一个个瓶子里，它们装的海！带着咸咸的海风。

夏园流年

一

工夫茶细泡，茶烟缭绕，茶香渐渐见淡，我们对坐喝着。

没有什么需要聊的，熟悉的脸，熟悉的声音，还有熟悉的茶。凤凰茶、铁观音、水仙。熟稔得省略间，一罐罐高矮的茶叶等着我们选择。

下园，我终于又捡到一个丢失多年的名字，它也被人遗忘了。谁记得它？只有在那里居住过的人，那些人究竟哪里去了？他们住着住着，房子不见了，巷子不见了。

那里分明有个园。下园，不是单指这个园子，我家屋后，那个食品厂的仓库后门，走出去，那些巷子和房子，都叫下园，是夏园还是下园？潮汕话"夏"与"下"同音。没人知道，没有人在乎这么一个偏僻的地方，它压根儿就不配有名字，邮递员没法子送信的地方。

因着那个园子，我认准必须有园子才叫夏园，跟夏天没关系。

那里有两棵木仔树，我们不叫番石榴，那个名字得好多年后才听说。一棵高一棵低，高的结很大的木仔，大的木仔绿油油，泛黄，那才能吃。但是，我们够不着。小的那棵我们够得着，两个人搭肩骑上背，肯定能摘到一些，可惜果子长得很小，小的木仔又酸又涩，吃不了。但吃不了也要摘，摘下来玩也解恨。

没有谁跟我们拉仇恨，园子是有主人，我们一直不知道是哪个，但摘木仔的时候骑上小伙伴背上时，还得不停地东张西望，尽快完成摘取的动作。一不留神，园子的一头枝干摇动，一阵风紧随着叫骂声，人影随之而至。

我们落荒而逃。

有一次，小伙伴甚至掉下了一件衣服。

这么多年也没看清那个赶我们的人的面目。他整个就只有声音，还有带着风的影子。我们也怕他看清我们，他会找上家门告状的。对了，那些茂密的树木是龙眼树，我们却叫它为肉眼，它长得就像人的眼睛。

龙眼树很多，结的果子不少，奇怪的是，龙眼在这里很野生，因着它长得随便，大大小小、零零落落挂满高高的枝头，又一身灰褐色，土得掉渣，我们并不觉得它好吃，值得偷摘。挑担卖龙眼的很便宜，我们更可鄙视它了。除了中秋节，它被放在街坊邻居的供桌上，个子都挑大的，肉才厚，甜，吃起来过瘾。

园子旁边有长长的巷子。巷子逼仄，只够一个人走，我怕走这巷子，巷子两面的墙被衣服不小心擦过，掉了好多沙土，墙是一片歪歪斜斜的土沙墙，连根草都没长，不像我妈工厂的老墙，指缝都能开好多小白花。

巷子很恐怖，我不知道我究竟什么事情需要走这路，嗯，去学校，还有，同学家。除非没有其他路，我是不会走这路的，遇到过一个神经兮兮的人，像喝了酒微醺，脸色发红。我不认识他，可他竟然笑眯眯俯视着我，对我说话，我吓得拔腿往回跑，幸好他没追上来，但他还在后面不停叨念着。

我竟然在这巷子里两次遇到这个人。

我承认心底里面缺乏的安全感，就是来自童年这巷子般的威胁。

走远了，回到夏园，我感觉已经快到家了，从工厂仓库的后门进来，就可看到我家的烟囱，我家低矮的窗口，说不定我外婆还在那里忙碌呢，只要把窗户再打开，我们家的厨房就一览无遗了。

我还不想回到家，在下园这里溜达，还能遥望着自己的家，工人吃饭了，我们家也吃饭了。不耽误吃饭不挨骂。

工厂后门，陈波儿的家，我不知道她应该在哪一落。有人的屋子不是她的，没人住的屋子，见到几间残存的。陈波儿，你们都不认识的，可我认识，不知道谁说过一次，我就记住她了，她不是我的小伙伴，她是演电影的，认识字的人说过，原籍这里，解放前住在下园这里，后来在北京了，没来过这里。在我们眼里，电影里面的人都应该在北京，很远的地方，何况她是很出名的，除此之外，我对她毫无所知。

没有谁去惦记一个不认识的毫不相干的人，可我一直惦记着她，这也成了我心底的秘密，因为我们家在她家前头，这还是我多次侦察地形得出的结论。这个结论也没人知道。

阿春、臭弟都说下园的园子里有鬼，这不吓人，不算新奇，这么个荒凉的地方，不加点鬼怪，对不起它的空寂，我头一仰，傲然说：我早听说过了。

弄得臭弟灰溜溜的，若是没听说过，那不是让他得意了？

我没有说陈波儿，说了他也不感兴趣。陈波儿那么出名的演员，跟《一江春水向东流》的导演蔡楚生一样出名，我们都看过这部电影。

臭弟他爸是唱戏的，虽说也是演员，可唱戏就是不一样。臭弟不喜欢人家说他爸唱戏，一说必定举着拳头追着人家打。

那么多人取笑他，其实，背地里，说不出取笑臭弟他爸的理由，心里反而觉得沾了些光。他爸爸是潮剧团的演员，演《金花牧羊》里金花的哥哥——那个怕老婆的财主金昌。老生的金昌，一开口字正腔圆，我保证，再也听不到第二个像他那样地道的潮剧老生腔调。

当着不认识臭弟的人群，我会说：那个演金昌的演员是臭弟的爸爸，我们是邻居呢！

这样的炫耀很快让我成为话题的主角，引来大伙大眼瞪小眼的惊讶钦羡，臭弟不知道他一直耿耿于怀的结其实在我们这里成了飘扬的彩带。

当潮剧又重新兴起，走向东南亚的时候，臭弟的二姐也被他爸爸拉进剧团，演某出戏里皇后娘娘身边的丫鬟，我专门蹲广播下听那么长的唱腔，兜大半天，竟然就是为了听到演丫鬟的臭弟二姐出场那一句仅有的台词：

"遵旨！"

这两字的台词，音色硬生生从喉咙顶端闯到鼻孔，装模作样地飙出来。

虽然如此，我还是能辨出臭弟二姐来，他二姐就在我们身边长大，虽然她比我们大好几岁，压根儿没正眼瞧过我们这些小不点儿。臭弟二姐的命运与大姐截然不同，刚长到可以嫁人年龄的大姐理所当然地嫁人了。二姐长得逢时，还没到嫁人的年龄，而刚好可以进剧团，就被父亲拉进去了。她的声音我听得出来，跟平时说话一样的音色，只是略显造作且风骚了。不像他爸爸"金昌"，你绝对不会想到一个说话略微沙哑的普通声音，竟然唱出那样洪亮的声线。

他的音色像是心底藏着的秘密，平常绝不显露于人。

我朝夏园望去，几拨黑色的屋角露在腌制厂的厂房上面，陈波儿也是我心底的秘密。

二

褐色小陶钵外面分两层，上半部分上釉，深褐色。下半部分没釉，呈现浅褐色。

这个小陶钵很像清明节做粞籽粿的模具，几乎一模一样，民间土窑烧制后挑担卖，我们是极其喜欢，价钱便宜，比瓷具便宜多了。给我们每人盛一份菜的量刚刚好。

母亲买了这些很是得意，便宜又好用，我们也喜欢，它比碟子深，盛菜感觉多了很多。

青菜是先放里面，差不多顶到上面了，然后才分鱼。

父亲的刀法很狡猾。一条巴浪鱼，被分成三块平躺在刀砧上：头部、中间身子、尾巴部分。

我和妹妹站在灶台前面，对着砧板端详了好一会儿，实在难抉择。中间部分都是肉，那选中间得到的肉最多吗？不见得，鱼头因着头部，带着后面的脊梁肉，很厚，虽然连着头部的肉无法丈量，但头顶有肉，鱼鳃帮有肉，杂七杂八加起来说不定比中间那块鱼的肉多。

鱼尾巴呢？因着后面渐渐收缩，长度自然比中间长，只是如何把这收尾的长度计算成立方体的鱼肉，目测很难。

姐妹几个都很艰难地拿走了自认为最大的那块。

一张小围桌，是可以活动的，我们吃饭时直接搬到门口打开，门口的街路是最好的厅。晚餐时分，每家每户都把餐桌放到自家门口。就着槐树的凉风，优哉游哉。

那才是一种享受的用餐。

青菜可以继续加，这是我们家的不成文规定。父母亲高高的四方桌上一大盆青菜呢！青菜便宜得很，猪都不愁吃。

我们吃了两大碗的饭，我又端着陶钵添了一次青菜，我的那块鱼头都还完好。我留着吃完饭再吃。

我后悔拿了鱼头，检查了一下，这次鱼头带着的肉不如妹妹那块多。妹妹看了看我的，又再打量自己那块，也表示同意我的观点。我更加懊悔了，刚才是我先挑的，谁知挑了块小的，自己选吃亏。

母亲在里面伸长脖子喊着我："别又打老三碗里的主意！"

我本来已经郁闷，被母亲这么一冤枉，我的气不打一处来："你怎么总觉得我欺侮妹妹。我们是商量事儿，你没理清事情就随便说！"

妹妹低下头，涉及到她，她感觉我受冤枉也有她的一份儿。我狠狠地盯着她陶钵里的鱼尾巴，那块鱼尾更长了，尾巴扇子都飘到外面，洋洋得意地对着我。

油漆婶晃悠悠荡到我们家门口，笑眯眯地看着我们，说："吃饭啊！今天又是什么菜，别省着呵！"

她已经饭饱意足，晃荡了几家，她逮住外婆："现在的洗衣机实在好，衣服放进去，干干净净地出来，又是干爽不用手拧。"

外婆听了，继续扒饭，没吭声。

三

整条街就油漆婶家买了洗衣机。

这东西把所有人都打进旧社会了。只要她一提"洗衣机"这个名词起来，听者立马就自惭形秽，这东西比竹竿的顶端还高，我们什么时候能攀得到？

我不知道洗衣机是什么样的，油漆婶一直招呼邻里去她家看看。我一直等着外婆去油漆婶家看这新鲜东西的时候带上我。

永婶看了回来直叹气。不知道她叹啥气，油漆婶的洗衣机让她好些天睡不着觉，叹天叹地，"唉！人的命就是不一样！"

永婶儿媳妇说了，要是有洗衣机，她就不用天天一大早洗全家人衣服，冬天冻得手都裂了。说这话时她拎着一大桶衣服、一只手把脸盆夹在腰间，她刚从溪边台阶站起来，蹲在溪边洗了太长的时间，腰都伸不直。

自从走进永婶家门，她每天都有忙不完的活儿。可她还是觉得对他们家有歉疚，永叔因为曾经进监狱，影响了儿子的婚事，镇上的亲事都谈不拢，只要听到他家这样的历史，都退避三舍。虽然知道饿死的骆驼比马大，他们家阿昌可是顶呱呱的读书人，读书人就是孤傲，不怎么跟人打招呼。最后，永婶只好托远亲谈了这门农村的亲事。

阿昌表示无所谓，喜欢不喜欢，门户般不般配在这个时候是奢谈，反正就是讨个老婆。虽然永叔是个有墨水的先生，可现在还在监狱蹲着，谈起这个，家里就矮了一截。阿昌也是个吃墨水的人，有文化的人婚事自是三挑四拣，挑到后来，发现自己家进监狱的标签，已是无可挑选的烙印。对于婚事他没有了任何想法。

阿花就这样随着媒妁之言走进了阿昌家。阿花高高的个子，农村长大的女孩子身体结实，刚好弥补了家里劳动力的不足。生火做饭、洗衣买菜，甚至做蜂窝煤此等男人做的体力活都由她扛起了。

阿花生来就是个劳碌命，但她从没半句怨言，也从没与邻居咬舌头，说家里半句话。虽然永婶家的门甚至比我家还矮，阿花娘家人来了却都觉得他们家门槛高，阿花高攀上让他们长脸。

阿花娘家人来，哥哥扛了两袋自己种的番薯土豆，嫂子和母亲挑了自己晒的萝卜干、贡菜，阿花让哥哥放在门口，接过母亲和嫂子的几袋子东西，把他们让进屋里。哥哥干站着，手都没地方放，阿昌说了声"坐啊"！就继续跷起二郎腿看报纸。

阿花忙碌着家务，母亲和哥哥嫂嫂被永婶留吃中午饭后走了，带着阿花给捎回娘家的东西。

阿昌吃完饭也就是看报纸，报纸就是他的全部。永婶已经习惯阿昌的习惯，阿花也把阿昌的习惯看作与众不同的殊能。

她做蜂窝煤的时候，阿昌就屋里喝茶看报纸。阿昌除了看报纸看书，还打灯谜，可惜这些与柴米油盐半点关系都没有。

油漆婶的儿子阿凯就不一样，外面的风一吹他马上就能跟着长草。能赚钱的事儿他都不错过，油漆活儿本来是他爸行家里手，他都没学过，干了好多种活儿。当年底油漆的活儿多，人手不够，价被提高了，他从父亲那里看来的手艺即派上用场，反正他人不笨，油漆一屋子的家具，换来了几个月的粮仓满载。

尝到甜头了，多赚钱的油漆活儿阿凯都接，忙不过来，让父亲出马，父亲本来就是老师傅，手艺响当当的，只是年龄大了，不想出去干了，窝在家里享清福。淡季时，他干别的，甚至给人家画点门上的画，这虽然得师傅的手艺，可能够凑合谁都希望省钱又便利，所以他揽了各种事儿做。活也都完成，变成了票儿，虽然觉得他每天都乐呵呵地找事儿做，谁也没想到他竟然攒了那么多的钱。

　　这不，把这条街第一台洗衣机就给摆上了。这种叫洗衣机的东西也是阿凯去那知识分子家干活时看到的。只见白色塑料外壳的崭新样子堪比洞房的新娘，阿凯看得都呆了，只见把衣服扔进去，盖上盖子，一拧旋钮，整个小方柜似的东西自个儿"呼呼呼"响，响罢就是洗好了，衣服可以拿出来了，这还未完毕，把湿漉漉的衣服放进边上另一个桶里，再盖上，又拧旋钮，"呼呼呼"作响之后，拿出来的衣服可是比手拧的干多少倍！

　　晾外面，一下就干爽爽了。

　　阿凯发誓一定要买这样的东西回来。并非为了娘亲的双手，其实他从不关心母亲和父亲的生活起居，母亲洗多少衣服，生病了衣服堆在角落没人洗，躺一天就得下地洗衣服。阿凯几兄弟没衣服穿了会骂骂咧咧的，母亲也觉得愧对他们，生病是自己的事情，洗衣服也是自己的事情，没干好自己的事情让孩子找不到衣服就是不该生病。

　　阿凯买的洗衣机，最大的功能是让全家人脸上贴满了红光。

　　他们的洗衣机每天拧得"呼呼呼"地响，其实隔壁也没法听到。

　　晚饭时分，当每家每户都在门口摆上小桌子的时候，阿凯全家感觉洗衣机的光芒闪烁在脸上了，吃饭特别带劲，一餐饭可以吃上大半天。

　　油漆婶嗓门特别亮起来："衣服放进洗衣机就行，吃完饭就洗好了。"

　　话语随风飘散，边吃饭的邻居们心里面五味杂陈，有的端起碗走进屋里。

　　屋后面是工厂，工厂后面就是下园，下园之后，我们就撞进时光的墙壁。

东　司

东司，唐代设于东都洛阳的官署总称。亦作"东厮"，指厕所。

作为古汉语遗留的潮汕话，我们的方言用在文言文那里几乎不用注释，吃叫作"食"，走路叫作"行"，厕所等所有容纳粪类的地方直接叫"东司"，"东司"这个叫了一两千年的名词，直到网络多媒体时代突然被现代文明全盘覆盖了。东司这个叫法在当今已经被淘汰了。我们以为老土，殊不知它却是如此的渊源，而它却以其粗鄙的初始影响着我的认知。

"东司"这个属于过去式的词汇，一提起来便令人作呕，尘土飞扬。那些深入泥土的气味，浸透在时间和空间里，太阳一晒，气味弥漫在街巷中，我们被这个词的气味所侵略，我们的生活不时被它冒犯。我们的生活或多或少被它干扰着，甚至那些我们潮汕的俗语俚语都被它们占据着，比如说某人"屙屎把东司墙"，那是形容他性格优柔寡断，需要确定的保障；说"东司底的石头"则是指一个人又臭又固执，简直无可救药。

微信微博自媒体时代，大量网络语言涌现，把这些具有地域疆界的语言挤兑得几乎无立足之地，非潮汕族群根本不知道这些老土词语的意思，新生代的潮汕人也不知道"东司"为何物，甚至以为是跟西施相对应的东施。潮语的东司和东施发音相同，可即使是个丑女，好歹也是一个妙龄女子。而东司，对应的是"厕所"，这个曾经的厕所——我们现今要铺张开的"东司"，它是一个带着我们满满抵触味觉的词汇，它不仅让人恶心，还有着野蛮和原始的形态。

虽然现在有的偏远农村还是那样的厕所——东司。而我们所处的时代，确实把它抛在后面了。

吃喝撒拉，形而下的"拉"——五谷轮回之地，在国人这里是需要避开绕道的，这尘间的往事一直那么忸怩，人们一般不会将它摆上议事日程，它不能上谈资，见不得人，需要时靠我们自己暗地里琢磨解决。

我们的小镇，位于广袤乡村的中心，是乡村中的市区，一个城市的市区规模不外是我们小镇几倍而已，相信不一定比小镇洋气或漂亮。我们小镇的寨内——市中心，都是旧时骑楼，四通八达，而东司，也堂而皇之穿插在市区的各个角落，隔三岔五便有一厝东司歪歪斜斜地屹立。

这倒是方便了镇里的居民，准确说应该是男居民。男外女内，女人如厕在家里呢！

男人的"方便"都是在这些遍布大街小巷的东司。家家户户都配备的"屎桶廾"即是女人如厕的地方。即是当下的"马桶"。再穷的家也有这个"配备"，我用现在的方式解读着过去的构建：找个屋角旮旯，够放木桶就行，然后想办法遮挡住，用木板用布帘都行，这就是由你的讲究了。

我们家的"屎桶廾"在后院入门处，这个小空间比较隐秘，家人用废木条搭了个架子，再封上纸板，做成了一面简易隔墙。这一间"屎桶廾"入口处挂了一张布帘，算是一个家庭的女用厕所了。

里面放两个木桶，这种有盖的木桶几乎是镇里通用的，门口不时有箍桶师傅吆喝走过，有需要的就会喊住他。有的木桶比较讲究，中间加了一层可坐的便盆隔层，类似现在的马桶。而最上面那个木盖是很必要的，解完大小便之后需要盖上，不然家里可是"芳香四溢"。这么一个简易东司，每家每户都差不多，也可以布置得带点情调。特别是新过门的女人，会把这个地方用心布置，成为家里最典雅的地方，在家里它叫"屎桶边"而非"东司"。有的人家是把它安排在房间里，更加隐秘而温馨。因着紧密的盖子，倒是能在嗅觉上蒙混过关。更多原因是我们已经习惯了那种氤氲在室内的若有若无的气息。

我们家汇街两天一次"倒桶"——收粪。这是整条街一天生活的复苏，天没亮，家家户户就把承担了两天出恭满满当当的粪桶搬到门口，盖好，等候收粪的阿伯。粪船（我们叫屎船）就停泊在大树下的码头，负责收粪的阿伯一年四季都是那顶斗笠，他挑着一对高深的木桶担子，挨家挨户收粪，他的担子差不多满了即挑回码头，把大粪倒在船舱里。这船舱够装一条街的马桶出恭物。当收完最后一家的粪桶，撑着竹竿把船挪到溪中央时，阳光的碎片也闪烁在溪水上，溪两边也蹲满了刷桶的妇女们。

两天一次，时间与溪对面那条街错开，因此这条奔腾的溪永远热闹。刷子和马桶摩擦的声音总是在太阳撑开眼睛之前奏响一天的生活。溪对面忙碌洗刷屎桶时，我们小孩子正好在溪这边观看着，这一番不断反复轮流的劳作。奔腾的溪水更是习惯了这两岸居民的生活节息，一爿溪乾文静娴熟：妇女们搓衣服洗被褥；一爿溪乾热烈奔腾：竹刷在木桶里"沙沙沙"的声响此起彼伏，手中的竹刷同时挥舞出熟练的"舞姿"。

溪水奔腾不息带走两岸的污垢，最终屎桶干干净净，竹刷偃旗息鼓，木桶和竹刷回归到自己门前的阳光，妇女们也擦干净手，伸伸腰舒出一口气，又开始灶台的活计。

屎船就是一个活动的大东司，它停泊的地方，散发着浓厚的粪便味道，在码头洗洗刷刷的女人自是唯恐避之不及，必须选择个远离气味的地方，最好是往上游挪个位置。

这个移动的"东司"却是毫不避忌，往往是船还没到，远远地这股臭气就先赶开道了，这种预警的气味让我们在船伯撑船过我们家门之前，赶紧把摆在街上的食物搬进家里，生怕沾染了它的秽气——排污纳晦之物，却是毫无褒贬之意。

撑过这庵江的屎船，把隐匿在各家各户那屎桶的隐私都张扬起来。

事实上家家户户这一两个木桶的固定容量，有时实在很难撑起两天的谷道轮回，日常排放量还可以正常承载，遇到节日的丰盛，这是成倍增加的排放，一下子无法承担了。每家每户的女人是怎么解决"东司"这个大问题的？大家只可意会而不便言传了。小解倒是容易，这条街的后院都有相连的下水道，排放洗碗等厨余脏水，这是可以排水的。它也可以分流一下容量有限的便桶，所以在家的大便小便是分得很清楚的，为了节省一下木桶的空间，出"大的"才舍得用，不然，只需一天就有可能满载了。

我们小孩子经常会被大人打发去后院解决"东司"上的问题。

"屎桶边"这样的家庭"东司"却是我们的港湾，实际上我发现在这个镇上"东司"的指向有些偏差，已经缩小权限，成了公共厕所的特指，用在家庭里显得不伦不类。况且大多都指向是性别上的"偏门"，基本都是男人的厕所。想想，它的范围是在这个特定的环境造成的。可是，这开门七件事之一的方便问题，女性的不便凸显了她的社会地位！

再深入探究，东司，按潮汕人文的实用指向，完全就是囤积粪便的，同时顺应人们排泄的需要。它更像是公共厕所加化粪池，而最终是化粪池的功能。回到公共厕所的功能来，女人同样要用厕所啊！男东司随处可见，女东司呢？凤毛麟角。潮汕乡镇要找个标有"女厕所"的地方不容易，满大街没有标识的东司都是男人的，是的，这里的东司绝大多数是没有标识的，简陋的石板铺上去，还有高低不平的围墙，男人随处可方便，上面没有顶可遮挡，哪管风雨？千百年来生活的粗糙绳子延伸着这样的生活，下雨了便是一顶斗笠，东司也和人一同承接天空的排泄。

一个镇的传统沿袭可以很固执，它受外界的影响总是滞后了些。男外女内，男人皆在外随处"方便"，那些固定的东司，它们的存在都是以百年论计，是周边农村田间的肥料，据说还分得很细，哪些属于某个村，他们才可到某个东司打肥。这固定的茅坑啊，它们看过多少代的男人，从爷爷的爷爷，他们未曾存在，这街头巷尾的东司就已经存在了，不相信你看看那些风化的墙体，看看那些石板，有的还保留着字刻，估摸是从哪个地方迁徙丢弃的墓碑挪过来。还有某个老宅前的石碑，这些都可以挪到这个最臭最恶心的地方。

这最没用的地方——在小镇的人看来，形容人最没用，也是这样说的：东司头。

这镇上实际是有女厕的，那是在新社会建的。七十年代，我外婆、母亲她们工作的时间，是有女人可以上的公厕——东司。我们的孩童时期因着这个镇的女东司而产生优越感，它让我们充满了现代气息，大有我们镇走在时代前沿之自豪。

但这个仅有的女东司半抱琵琶半掩面地兜兜转转，它羞答答地，转弯抹角设置在九曲十八弯的小巷中，虽然也是镇的中心区域。

即使再隐蔽，一个镇的人都知道"她"在哪里。随便问一下闲坐门口的当地人，他（她）都会很热情地给你指路，当话语难以抵达那个拐弯抹角的地方时，他（她）甚至会亲自把你带到这个地方。这个标有"男厕女厕"的东司是新建的，旧社会是没有这样的公厕。

这公共厕所当然比传统的东司有门面，即使它镶嵌在一排鳞次栉比的房屋中间，也没有邻居投诉，这里的人都认命，被它波及的气味长年都要忍受。厕所面对路道有两个入口，整个厕所刷着浅青色的水泥墙，飞檐低垂，灰瓦崭新，在一巷子几百年的木式民居中鹤立，倒是一下子把人家比下去。挂在两个入口处的木牌子上油漆书写着："女厕""男厕"，里面依然是大粪横陈肮脏无比，但门外挂牌上的宋体字却有着崭新和煦的气象。

我们心里面依然惋惜，这些专门建起来的男女厕所，已然与老东司不同，再不是简陋的石条横搭老坑，里面规范着分隔着每个厕位，但下面的排沟好像并不流畅，且没有冲水的设置。负责建，却从不负责清理，不多日便是粪便积垢，厕所里面都堆满了，苍蝇逐臭随处成堆，不时有鲜冽的粪便添叠其间。里面几乎无从下脚，若非万不得已，怎是哪个女的都不愿意进去的。它依然是污秽的代名词。

世间最肮脏污秽的地方就是东司，毫无疑问。潮汕人形容一个人品行的污，便是：臭过东司。

这真是百搭的形容词，既可指言之无信和话语之污，也可形容人品之低下。

这些公共东司我们本地的女性是从不去的。知道它的存在，让我们知道女人也可以在外上厕所。那是我在这个暮气沉沉的小镇上认知迈出的第一步。这个镇在我出生时就很老了，老得我们毫无去处，这个东司的外墙还是新的，最起码有点颜色的亮，和我们尚未形成的"外面"的世界。

我在这个镇上过的女厕所，就是我妈工厂的东司。

　　我蹦蹦跳跳的丰足光阴都掷在我妈那个机器轰鸣的工厂里，吃饭时回家，掐着工厂机器声的熄灭打烊，不用看钟点。没有人管我们，在大工厂里闲逛的小孩子丢不了，只有我们自己担心自己别挨骂。自生自灭的状态与荒园里的野草无异，我们顺应日出日落，顺应四季生长，我们也成长得理所当然的茁壮。

　　在工厂里挨过的童年，在这里上东司也就理所当然了。不要以为工厂的东司和镇上的东司有区别，同一个时间里的地理坐标，东司的存在一视同仁，一样的简陋龌龊，我至今认为所有让人恶心的形容词，都可以覆盖这个地方。即使是在那个时候，我们还是挺佩服父辈，这些男人解决出恭这些水土问题都必须去这地方。

　　我妈所在的工厂是用一个很大的老祠堂改造的，这个做棉绳的纺织厂在小镇算是规模大了，它把祠堂前后的空地都扩张成它的领域，这扩大出来的地方是原址祠堂的几倍面积。祠堂的后院和后巷，依然保留着原来的构造。

　　东司就是在耳巷的位置，除了后巷，原来祠堂的各个部位，几乎看不出祠堂的痕迹了，因为很老，老得几近坍塌，正好遇到新社会的改造，这样刚刚好：一个加搭竹棚的棉绳纺织厂诞生了，而一个延续几代人的陈年老旧的东司却依然遗留着。好像它可以一直使用，所有腐臭的东西都不怕继续臭下去。

　　这个东司承载着大工厂几百人的五谷轮回，规模大，与外面一般东司的区别是分男女，一块书写"男厕女厕"的木牌已经日久风化剩下残躯，黑色油漆的字迹留在木牌上依稀可见，没有人去看木牌啦，这里大家都熟得很！哪片是男的哪片是女的还不知道吗？女厕在前面一大片，男的从女厕旁边的小道转过去，实际上一抬头就可看见一些男人半截身子在那边。风蚀裸露的墙，半堵凹陷，活像一个弯腰偻背的老人。用手随便一抠便能掉下一捧黄沙，即使不抠它，当你把着这矮墙时，它也自动分散些风化的沙粒，非要黏在你手里，让你与泥土无法疏离。

东司的简陋模糊了城乡的边界，大致一样的污臭罢了，谷道轮回最终的处置，太过潦草，它们却是田间的需要，这千古不变的肥料。东司里的粪便浮在坑上，上面一层黑压压的苍蝇聚集着。我们心里面都宁愿把臭东司甩得远远的。但它更像粘在工厂这个布包上的苍蝇，粘得紧。机器轰鸣之间，不时有工人从耳巷小门出去，径自走向那一片错落的土墙去⋯⋯

一个个东司坑，很矮的围墙勉为其难地分成一个个蹲坑。那些半截人高的围墙，沙土裸露凹陷，青苔斑驳加上各种污垢的老痕。

由此我了解了这个镇上所有东司的模样，它们基本是一个版本：储粪池（坑）上挂上油麻石的构架。

储粪池是一个挖得特别深的坑，容纳足够多的粪便，每个坑都可以追溯几十年上百年以上，原始的功能在农耕社会里可以无限延续。坑的上面用油麻石板盖上去，粗大原始的油麻石条是桑浦山的出产，人工凿出来的石条可以十几米长，宽度可以有一米左右，厚度都有五六十厘米以上。一条条架在上面，两条石条（或石板）中间的缝隙，就是接纳排泄的。双脚要分别蹲在那样的两条石板上，可得小心翼翼，面对着下面的深坑。

而那缝隙，足够的大，大得能让一个小孩子掉下去。

不得不提一下，桑浦山盛产油麻石，潮汕乡镇到处都用它，修桥筑路。油麻除了粗陋，还是粗陋，我再也找不出第二个词可以形容它。粗硕的石头颗粒突兀，表面看凹凸不平，可是非常坚固，是那种受风雨更加厚重的坚固。潮汕俗语"东司底石头"说的就是又老又臭，特别坚固。

每次我上东司都战战兢兢，下面的深坑，不敢瞅而又必须小心看准的，走在上面两条石板上，一边一只脚，两条石板之间的空间对于小孩子来说是很大的，石板长年踩踏，蹲下的位置被磨得光滑了，增加了危险度，每个上东司的孩子都是双脚颤抖，战战兢兢。除了解大的，不得已才上这胆战心惊的石板，童年的我好多次临阵却吓得拉不出。于是，需小解时小孩子们都宁愿在巷子深处为萋萋芳草浇上肥。不几天，那些翠绿的野花野草便长出红的黄的花儿，如此繁茂或许有我们的功劳。甚至，因着蒿草鼠尾草把我们的个头淹没，我们能躲在更深远的巷尾偷偷解大的，少了一趟危险。

抬头，遥望不远处断墙残垣的东司。

每一个东司，都是从集镇久远的时间深处摇摇晃晃拖沓而来的老牛。这个镇，这个时代的东司，就是我妈工厂东司的这个模样。

因着国营工厂的优越，工厂的东司还是装模做样地在上面盖了一个竹棚，这经受日月的竹棚也破陋不堪，但好歹在雨天给上东司的人挡风遮雨。这已经是值得骄傲的设施了，雨大的时候，人蹲在破竹棚下面，水流从雨棚破漏的地方奔泻下来。往往顾不了上面的漏雨，依然留意可怕的深坑，那作呕的深坑下面有诸多传说。小伙伴猪耳，常说他看到粪坑下面有人头往上张望，与之四目相对。为此我每次上东司，几乎忘了自己的本能，就是要看看那个往上张望的人头还有没有。恐怖的传闻成了我们每晚的梦魇，缠绕了整个童年。

这种诡异的传说究竟是有现实的基础。小镇旧家私店的阿丰伯，他儿媳妇生了女孩子，阿丰伯因为嫌生的是女孩子，况且出生时个子小，估摸才三四斤，"像只猫。"阿丰伯趁夜黑风高之际，把婴儿直接丢进东司里了。

阿丰伯轻描淡写的漠然语气就夹在土香烟的白雾里，他的人生理念是：一个"姿娘仔"（女孩子）顶不上一根烟一杯酒，养大嫁人，完全可以弃若敝屣。阿丰伯经营着一个旧家私店，但却是个掌控了家里女孩子生杀大权的男人。他不是第一次丢女婴了，儿媳每次生产只要是女孩子，都被他扔掉了。刚出生的婴儿儿媳还没看一眼，就被他提走扔掉了；有的停到隔天，喂了奶的孩子儿媳有点舍不得，阿丰伯便趁儿媳不留神那会儿，即提出去扔了。

女孩子要留着干吗？

隔天阿丰伯照常出现在我家门口，长板凳和茶几随时等候着邻里，包括路过的熟悉或半生不熟的人。呷了一口茶，阿丰伯又开始跟我外婆聊起家里事，漫不经心地提起"昨晚儿媳又生的女孩子"，停了一下，他继续把杯子里的茶喝完，又补充道："跟一只猫差不多大。"又被他丢进东司里。东司里经常有猫声传来，那是被人家丢弃的猫，扔进去了。

东司也是刚出生的女婴的归宿。她们来不及吮一口奶，看一眼阳光，就被浸泡在那蛆虫涌动的厕坑里。

外婆不吭声，又低头筛茶，一滴一滴倒干净，那叫"韩信点兵"，我知道茶道的招式，我希望这点点滴滴一直筛个没完。阿丰伯又端了一杯，呷了一口，停下他平淡的讲述。

我抬头惊悚地看着他，他连个斜视都懒得丢给我，开始卷着土烟丝，最后那一点烟纸用唾沫沾了，一支烟就成了，有一搭没一搭抽了起来。

我胆战心惊，又看了看我外婆，我比那些女婴重不了多少，若论出生时的斤两，那我也在被丢弃的斤两里。在阿丰伯和我外婆脸色的巡行中，我解读着各种可能性，我的存活几是侥幸。若丢掉，祈望丢在溪边或榕树下。

我在为自己的"可能"描绘着一线生机。

榕树下隔三岔五有装着女婴的小篮子小心放在那里，篮子里还垫着旧衣服，有时襁褓里会留有纸条，写着婴儿的生辰，留给抱养的人家。有一次，一个装弃婴的篮子底还放着五元钱。五元钱，这可是一个不小的数字。或许是弃婴父母全部积蓄。这旧衣服和钱，装着父母的难言之隐和不舍。

围观的邻里们窃窃议论着女婴的来源，有的开始从家里拿来开水或是奶喂养她。她们最终被某个需要的人家收养了。

阿丰伯却连生的机会都不给他家的婴儿。一个刚出生的女婴，还没喝一口奶水，还没见识人间的温暖，就被这个叫"东司"的大地裂口吞噬了，丢进蛆虫密集攒动、苍蝇黑压缠绕的粪便中！人世间的罪恶落进这最肮脏粪坑里！

东司这容纳人类最脏之排泄物和人类之恶，让我的童年一直心有余悸，我的身影总是离它远远的。

挑粪的阿伯到东司打粪时也偶有遇到偷偷丢女婴的人。在街坊的茶谈中，听得他叹了叹气说："又是作孽！"

因着他的一声叹息，我不由得多看了他一眼。他身上破了几个洞的布衫有阳光的味道，那股带着嫌疑的屎臊味没有了。

挑粪伯挑着两大桶大粪路过我们家门口，溢出木桶的粪尿成了一条长长的路线，尾随他的足迹逶迤而去。东司臭味和污秽是我们掩鼻躲避的。我们都躲进屋子里，挑粪伯挑出了静止的东司，一步一颤往田间而去。

东司这个词汇里，不仅仅有粪便，竟然也有人类的身体在里面：那些未涉世的婴儿赤条条的身体，在他们亲人的手里一挥，便与屎尿为伴。

那些司空见惯、习以为常的罪恶啊！它们与我只有这么一条缝隙的距离：东司缝。

棉绳纺织厂的工人们有一口头禅：东司缝。愚蒙的我依稀觉得这是形容事物的大或是小。看嬉笑怒骂的工友嘲笑的是心胸狭窄。可在我们小孩子看来，这东司缝却是无比之大。那供便溺的缝隙在小孩子这里时时有吞下整个人的企图。我们只有努力随着阳光雨露成长，在丰沛的童年时间中茁壮起来。

十五岁的我进入师范，进入了崭新的生活，这新的生活包括学校那个唯一的公厕，因为我们中学的东司也是镇上的，大可归为一类。时代在进步，这个潮汕学子向往的府城，这样一所中等师范学校，有崭新的教学楼和宿舍，然后在学校的屁股后面配上一座全新的厕所，让我们感觉全新的生活朝我们扑来。

而站在当下回望，我们却怀疑那时的配置如许的不人性化，宿舍区域竟然没有一个真正的厕所！每层配备的小厕所，就在宿舍的一端，简单地筑起一条条小凹槽，只允许小便！而女孩子的例假，丝毫没有考虑到。解大的则需要到学校唯一的公厕，这公厕远离我们宿舍，偏离教学楼和宿舍楼，处于学校后面荒地的僻静处。

这个正儿八经的厕所，在身体需要的时候显然有点鞭长莫及。

第一次上厕所，是学姐带路，这个位于学校区域外的地方，需要走过一块很荒凉的废弃地，那时校园没有围墙，厕所竟然建在荒地里位于一工厂仓库相隔的位置，后面便是荒野无边。这么鸟不拉屎的偏僻旮旯，白天可以单独去，碰不到人也罢了，夜晚则必须结伴而行。

　　晚上熄灯时宿舍楼同时关闭。宿舍有宿管阿姨，但她晚上检查宿舍后就把整幢楼唯一出口的门上锁。十一点熄灯，整幢宿舍楼一下沉寂在黑暗中，只剩某些声音还未歇息，比如刷牙的还在匆匆忙忙摸黑战斗。需要小解的赶紧去每层的简易厕所。半夜里突然急了解大的呢？实在没办法就得喊宿管阿姨开门了！

　　而去学校后面的东司，一片黑暗没有灯火的荒地，还得请一两个同学做伴。

　　每次晚自修回来，同学们尽量先解决身体的下水道，三三两两结伴到后面东司去。此刻偏僻的小路突然就有了人气。

　　晚间这里回归大地寂寥，这通往东司的被同学们踩出来的小路芳草没膝，一片空寂的大地在星光和月色之下，我们打着手电筒探路。夏天的这里宽敞舒畅，星星点点的萤火虫与繁星相对应着，倒有合天地之始的素朴。而大冬天，寒冷萧索，陪伴的同学显得尤其重要，因着这路程，成就了我们肝胆相照的侠义。

　　就这荒凉的地方，这东司好像哪里都不着边界，后面荒野哪个方向都可以过来的，毫无遮拦，好几次都出了事，有男子躲在女厕里……

　　一个时代走过去，蓦然发现那些惊悚的镜头暴露的问题。可是，折回那个时间里，那个崭新的东司，即使所处偏僻，即使诸多不合理，但在那个时间里，是来自农村的学子们都感觉配备上乘的：有水池，有水龙头，可以冲水，洗手。它不需要化粪池的功能，那时算是非常先进的了，可是在位置上依然是一个需要隐匿的公共场所，心底里的认知依然难以逃出隐蔽的"屎桶边"藩篱。

　　当东司堂而皇之"登堂入室"，才是文明的进步。八十年代的我们绝没想到，时间翻转十多个春秋，餐馆吃饭的包间同时配备了洗手间——东司的前世今生翻天覆地，供便溺和洗手的地方怎么可与餐桌配备为一体？而当下的我们已经不知不觉享用得熨熨帖帖。

"看一个城市的文明程度，最好去看它的公厕。公厕怎样，城市文明就怎样。"世界厕所组织发起人杰克·西姆如是说。

东司这个标签被人类文明翻过页，就像翻过废墟和砂砾。推开城市的公厕：冲水卫生设施现代化，整体设计人性化。根据人群需要，各种公共场所不仅设计蹲厕，还有坐厕，专门人士的把手等，考虑周全。

人类文明进入到二十一世纪的城乡，现代社会进程也带动了厕所革命，大中小城市，即使乡村，这些公共设施都已经很完善了。高速公路的服务区，厕所是重要的一项，长途奔波最需要解决的，不仅是人，车辆也如是，加油充电一应俱全。公厕体现着现代文明社会的成果，不仅是设施，也体现着设计。对于美术有敏锐触角的我来说，每一个地方的厕所标识——Logo 的设计，一直吸引着我的视觉。厕所文化，借用现在拍摄功能的方便，我存记着各个地方充满本土特色的厕所标志和名词。

在汕尾辖区内的一个地方，男女厕所分别写着"渣埠""渣姆"，这两个词让外地人顿然蒙圈。我这个潮汕人算是懂了，不禁一笑。我跟站在标识前七嘴八舌猜测的同行者讲解：潮汕话男人叫"渣埠"，女人叫"渣姆"。这是很乡土的叫法，我们这些自视过高的半"城里人"是没随便用这两个词的。学生时代还笑话满口"渣埠""渣姆"的同学，现在这两个土得掉渣的词一推开，一股久远的亲切海风扑面而来。

当厕所还叫"东司"的年代，"渣埠""渣姆"等词汇业与它相伴。如今厕所不仅从功能上极尽完善，更是多方面提升了文化进程，得益于当代艺术设计，现代化城市的厕所设计和图标，因着男女性别的对比和区分，好多图标设计极有意思，现在这些富有设计意味的图标已被广泛应用。比如女厕为坐姿男性为站姿的简笔画，简洁明了，适合所有文化的人群。这图标根本省略了文字。另一个堪称经典的图标设计：女生图示的空白处显示了半截女人体，仔细一看，两腿和三角区又形成了一高脚酒杯；男生图标同样是空白处显示了男人体，但两腿的构成处形成了一个酒瓶子。如此巧妙的组合，不禁让人莞尔一笑。

现代化都市的公共场所，机场、高铁站、大型商场，按相关要求需配置母婴室。细致入微的人性化体现在每个细节，母婴室的面积、空间都有要求，母亲为婴儿哺乳喂乳、换尿布等配套设施。这是城市跟国际接轨的进程，而这也是大多数城市还在努力追赶的。我近年参与妇女儿童公益事业的调研，才了解到母婴室这"新事物"的存在。谈到这里已经偏离了东司的主题，而这配置在洗手间之后的母婴室，更像是洗手间附带的产物，我们这些走过六七十年代公厕的人无法想象的，时间的熔炉将过往的落后融化，在通往文明的大道上迈进。

专题调研的相关工作正进行着，休息期间，我坐在公共场所走廊的椅子上等候同行者，不由得再三打量着两侧的男女洗手间标识，和与之接连的母婴室。母婴室仅用一个 Logo 设计图标，却能让每个人都知道它的功能。具有创意的图标让我很有亲和感：简化的母亲怀抱婴儿画面，像是在哺乳，不论来自何方的人都能读懂这 Logo 标识的功能。这个功能连接着厕所，如厕与哺乳，每一样都体现着人性化的平等。

坐在这一排椅子上歇息的人不少，多数是在商场逛久了，停歇、或是等待。很多时尚的年轻人静静地坐着看手机，带孩子的大人拿着可乐饮料和食物，与孩子在椅子上吃将起来。

时间往回退三十年、二十年，在厕所旁吃东西，多么的不可思议啊！那时间坊间笑话，就有讽刺厕所旁吃东西的段子。那些视觉和嗅觉上的故人，已飘逝在时间的过往。

花城的酷热被奢华的中央空调降解，公共地方成了最凉爽的处所。洗手间似有似无地飘来一阵阵香水味道，里面还点着檀香驱蚊，缥缈的线香若隐若现袅袅而出，这股味道很醒心。我画画写字时也喜欢点檀香，檀香打通了边界，我们竟然怡然自得坐在洗手间旁。

思绪漫无边际，我不用担心掉队，一行人要出发会过来喊上我的。中年的奔忙根本没有闲暇的时间可以这样虚掷。现在，坐着，将时间焚毁。突然有童年般无所事事的散漫。我靠在椅子上，时间忽前忽后，在此刻和往事间穿行，空调的风究竟不一样，迅猛、笔直，带着人工味道的刻意，连同奢靡的橱窗让我眼花缭乱思维渐次沉沦。从洗手间出来的女生，把挎包扣好，整了头发，往一侧商城的大厅走去。记忆另一侧的东司，它是一个可循的入口，它那些让人坍塌的墙垣已经语焉不详，我由此进入母亲那个棉纺厂，进入那个满是丰沛时间和阳光、野草的世界，映衬着自己孱弱的身影，和我们无法企及的幻海般的未来。

哪些为虚哪些是实？环顾商城琳琅满目的商品，冰凉的不锈钢椅子，我不知道坐了多久，有些凉意渗入肌肤。透过钢化玻璃的橱窗，模特身上的时装和名牌包包，有混合香水的浓稠传来，与岁月那头东司互相遥望。

《菜根谭》曰："粪虫至秽，变为蝉而饮露于秋风；腐草无光，化为萤而跃彩于夏月。因知洁常自污出，明每从晦生也。"

突然间，过去的颜色开始复活，那些从巷子泥土上恣意斜泼过来的茅草，泼墨的大写意花鸟；野草被阳光带出的腥香，东司旁边荒园兀自生长的芭蕉，它们张开宽大的叶袖，迎风甩动着，它们在岁月深处摇曳着，那些燠热和恶臭味道，已被大地和时间所吸食。

血　界

一

　　湿润从上面蜿蜒而下，贴着鼻翼——本来鼻涕和唾液一样，是可以由我的神经把控的，任我的大脑指挥，我可以在鼻腔中用气吸住，阻止它继续往下流出鼻孔，或者在掉落的时间上让它滞后一点，让我来得及拿纸巾。

　　而此际鼻腔的液体却像与我的身体无关似的，一股液流已经在我脑门里涌过，自上而下快速流出鼻孔，我的身体成为它的通道，每个细小的部位即时感受着它的碾压：人中、上唇、嘴角……随即滴流于地。

　　我的双手反应还算敏捷，这么一个陌生的空间，而我眼睛逡巡不足一秒，随即瞅见左边餐桌上的纸盒，我身体前倾，一把抓取了餐桌上的抽取式纸巾，迅猛地堵住液体流出的位置，把已涌出的鼻水堵住，同时擦了已经分流嘴角的液体，这样才不让它滴下。

　　心才缓和下来，手里把这纸巾一摊开，映入眼帘的却是触目惊心的对比：纸巾都是红色！鲜红的血！

流出的不是鼻水，是鼻血！

容不得我思索和惊叫，后脑勺又有暖流回旋，畅通无阻，从鼻腔涌出。我的身体已挪近桌边，纸巾触手可及，我的动作配合更加敏捷，连续抓了几把纸巾堵住鼻孔。

只是来到我面前准备迎客的女邻居，她一脸茫然不知所措。我今儿串门来跟她说的事还来不及开口，鼻孔倒先"开"了，如此跌跌撞撞冒冒失失，我知道很失礼。

惶恐如一只蜘蛛张开的腿，慌乱、顾此失彼，我的双手一直忙不迭地抽着纸巾堵鼻孔、擦鼻血——好像我来她家就是出这桩"事故"的。

从房间跑出来的小男孩抬着头，满脸好奇地睁大眼睛看着我，无邪的童音打破了他母亲的惶惑："阿姨流好多血——"

他不明白我进他家的门，突然血涌不已的状态。还上幼儿园的小孩不懂，我也不懂。

我今天进他们家，是因为刚才微信群在收业主的电梯费用，而我不知如何转账，一直折腾都不得要领，何况转账金额不少，这位楼下的热心邻居告诉我，让我到她家，直接帮我在手机的 App 上进行操作。

我刚进她门，手机还没拿出来，来不及打招呼，身体里这股热流就在此刻汹涌而出——这么关键的时刻！过门是客，连问候的礼貌用语都未开启，却落得如此的尴尬狼狈，桌上的一盒纸巾一下子告罄，鼻孔里不断涌出的血流不容我找垃圾桶丢纸巾的间隙，我半仰着头，手里攥了满满一大把血红的纸巾。

这位穿着睡衣从房间里出来的邻居被我的突发情况吓呆了，双手不知如何放——她一下子用自己的动作给我解释了"束手无策"这个词，她一直张大着嘴傻愣着，不知如何是好。我完全无法把控身体里不断涌出的血流，总不能这样卡在这里吧？我边用纸巾继续堵着鼻孔，边对呆望着我的邻居刘老师说："我先折回我家吧！转账的事另找时间。"

"好！"刘老师不放心地跟着我后面迈出门，叮嘱着，"你需要我做点什么就喊我上去。"她喊住了想尾随我的儿子和蹒跚学步的小女儿，我听得身后的门关上了。

我急急上了楼，边掏出钥匙开门，鼻子里的血随着我身体走过的地方留下一路滴痕。门打开了，进了家门，心算是踏实了，我顺手从客厅茶几上抓起纸巾盒，跑进房间马上躺平。

"若左鼻孔出血就抬右手，若右鼻孔出血就抬左手。"

教书的经历如电影回放，二十年前那些细节配合着我的口令，纤毫毕现：平躺，手抬起，枕头垫脖子下，头部前倾。

我安抚着学生，他们乖乖地照我的要求做。然后用纸巾塞住鼻孔，再用湿毛巾敷额头。每每这个时候，那些调皮的学生都突然乖巧得像小绵羊，十二分听话，而我的指令比医生还有效，那些年的工作经历，学生们无论什么状况的鼻出血都止住了。

好像还没有止不住的鼻血。我突然想到这个问题：是我照书本搬过来的方法有效，还是血液里的灵魂觉得需要听话适可而止？反正每次操作后鼻血再也没有出来捣乱，这样便是皆大欢喜。二十多年的教师生涯，学生一批又一批，他们长大了，他们奔跑在他们的人生路途中，漫长的生命路程中一次偶然的鼻血，止住后一下子就被旅途中的风景或杂草淹没得无影无踪。

没有谁捡起那些成为污垢的记忆。

"抬手！摁鼻孔！"现在这指令执行在自己身上，我双手配合着记忆，有点生疏地指挥着自己，血是从右边鼻孔出来的，那么，应该"举起左手"。

　　这声音来自我的大脑，它指令着我的左手，可是，我的左手卡住了，这阵子左肩膀正与我的身体相厮杀，强烈对抗着大脑的命令，去医院抽出两次积液之后，肩膀稍微服软了些，不那么疼痛，可是左手臂依然无法抬举过头部。肩胛骨和锁骨等部位是生锈的机器，它们还需继续修理，积液，粘连。这些从医生那里兑换来的名词，算是让我知道身体各个部位正一一破败，在这几年中，身体如衣服，洞越来越多，只有拣破洞大的先补。

　　我只好把听话的右手抬起来，算是完成"手高举过头部"的指令。

　　紧贴着床单的脖子，更加亲密地感受着里面涌动的血流，喉头一下就热烘起来，我的感官应接不暇：一股很大的热流从喉头这个关卡直冲出来！亏得我脑回路快，现在身手敏捷，飞跃起来直奔洗手间，瞬间嘴里呕出了大口大口的鲜血。我顾不得惊恐，一边对准厕盆吐血，一边用手拉出墙壁纸筒的纸，擦干净嘴边的血。洗手间空间逼仄，一个站位可以完成诸多操作。

　　折回到房间，再让自己躺平。

　　喉咙的热流又喷——套用网络热门语言：挡都挡不住。

　　我斜侧着，用纸巾接住流出来的血，擦干嘴巴；有血块从喉头涌出，我张口吐出，一沓纸巾接住。鲜红的血块，赫然立于白纸巾上，触目惊心。

　　这样的血块竟然有些熟悉，我在菜市场里偶尔见到的生猪血，卖家用盆子装着，一块块鲜红的颜色，用水养着。

　　现在这样鲜美的颜色在纸巾上却是如许的惊悚、震慑。

　　我混沌的意识突然裂开，这是眼睛吞入的知善恶果：血块是一道分界线！食物本来无所谓触及良知，而此刻，某些成为食物的物质，会让自己良心过不去。菜市场所见的动物血块，我是喜欢买了它烹食，比如猪血鹅血鸭血，有的甚至是特色美食。而看着同是血的流淌，我觉得皆是罪恶啊！这罪恶感直捅我心。我这口里呕出的血块，与动物的血无异，它们是活生生的，我知道此生作过的孽：吃动物的血。

动物的血，它们此刻与我的血连接起来，是从心里往外涌的生命——血液，古经上禁食的东西，那些深藏的奥秘。热血，冷血，这不带褒贬的词汇，它们仅仅是两种动物的分类。比如某些斋戒，他们要求仅仅是不吃热血动物。此际热血之感，让我知道我们与许多陆地上的动物是一样的，生命，在我们流淌的热血之中。

每次买卤鹅，我必定指着要卤鹅血，它的美味甚至胜过鹅肉，这是深得卤鹅美味精髓的潮汕人的共识。此刻这些曾经的美味血块都堵在我喉咙口追讨着。

我对自己心生嫌恶，我怎么可以那么喜欢吃卤鹅血？鲜活的鹅身上流淌的血液，是血淋淋的杀戮，虽然动物为人类所食用，而我怎能如此嗜血之美味？！人类竟然可以烹调血液，将之烹调为美味？

现在的我，厘清自己的是非观：并不是市场上可以卖的，我们就可以吃！最起码我是可以不吃不买。

如今，我的灵魂触碰到了它们——那些生灵的魂灵！血！我知道自己满足于口腹之恶了。食物也有恶！只要自己的内心过不去，那就是罪过。

我口腔里的血继续呕出。

床铺上不一会儿就堆满了用过的纸巾。不管重叠多少层的纸张终究经不起血液的洇渍，随即从"纸包"流淌出来，每一股涌出的血流都不是纸巾能解决的——我又一次跑洗手间。

洗手间与房间一墙之隔，三两步而已。血呕完，刚转回房间，又有热流涌出。只好又折回洗手间。

出洗手间的门，我瞥见客厅鲜艳的铜红色大门，外门是两层，我看到的里层是厚实的红木门，外面是不锈钢铁门。

我看着这红木门和铁门的双重守卫，犹豫了一下。不久前我回汕头听说了画家老朋友出事的经过。他发现自己一阵阵发晕时还很清醒，赶紧给家人打电话报急，可是当家人和120赶到时，他已经晕倒，因为门锁得牢固，家人只好打110，等警察赶到，众人帮忙打开大铁门时已经错过了两三个钟头的最佳时间。恍惚之间，那扇铜红色的门提醒着我：前车之鉴，我应该把门打开，方便救援人员进出，不管是120还是邻居，要保证进出畅通无阻。

我走到客厅，把这扇红木门打开，完全推开的门顶住墙，呈九十度角，我确认它的底边吸住了墙上对应的磁铁，然后再把外层铁门往外面方向推开，直至顶住外面的柱子，防止风把它关上。

大门敞开，一股风乘机而入，寒冷且富有力量。但畅通的门让我的心落下了安全保障。敞开大门倒是不用担心陌生人入室，每个楼梯来往的基本是住户和租客，进入小区需要通过门房保安的关卡，除了送外卖和快递的，闲人基本是没有了。

几秒钟的时间完成这关键的事项，我折回房间再次把身体放在床上。我的身体开始轻盈，刚才从客厅往回走的这段距离，我没有感到自己的脚在移动，而是心脏、双手和意识在走动。我的眼睛带着我的意识，牵着整个身体回到房间床上。

我仅有的一点医学知识告诉我，脱水状态已经覆盖了我：口很干渴，两唇干枯，舌头干硬，一切都在漂浮。

我告诉自己，我应该起来煮水。刚挺起腰，血又从鼻子和口继续流出来，我只好向它臣服低头，又把身子放平，止不住的鼻血虽然还是流出鼻孔，可居多积在鼻腔里，流出外面的血就少了些，并且这样我还能空出一只手做点什么。

我侧着身，一只手摁了放在身边的手机，仅仅是回拨——刚才邻居刘老师的电话。

她在电话那头赶紧问我，好些了没，顿了一下然后又问："我可以做些什么？"

"你从家里拿壶开水给我，我口渴。"我交代她。

这波小操作，我的口腔随即又积了不少血。我急急起身，再一次去洗手间呕血，冲水。

我的身体开始摇晃、飘浮，洗手间的门是固定的，可以让我把住，其他都轻飘飘的，我又飘回房间的小空间，飘在床上。口渴的感觉更加猛烈，我知道是失血太多的缘故，这样止不住的血流，让我感到惊悚——血脉之躯，血干生命便终结了。

我是在感受生命的离世？！

"咚咚咚"，有敲击外面铁门的声音，门大开着，敲门纯粹礼貌，邻居刘老师的声音随即而至："我进来了？！"我的房间距离门口还有些距离，我必须从心里拔出力气，我用力发声回应："我在这里，你进来吧！"

穿着拖鞋的脚步声来到我房间。

刘老师手里拿着水壶，四下张望，正琢磨看我家里哪里有杯子。

我突然想起家里没有大杯子，平时喝的功夫茶杯此际毫无用处：太小了。我只有爬起来，摸索着到厨房，消毒碗柜只有盘碗，平时有大一点的杯子，此刻它们的个子却不争气地显小了。我在柜子上面拿到了一次性纸杯：它好歹比所有的紫砂和瓷质的杯子都大。

刘老师懊悔连连：早知道我应该拿个杯子上来。

她没想到我这里连一个可以喝水的杯子都没有，照理我应该有喝咖啡的杯子，并且不止一个。虽然我这个地方其实就是两个功能：画画和喝茶。平时我这个空间一直摒弃生活的痕迹，可我记得我是有咖啡杯的，咖啡杯是足够喝水的。

我的东西总是在需要它的时候逃匿，咖啡找不到，咖啡杯也了无踪迹。

刘老师倒了一杯水给我，把水壶放在茶几上，让我随时可以喝水。她不放心地看着我，看着我继续从口里接出血块，这样接血块的场景让她也感到害怕，我的眼睛只顾及自己的嘴巴和纸巾的供应。

她又站到我床前，话语有些结结巴巴："你很——很——很难受，咱就打——打120吧？"

我喘了一口气说："我其实不难受（我并不疼痛）。"

口一张开，血又流出来，虽然看着很是恐怖，事实上我的身体却一点都没有异样的感觉，这样不痛不痒地不停出血，更让我整个人觉得空白，就像天空突然破了个洞。刘老师走到门口，不放心地回头叮嘱着我："要是不行就打120，或是打电话叫我上来。"

她的声音开始远去。

我在房间里竭尽全力，提高声线叮嘱着："你还是把门给我开着，随时可以进来。"我听得自己的声音断断续续的，飘落撞击，又反弹到自己耳朵里。

我的意识里清醒地知道保留大门畅通的重要性，这是我此际云水苍茫中的一竿清醒。喝了开水，缓解了口渴，这水——生命的源泉，在此刻，它倒进了干旱的沙漠：嘴唇的干裂还未接收到水的滋润，但大地的心脏已经有甘霖润泽。有水，土地开始复苏，我看到生命的芽苞在往上。

只是，我躺卧的躯体旁边，纸巾堆满了床：白色的，夹杂着鲜艳的红，赫然堆耸。

房间地板上，也是一地斑驳着血的纸巾。我的手继续不停地与嘴的涌流配合。

我的眼睛对着天花板,天花板粉刷的白,更加坚硬,比纸巾粗糙,天花板上有两个窗口,那是我专门叫装修师傅做的,上面是夹层,故意隔出来的储物间,这样可以存放宣纸、画筒,是极好的隐蔽储物间。三米多的画筒放进去了无痕迹,而宣纸需要干燥存放,天花板上隔出来的夹层是最好的"柜子",只要上面邻居的防水做得好。

说到防水,这个几平方米的地方让我尝到了人性之恶,这是我此生遭遇的第一遭需要与邻里耗费诸多精力的地方。上帝让我渡过那么大的难关,在很多人看来,这是多么小的事情,可是涉及衣食住行,鸡毛蒜皮都是小事,我经常被诸如此类的小事绊倒。"待到山花烂漫时",看到别人家也为这样的事情奔忙时,我会感同身受了,为他们发声或尽一点力。这是磨难的意义吧!

隐匿于城市深处的人性之恶,我不愿过多描摹,我愿意对善作更多详尽的刻画。恶已经从身边溜走,那就让它过去,我们唯有细细品着善,善便入味入经入世界了。

我的灵魂飘在天花板上。这如茫茫云水的天花板和墙壁,它与梦境和意识混为一体。它们已经脱离了人间的烟火气息,而在这里还走不出去,堵在房间里。

我的人生过往历历在目,而兀立于前的是我的未竟之作:构思的画作,还有草图,那些在头脑和腹腔描摹修改了多次的画作,是一大笔即将动工的工程,蓝图还未绘就,我若游走当无法向上帝交差。我开始忏悔:我太懒惰,懒惰的情志已经让我付出了半世青春。而我的使命已经渐次明朗:神派遣我到世界来,铺垫好的一切,就是为了画就那些美好的物事,为了描写那些美好的人,而我竟然都交白卷?

我的写作,还有多少没有完成的篇章,我总是拖着,半拉子的作品太多了,甚至有的还算不上半拉子。开了个头,就晾在那里:

两三年的、七八年的，甚至十几二十年的。

七罪宗之"懒惰"一直是我身上的纯棉内衣：舒服慵倦。归咎于身体虚弱、疲惫，而带出懒惰的是枷锁。殊不知，缠绕着我是更加疲惫的神志。

刚刚喝下的那杯水，开始让我的神志渐渐恢复。我已经预感随即而至的不省人事，家人应该最先通知，哪怕远在天边。我拨了电话打给丈夫，我告诉他，我现在出现的情况。

随即，女儿的电话便打了进来，她要我拍一下洗手间的血给她看。

一团混沌中，恼怒凭空升起：这孩子这么大了也真不懂事，我哪有闲工夫拍照？吐血还能立此存照？洗手间的每一次血迹都被我用水冲干净，就像便后冲厕一样，每一次都尽量冲得干干净净了。鲜血难道可以留在那里？她以为像她每次吃饭前拍照晒照炫耀一番？

可是，怒气并没有升腾，我的头刚抬起，血就从鼻子流出来，我只有努力让自己平躺着，才确保它不会流出来。我不选择给女儿打电话，是因为我知道她每遇到事几近幼稚，果真一来电就让我措手不及，血流到了枕头，淋漓满床铺。

烦恼是第二波升腾的情绪：床单被单都得费力清洗了！

她的来电只有添乱的份，她不知道我的生命正在天花板上飘着。我的意识已经开始混乱、迷糊。我的过去不断蜂拥过来，堵在天花板上，它们如此真切地在我周围，在我眼前。

水——"生命之泉的水"啊，此刻我不断地重复圣咏的诗句。我又努力侧起身喝了凉白开，水若是热的更好——我心里有了些奢望，温度！凉白开在这比冬天寒冷的春季，进入嘴里、顺着喉咙流入胃，那是雪上加霜的冷。我知道身体失水失血状态时最好的补充是糖盐水，热乎乎的糖水啊，我对物质又有进一步的奢望。可是，这里什么都没有，白糖、盐都没有。那些在案几上摆设的玛瑙石、黄龙玉，它们毫无作用，连一滴水都比不上。

此刻我无法给自己配制一杯糖盐水。厨房有电热炉可以煮水，也有白糖，可我起不了身。我能怎么办？血这样绵延不断地流，我也明白我完全虚脱了。

虽然有时对这个世界心灰意冷，可我依然不想离开它。人世间啊，我还是愿意继续留下我的温度。

我的灵魂就在眼睛里一直望着的天花板上。天花板很近，近得我已经贴紧它。为什么只有天花板，我眼里现在只有白色。

死人穿着的白，医院的白，灵堂的白是有道理的。

时间往后推三四个月，在医院流水作业的几番检查中，我对白色充满了无望的抵触。回来后我告诉孩子，若我有一天不能救治了，请不要送我进医院让我死在那里。医院一色的白和蓝，带着死亡的硬和冷漠，让我自此对白色产生敌对情绪。

我在一片茫茫的水域中不断下沉，光渐渐远去，深渊无底。郑医生的电话是一叶小舟，我的意识还在，我的手能够顺应我大脑的指挥——我拨打了过去。接通了，极其冒昧地切入，他此刻定在把脉，门诊室是满满的人。我三言两语描述了此刻的状况，可以用秒计算。他在那头语气随即紧张起来，声调短促："找一个桶，打满水，把下半身泡进去。记住，水必须泡过膝盖。"

我的声音飘过去，问："热水还是冷水？"

这弱智的问话让他一愣，随即说："冷的！"

我这里只有拖地板的塑料桶，虽然无法过膝盖，也只好靠它了。他的话语给了我启动的原动力。我起床照他的指挥开始实行，也顾不得鼻血滴满身上的衣服和地板。

　　我把打满水的桶一点点拖进房间，这桶是最小型号的，平时拖地板时我能一手提起一桶水。身上的力气完全飘出体外了，人一下瘫在床上，我把下半身靠着床沿，把双脚放进水里，满桶的水即将接近膝盖了。

　　一股冷流从脚底、从无底深渊漫上来。大海的浪，一阵阵往上涌动，这是寒春，广州仅有的几天寒冷时光。冷浪花拍打着我的魂灵，从身体里面与此际的寒流里应外合。水从桶里溢出来，洒了一地。我两条腿都放进去，水位自然升高满溢，我的耳际也溢出了寒意。

　　屋内屋外一片沉静，魂魄开始回归，我全身冷了下来。我静静躺在床边，似死人般一动不动，双脚继续在水里泡着。

　　我的灵魂还是摇曳着，摇摆不定，它在白色的墙壁，白色的天花板阁楼上，惨淡的白偶然扑来。

　　我又想喝水，可没法子了，脚在桶里，挪不得，身体也在床上，我已经没有一点挪动自己身体的力气了。一具身体，我的尚有气息的身体，在床上；而水，在旁边的竹椅上。这么一肘的距离，却是我无法抵达的鸿沟。

　　渐渐发觉，鼻子里的血已经不流了，我整个人在这冰冷的水中往下沉，灵魂在回归，不再飘荡，下半身的冷流从脚下收缩，我的灵魂被拉了回来。冷流慢慢往上涸，整个身子慢慢往下坠，身体里的血被冷却了。生气渐次回笼，有鸟雀啁啾。

　　大地孤寂，窗外偶尔锐利的一划响声跃入我房间。

二

　　"出血（从口鼻出来）无非两种情况，一是肺部出来的，另外就是胃部。"

他是医学博士生导师，权威话语一般是言简意赅，省略形容词和其他助词。

"去医院检查！"这几乎是所有医生的指令，而不是建议。有问题要检查，没问题也要检查：确定是没问题的结果。这样的指令或者说是建议，是我一直抗拒的。

白色床单、消毒水、淡绿色医生服，他们的组成足以让我逃离这冷色调的医院，除了检查，好像我从不认同他们的医疗方案。

"这个民间医生在白云的一个村里，他很厉害！我把你的情况跟他说了，他认为你是血压高。血热！"女儿对我人生理念的枝枝杈杈可谓熟稔，包括每个方向的展势她都能把握大概。她的介绍一下子把我的注意力吸引过去。

这医生在微信里分析了我的问题，每一个说法都像雨水一样准确无误洒在我的枝桠上。隔天我和女儿随即打车到他的诊所。这个"五环外"的地方，完全颠覆我的认知，原来繁华都市广州也可以有这么荒远的乡村！

晕晕乎乎做了放血治疗。打车回来，斜靠在女儿身上。这种治疗之后，人很晕，那种晕倒的晕，整个心脏密密麻麻堵满棉花般的透不过气，整个人有蹦出去的难受。

一到家，立即让自己的身体像一条鱼一样放平在床上。

又呕血了，当然血量少了很多。

女儿大惊，打电话问这五环外的医生。他连连说没事的。

在这问题上，我们有共同的发现，凡是中医都会认为没事；凡是西医都认为问题大。但一想到医院的烦琐和错综复杂的门诊，我知道自己被转晕在这不确定的检查问题上。

只是我已经沉溺在繁忙的日常，马上就要开会。着正装，一切按部就班。挑选了一套开会用的正装，双唇点上口红。一个人随即被点亮，鲜艳的颜色把缺血的苍白和虚脱掩盖得无影无踪。

分组讨论时，又有血从鼻孔流出，相比第一次那完全是小巫见大巫。殊不知，这是上帝专门给我开的一扇门——坐在一旁的三甲医院院长，听完我对前面大出血的描述，他皱起眉头："出血时必须随即检查，才能查出它的出血点。刚好现在出血，明天到医院检查吧！"

他给我打开的通道，让我一下子抵达检查的准确部门。医院的科室太多了，每个检查的人完全是瞎子摸象，撞哪算哪。

这位专科医生一下子拨开我杂草丛生的一堆废话，她单刀直入言语锋利指向我的颅腔深处，喝令道："最先！血，最先是从鼻子，还是口出来？！"

我脑子迅猛回播，去年出差途中突然流鼻血，血从后脑勺直冲脑门然后从右边鼻腔出来，这个细节纤毫毕现。

我立马回答："鼻子！"

医生的经验丰富，她瞄的位置很精准，单子直接开"检查鼻腔"。

我们旋至麻醉室。

排队做检查的人非常多，我观察了这陌生地方，知道门口护士把关，里面是叫号进去的，等候者正在候待芬太尼的麻醉，或者说麻醉正在进行。已经接受护士麻醉的病人一个个捂住鼻孔，用手支撑着长长的棉签，每个人都像一头被自己牵着的牛。

轮到我时，我才知道一根长长的棉花棒插在鼻腔中，从外面打通你的鼻腔与内里，是需要牵动所有感官的对应认知——有一种痛苦并不是"痛"，而是难受。

我们的感官，从未被这样打通过，鼻腔和口腔，它们同时让眼睛扯出泪水来。在肌肉丰满的身体上，我已经体会到骷髅的空洞——一根带麻醉药的棉签让我们穿过死亡之门洞。

我看着鼻腔里伸出来的这根棉签，很细长，我的手不扶它，它也牢固地插在鼻腔深处，这情形甚是恐怖，每个顶住一根棉签的人，都毫无表情，若非身体里面有某些不确定的隐患，谁会到这地方做这样的麻醉检查？而刚才排队，好多患者被告知还需排上几天：

"周三你。"

"你周五！"

"下周二你！"

这样的安排让诸多外地来的患者无所适从。也让我们这些能顶住牛鼻子的人感到满足——为能随即排上做检查感到庆幸万分，检查过程中的所有痛苦都被这种待遇淡化。

无容我多想，麻药的作用似池水漫过，整个头僵硬起来，眼睛看着周围的一切，开始动不了，眼睛能看却无法转动是多么可怖。人和墙、椅子都是一样地硬化。我勉强挪动自己毫无感知的身体，靠着接近手术床的椅子，这样或许方便护士喊叫时能听到，缩短听觉的距离。

我知道声音的传播，不要小看几米距离，当需要的时候，它是可以用米衡量的。

我躺在手术台上，名曰"检查"，其实跟做手术是一样的。

麻药蔓延，我的神经都臣服在它的威力之下，医生的器具捅入我鼻腔发生声响，而颅腔毫无感觉，我想着现代医学还是很了不起的，不然病人该承受多少痛苦？！我的眼睛僵硬，无法转动看站在一旁的医生。只听着她的声音，她言简意赅地询问我的症状和情况，我口舌不清地回答，医生也能精准辨别和判断。

问，答。又问，又答……

"那么深！"随即医生在鼻腔深井处发现了一颗血管瘤。

"我顺便帮你做了吧？！"她的声音有点温和。我"嗯"了一声，明白她要做手术，把血管瘤处理掉。

只听得她手里的仪器又捅入我鼻腔里，这次的器具没有尖锐感，"嗡嗡嗡"的声音，有电线状的线冰凉地盘过我脸上，鼻腔里有一股烧焦的味道，又"滋滋滋"地响过，我想应该是叫"电疗"吧！

一会儿，声音停住了。

我躺着，周围一切都安静起来，连同周遭来来往往的人，都消失了。他们沉溺在一片白色的房间里。

有一双手扶起我，戴着口罩，穿着护士服的护士把我扶起来，声音温柔："来，下来。"她把我小心搀扶下床。

海水般漫过此刻的冰硬，她的手有点暖，我抬起僵硬的头，脖子也是硬的。当她在我眼睛正前方时，我才认出是今天专门来引领我的护士。

她冲我会心一笑，人间的暖意回流在我胸中荡漾。

刚才开单的医生看着打印的检查报告，一张曾经熟悉的脸庞开始回暖。"噢！是血管瘤啊！那肯定！出血点在这里！"

"这个血管瘤是良性还是恶性的？"我问得有点小心翼翼。

虽然我们以前很熟悉，刚才她还说："是你啊！我们还住一个房间呢！"这话有些马后炮，我当然记得我们曾经一个房间，学习了好多天。可在她面前我是患者，我深知我们需要时时明白自己不同的社会角色，在医生面前自己便是患者。

她白了我一眼，丢下一句："血管瘤没有良性恶性之分的。"

我还没消化完她的话，她已转身忙碌着挤得满满的病号了。

三

我又路过生鲜菜市场。阳光飞扬，落地是厚实的，如同大地腹腔的硬朗。

脚步自从向这个方向飞奔时，我就在头脑里盘桓着食物的样式：双休日的餐桌上该准备什么犒劳自己和家人。

主干道旁侧一小段短而宽大的路，拐进去就是闹哄哄的市场。人间烟火都可以在这里寻觅源头。

我停滞于路口，心里竟然有些胆怯，某些畏惧横亘在我前面，是猪血，是生鲜档上那些鸡鸭鹅的尸体。尸体，现在那些食物竟然被这个词代替了，我的脑回路有些问题。

我犹豫着，要不要进去？我现在需要买菜买鱼买肉。可是，我突然惧怕血了，惧怕一切动物的尸体和它们身上带着未尽的血。

那些新鲜的鸡鸭鹅尸体是沥干血液之后的死亡呈现。

涌出我身体的那一场热血，它掀开了人世间掩盖着的桌布，露出了物质的本来面貌。熟食店的烤鹅卤味，窜入鼻腔的美味开始改变，我的胃肠强烈抗拒所有来自动物的味道。挂在玻璃橱柜里等待刀工的卤鹅，它曾经历了血液流尽之后的冰凉，卤味之前是尸体的冷，没有温度。

"人算什么？不过是一口气。"书里这么说。

动物亦然，活着，就有温度，有气息在；死了，这身体里的气息离开了它，它剩下的是毫无感知的物质——在空气里就会产生化学反应、会腐烂的物质。人，动物，我们在这个世界活着，然后必须死去，没有人（或动物）可以逃离这个定律。

人间的生活如此虚幻，又如此笃定在我们每个人的头上。

市场门口有一两家卖菜的，几筐蔬菜摆在路边，一副失水病恹恹的神色。蔬菜的容颜没有打动我，何况单是绿色的蔬菜已经无法满足我的营养，说来奇怪，植物的能量像是身体单薄的墙，它又需要圈养些动物或昆虫之类的活物，才能让身体得到精气神。

　　我必须进去生鲜菜市场里面买菜，即使单买植物，里面摊档的蔬菜种类多又新鲜。汹涌而出的名词，随即把餐桌上的食物分为"植物""动物""鱼类""生物"，我带着某些惊悸忐忑走进市场。

　　人来人往，我游弋在蔬菜类的几档摊位，瞅着人少买了莲藕、青瓜。可是，炖莲藕是需要猪骨的，我却不敢走到卖猪肉的摊档那里，连我的眼睛都不敢瞟向挂满红色五花肉和排骨的摊位。现在，它们让我胆战心惊，让我充满恐惧。鱼类更是如此，它们正被顾客指点，被摊主摆上刀垫，开膛剖腹，鲜血四溅，为了显示鱼的新鲜，摊主专门把血抹在已死的鱼身上：红，鲜红，恍恍惚惚的红色在人群中飘荡。

　　市场被我甩在了后面，可是前面的餐桌空荡荡，好在女儿网上点了好多可以补充的食物，她一直不习惯我的菜谱，自己会点上外卖满足自己的口腹。几盒送上来的肉食摆上餐桌，她开始大快朵颐，她不知道我的筷子，连鼻子也都没敢靠近那些肉食。

　　我的认知中，开始澄清各类物质的本源。人类管理万物，万物各从其类，"血"是有生气的动物和鱼类的生命所在，我在经书中寻找它们的根源。

　　蔬菜和谷类成了我好长一段时间的身体供应。

　　我不是素食主义者，可当我理念前倾，越来越偏向素食的领域，我开始在素食的名词面前过滤自己：动物的和植物的。

　　血是我新启的人生疆界。

胙　丸

　　我们刚开启的人生如河流源头，承接着洪荒的虚空，未遇怪石嶙峋未走万水千山，尚未跌宕起伏，流淌的水纯粹而简单，一碗粿条便承包了我整个童年。

　　那碗粿条里还有可望不可及的"丸"。

　　"落丸"吗？潮汕话问得简洁。这话语来自店家也来自关心你吃了粿条的人。

　　"丸"是什么？望文生义并不难理解：小而呈球形的东西。可是不同地理对它的附义却有不同，即使同一地方，理解也有很大偏差。这正是汉字的博大精深和微妙。由它生出的相关词汇有"药丸""泥丸""鱼丸""肉丸"若干。

　　我们这里的"丸"绝大多数都是食品、让人垂涎欲滴的美味，如猪肉丸、牛肉丸、墨鱼丸、鱼丸等，除了药丸不入大家餐桌，丸类居多还是宴会上品。我们碗里的"丸"完全像极了乌鸡白凤丸。就那么大，显得无比珍稀。

　　说到这里，需要解释"胙"字，这个字来到我的文章里也是退而求其次，在我对比了若干可替代的字之后决定用上它。我们潮汕话的"脜"（mái），实际上是需要造字的，现在字库里没有。

在写作过程中涉及一些潮语方面的文字，我努力用潮语方言，转化为普通话就会发现许多字被卡住了，比如这个"脜"字，下面应是"爱"字，即是"不爱"的意思。也即是不要的意思。那么"脜丸"就是"不要丸"了。

"脜丸"——不要丸，真的不要丸吗？就像每场现场版的答辩，主持人总是再三确认提示：你确定？真的不要吗？

那一刻我们的心里是翻腾的，答案早就在自己这里，自己已经衡量笃定了"要不要"。想来有点酸涩又是充满着幸福。时间的水流过后，时移事迁之后记忆的一端涌动着暖意，吃粿条的经验我谓之"幸福"，这个词用得有点张大了，可饥肠的空腹饱馔如此美味，那溢出的满足感可以荡漾到今天。

我在寻找切合的词汇表达自己的感受，词语的标签改弦易辙，许多词汇被删掉了，完全改变了。大众的体验可以共通，而"脜丸"这个名词本来就是小众，秒懂的基本是自己人。它是我们那个年代、那个小地域、那个生活环境诞生出来的鸟蛋。

我们家汇街的夜晚，顺应着地球的本性本体，被它带着走进黑暗和悄无声息的洞穴，整条街道乌黑不见五指，树上的鸟鸣也都收声，它们与人类一样进入睡眠。学习到了深夜合上书本，我腹中空空，除了睡觉进入明天白天，还有一个奢侈的想望：打牙祭，吃粿条。

家汇街另一头的粿条店是此刻钉入黑暗的微光。

我轻手轻脚推开"吱呀吱呀"响的厚重木门，站在空无一人的大街上，往东侧内关方向望去。粿条铺那里会有灯火被黑夜捂着，我需眺望，若还没打烊，黑夜中它就是一盏照亮我的胃的明灯。整条街，包括对面的算两条街和一条溪，只有它顶着汽灯，汽灯是这里最亮的灯了，打气的，只有大排档才值得这样大张旗鼓地张扬着灯火。

全镇也就这么一家晚间开业的粿条店，说是粿条，实际上面条也分了半壁江山。只不过镇里的习惯叫法，说明这里的粿条大行其道。说到粿条，珠三角也叫粉，虽然极其相似，却是在制作源头便有区别，用的是薯粉或其他的粉，而我们潮汕，绝对是米做的。

多年以后我依然站在那家店铺前面，大锅里汤水热气腾腾的白烟在我面前张扬地勾引着我，为了选择面条或粿条，我的纠结被蒸煮得透亮。

家里选一把搪瓷口壶，自然要大一点，去大排档那里吃可以不带器皿，但我们从不会在摊贩里吃，那是男人的选择，想来小镇还是有着传统习俗。这把口壶不一定要盖子，谁家都有几把大大小小的口壶，买东西装东西要用。后来延伸到买粿条这个很重要的功能。这里买东西都得自带器皿，比如买菜买鱼买海鲜买米等。上市买菜，我家是用一个大竹篮子，后来有了手提袋式的尼龙绳袋子，显得时髦了。不外乎买菜和装东西用，类似我们的环保袋。而对于环保，以前大家的生活习惯就非常环保，垃圾堆只有蜂窝煤的煤渣，甚至煤渣都被人家拣出来用。

这段路程也就一百米左右吧。出门时手里攥的钱，在决意买粿条的时候已经笃定要不要丸了，丸是鱼丸和肉丸。鱼丸和肉丸其实就是锦上添花，粉面汤里的荤菜了，要丸的粉面就是一毛钱，不要丸打对半，才五分。

每晚到深夜，或者不用到夜的时分，我们口袋里有了"额外"的想法，粿条铺便是唯一的选择。三餐之外，别无其他口福。它成了所有潮汕人的胃。

多少年后，在外工作的一帮潮汕人，几乎拥有一个共同的特点：故乡有一碗粿条汤勾引着。每次回潮汕，必定找机会吃上一碗粿条汤。虽然饭局上有专门的粿条汤可点，可是，那根本不可同日而语，不仅是味道不一样，而抛开那些烹煮的器具和过程，这已经不是同一条河流的产物了。粿条铺随着城乡的变化，虽然后来改弦易辙，黑乎乎的竹棚换成了明亮的铝合金板简易建筑。可是，所有食材和手艺照旧，我们就认准那口大锅，从中间隔开的鸳鸯锅。里面一边汤里熬煮着猪头骨和其他杂骨头。另一边不时浇上冷水，等候你点的粿条或面条进去。这延续的流程，哪怕换了多少代的店家，它就像门前的庵溪，奔流不息。

这样的标配只在街头巷尾才能觅得了。

粿条或面条已经被我在一路踩行"左右左右"地选择了无数遍，最后笃定就站在摊位前，迎着大锅满溢的香气，这周遭都是它占据的味道。

当我说出自己的选择时，店家在一旁抓起粿条，竹筛上放着切好的粿条，码得整整齐齐，每晚卖完就收摊。所以它的打烊随机性很强。有时卖不出去，可以到下半夜，隔好久才有个夜归人叫上一碗。那么费柴火，却为了这么不着店的一碗面汤。

可是，世间就是这样，他的灯火好像同时也为了这条街的照明。有了这爿夜间的店，这条家汇街和庵溪才有了点人间烟火气息，特别是冬夜，寒风呼啸，这间店，几乎是温暖的象征。

在深夜写完作业，包好头和脸，急匆匆来到它的面前。"胬丸"是我的首选，一个小小的肉丸，就是一次粿条汤的机会。胬丸，这样可以为下次攒下一次口福。可店家很是不乐意，只要他肯卖出，我们可以忽略他的不悦脸色。忐忑的是需要看店家的心情：随机抽签，他心情不好时就会傲然拒绝：五分钱不卖。

被拒绝后羞红着脸回家。或是退而求其次：那买一角。因为手里攒的就是一毛钱。没带多的钱时，悻悻折回家的不仅是空空的肚子，还有空空的失落感。

"觖丸"最终还是"要丸"。"觖丸"这词片被我揣在怀里多年，像揣着忐忑不安的自卑，自以为我们的吝啬和抠门如许见不得人。直到它被学长们提升为堂皇的公用语言而充满阳光。

"觖丸"的饮食习惯延伸至我们充满青春律动的校园生活时，我们已经是十四五岁的少年了，青春勃发，且是音乐和美术专业，当其时算是天之骄子，虽然不是大学院校，可那时甚至比大学还令人骄傲，因为毕业分配工作，省却了很多的弯路，对于很多家庭来说确实省却了好多钱，减轻了负担。

我们学校崭新的楼房鹤立鸡群于城外，繁华的市区与我们无缘。

我从小镇扑进这所改变我人生轨迹的学校，也拥有这所学校学长们的馈赠："觖丸"。父亲送我进学校的情形还历历在目，我们背着庞大的行李：衣服被褥脸盆铁桶等生活用品，每个学生都如此，学校就一小卖部，除此之外没有可以买到日用品的地方，父亲把我交给了这个宿舍，他竟然一杯水都没喝，就饿着肚子顺着来路坐车回去了。这来回需要的是一天时间。

而路边这家粿条店，不知道他当时舍不舍得吃上一碗，吃上要丸或"觖丸"的热腾腾粿条。

粿条店很快就搬进我们的学生生活。它与我故乡的小镇只隔着行政区域的差异而已，随着青春期进入了我的生活。从此，我心底那份见不得人的"觖丸"可以堂皇地摆上桌面，甚至可以拿起来肆意调侃和自黑。"觖丸"作为我们生活的一部分，在我们八十年代拔葱般的青春骤然旋律飞扬起来。

我们都明白自己是家庭的负担，虽然这个负担已经很小，我们每个月都有生活补贴，节省一点能勤俭过日子。但毕竟是长身体的时候，唯一对食堂的补充就是通往我们学校的西荣路上这家粿条面店，与我们小镇的店铺并无二样。它在这长路孤零零地矗立着，乌黑的竹棚是经年烟火的后遗症，热腾腾的锅煮着老骨头。

看来潮汕任何一个角落的粿条汤都统一得一模一样。

不同的是，这店还有更奢侈的类似热干面的"灌粿条"。三毛钱一碗的"灌粿条"是干的，没有汤，从第一届吃到我们这一届几年间，好像并没涨价。而被学生们称"觳丸"的粿条汤是一毛，加了一颗肉丸则是两毛。物价已经比我小镇时增了一倍。

打牙祭的学生们，大多是"觳丸"，这样省了一半钱。我们很多人都来自农村，即使是城市，每个家庭的经济条件在这里都没多大的区别，淳朴的学生时代，我们有食物都与他人分享，连在家里带来的下饭腌菜都是与同学共用的。

这一锅煮出来的纯洁气息，连同准备熄灯前这半个小时的时间，学生们互相招呼，三三两两凑一拨去打牙祭："觳丸"去？

"觳丸"去——

"觳丸"这一个特殊符号飘飞于学生们中。

八十年代大食堂的饭菜很是清心寡欲，太鄙视了我们这些长身体的青少年，采购的多是过季的蔬菜：老得可以当牙签的空心菜、发黄的包菜、咬不动的芥蓝……让我此后的人生面对这些熟悉的菜蔬依然心有余悸。搭配每餐的二两饭，中午有三种菜可选择：一毛钱的是素菜，两毛钱的菜里加一点肥肉，三毛钱的有几片瘦肉，这是食堂最贵也是最好的菜肴了，买一碟三毛钱的菜在每餐饭中算是奢侈的。

晚餐根本别无选择：只有中午剩下的一毛钱发黑的菜，还有加点肥肉、无精打采的两毛钱的菜。这对正在发育的青少年来说远远不够，我们需要大量的"能量"来填充正当旺盛的身体。

某一次从家里带去三四斤饼干，在熄灯之后就着烛光和小说，两个晚上就让我横扫一空。不能归咎于嘴的馋，更大原因是肚子的空。

多年后我在这繁荣的潮州西门，愣是找不到曾经的路径和地标：学校。城市迅猛扩张，高楼大厦铺盖了千年来的荒凉，荒郊野岭在这三四十年突然就被征服了。我的记忆链条依然是郊区，学校处于潮州城的西郊，山脚下的西荣路延伸到我多年后的大城市，那孤零零的粿条店是我们别无选择的唯一。

粿条店纯粹得就像夜间的一盏灯，若干年来的锦衣玉食膏粱厚味都直接被忽略过，它坚定不移地钉在我记忆的磁条里。

粿条铺白天的客人居多是周围建筑工地的工人，学生们多是晚间的顾客。这条通往韩江堤边漫长的泥土路，再往前接近车站处也有两三家小食店。但这家因着地理位置，是我们学校学生基本的选择。两毛钱已经是食堂一顿饭菜了，所以很多同学们自然选择"觕丸"，一毛钱一碗清汤粿条面条就是能填饱肚子的简单美味。

来到店里，同学们都抢着跟店家交代：我们三碗"觕丸"！干脆利落！大有武松在景阳岗一拍桌子跟店家大喊一声："来酒"之豪迈。

"觕丸"是吃粿条面条的代名词。晚修后，有同学在教室门口用意大利美声高八度叫喊：

"觕丸哦——"

响应者众，一次招兵买马凑起来少的几个，多的十多二十个，甚至将近一个班级。在僻静的西湖山脚下，一帮人来来往往，互打招呼，"吃完啦！""你们真快！"在这荒凉的郊区唤起了点点热闹的气息。

暮色沉沉，低矮的食店零星的灯火，莘莘学子"觕丸"归来为夜色注下了蓬勃生机：脸盆的碰撞声、歌声，还有各种器乐的吹拉弹奏。这是一天学习生活之后最惬意的时光!

物质连同时光都是清素,这一碗面条(粿条)之后的学生生活在琴弦和瓢盆声中与夜抵会着,熄灯之后,还可以慢慢回味,下得了肉丸时的美味重温依然深情款款。想着那颗小丸子留到最后,含在嘴里边走边咀嚼的香气。三十年后的学友谈起,依然认为没有可以与当时的那颗肉丸相比拟的食物了。

潮汕人有俗语:肚困番薯胶胶,肚饱鹅肉柴柴。在时间里完成了成家立业的同学聚会于西湖畔餐厅,龙虾、螃蟹都勾不起太多人的筷子,谁稀罕那普通的肉丸?我们都没能从味蕾上寻回那些特殊的感受,肉丸子是我们曾经可以企及的美味。

我们多少次走在荒芜的西荣路上,木麻黄为我们挡住了多少灰尘,我们赶赴着一碗不敢加上肉丸的粿条或面条。

"觖丸"给予我们人生行程的初始,我们人生即使进入物阜民丰的生活里,依然谨行俭用,它是一代人的行为标识。

潮州,潮州,这是人们口口声声的千年古城。我们自然要进城去,绕过葫芦山来到西湖边,即进入城里了,这里的小吃多了,我们依然钟爱果腹的粿条。特别是著名的老字号传统牛腩粿条是一碗三毛钱。

在牛腩粿条中我们已经熟稔这古老城市,它在日子中同样与我们渐入热闹的宽松富裕。日子变化很快,学生们后面的家庭正在日新月异地奔小康。变化的行径不断冲刷着我们的认识。

班里有同学暑假带着相机到全国旅游——在八十年代这是破天荒的行径,大家的惊叹还来不及回过神来。紧接着另一个同学也背相机周游全国,不同的是,他回来后洗了大量照片:这更奢华!一堆照片堆成山,他让大家欣赏他的行踪之余,也派发这些像明信片般的照片,每一个同学可以拿到一两张。

扎堆里有女生的惊叫、尖叫，表达着夸张的赞叹和羡慕。

我默默地在自己的座位上读着书，背对着那些热闹纷繁。

众星捧月，我的冷漠悄然剥离于喧哗，我远离聚众的城堡，逶迤巡于千里之外。我发现我一直无法融入这个需要不断喝彩的世界。

这是晚自修时分，可以寂寞可以喧哗，各取所需，谁也不会在意少了一种声音、缺了一个围观惊叹的同学。

那位派发照片的"大佬"却在人潮散尽之后，拿了两张风景照送给我："我发现全班就你没拿，专门给你留了这幽静的美景，很适合你。"

细微的词汇可以擦亮我们的心灵，积雪融化，暖意回流。一段并不华丽的辞藻在多年后与"觞丸"这个词一并堆积在时间的链条上，我们的高傲并非密不透风，我承认人生一路走来，我都会换个角度，体会并在意别人的感受，尽可能地照顾他人的情感和自尊心。想想"觞丸"，我们满心欢喜在乎的那一颗肉丸子，囊中的羞涩与现实产生僵硬的对抗，我们必须口是心非羞涩面对现实。

体悟他人的窘迫，照顾他人的感受，我把它理解为做人最基本的善良。

一老记者跟我谈了他们曾经的采访经历，采访对象是一家处偏僻之地的老者，老者家中境况令他们唏嘘。老者中午热情留饭，得知他们要来，老者已经提前一天到集市买了鱼，准备好今天招待客人的饭菜，一锅饭和三条鱼。三位客人每人一条，老者自己省了不吃，大家推辞再三，还是遵照主人的安排。

一行人在老者简陋的家里默默吃完这餐特别的午饭。

老记者在临出门之前，趁主人不备，偷偷在他枕头下塞了两百块钱。在没有通讯工具和交通工具的情况下，这样隔着一层纸的体贴，不仅是钱，也为他人留下了自尊。

对别人的困境和窘迫能感同身受，这是慈悲和爱的具体、细化。江河已远，由它退去，那一颗丸子蹦跳进时代的间隙里了，爱和怜悯却是世间生生不息的葱绿。

晚间在斑马线上等绿灯过马路，不料想无意中一转头，发现灌木丛中有露宿者，地上铺了一布，身上盖了一床单。那一刻，我常态的楼房轰然坍塌，夜晚我辗转反侧。

怜悯需破壳，践行才是慈悲。我盘点了一下，找出家里空置的棉被，这个露宿者需要；药柜里的平安膏，这个可以驱蚊；月饼和罐装饮料，充饥是必要的；口罩和纸巾，他应该需要的。我来到他跟前，"马上就要降温了，睡这里太冷了，被子你应该需要……"

蚂蚁一样的微小，祈祷每个细节都有天上的微光照亮。

此刻，我在汇集南来北往人群的花城，写着潮语歌词《胹丸》。歌词由师兄谱曲后，我把这首正儿八经的潮语歌曲发微信圈里。学长们都在下面自豪留言说：这是我们造的词。

"胹丸"是一个抓满绳子的缕头，把我们一个个走南闯北的同门聚在一个认知点上。师友们的面貌被岁月改变，经历的线路迥异，只有旧时的路径是我们不分彼此的话题，谈起昔时人与事。每具略显苍老的容颜都归于旧照片，时间总会筛选美好的胶卷，不管三十年前是否谈得融洽，三十年后相聚却有谈不完的话题，这是同一时间和产地印出来的模板，我们的"胹丸"就是它的特定印章。

我们都为共用这个词汇而产生亲和感。我历经"胹丸"的初始，这个带给我弹丸一般光亮的词汇，在我人生的旅途中已经转换了词性，"爱""慈悲"才是它们的彼岸，我将继续为它填充着"爱"的内涵。

临永乐宫图

永乐宫，又名大纯阳万寿宫，始建于一二四七年，为道家人物吕洞宾而建造，是全真道教的祖庭。永乐宫以其精美绝伦的壁画流传于世，是从事壁画艺术的画家足迹必须抵达的地方之一，就像敦煌莫高窟、就像云冈石窟……它的魅力一直吸引着许许多多热爱艺术的人。

壁画之美，与传统的卷轴画、册页不同，那些案上的画卷，是文人墨客在室内焚香沐手放在鼻子底下端详的；而壁画的审美距离，却是与世间所有的人，面向所有走向它的人。不管是峙立壁中几百年的永乐宫壁画，还是两千多年的阴山岩画，它们依然矗立于大地、迎向当下的我们。观几千几百年的壁画，与观当下各种画展的展览一样毫无违和感，更让人感觉时空对称，至简至真。

我们立于二十一世纪的大数据新媒体时代，与千年前画师的心灵幻化对望着。

临摹，是我每隔一段时间与古人古画的抵会。一幅古画，张开的是一个时空的缺口，让我切入一个历史的画面。高仿印刷纸本可以把任何一个场景的画作打包到你的当前，让你饱享视觉的盛宴。

我褪下当下的语境，进入一个日冕退后的特定指向：刻度停留，时间撕开了遮掩着的物事。进入古画，让它带着我走，我的视觉，"它的"世界掉进我的世界中，我历程的镜子，折射着我眼前所看到《永乐宫壁画》高清图册。

时间退后，颜色退后，线条顽强地撑起画面，掉落的泥巴带着色块，成了时间裸露的灰尘。

颜色，是画的血肉，一个个色碟挤满了崭新鲜明的颜料，植物色矿物色均张开鲜亮的眼睛在瓷碟上与空气接壤，它们也如初生婴儿般袒露于这个世界：藤黄、石绿、朱砂、花青、赭石……

我用情感的清流勾兑着每一色彩，在如许鲜亮的颜色中，我的情绪和经历的过往也被呼唤流转出来，它们对应着每一个色标。

藤　黄

画面最亮的颜色，当是白和黄。我首先会被一种颜色牵引着，由此进入一个画面的纷繁中。而纷繁的画面，经常会随着我的心情保留着我筛选下来的颜色。

比如藤黄——那是澄明的黄，一下子就刷到了我的心。

藤黄在黄色系里最容易跳出界面，亮人眼目。我备以国画颜料为工具的临摹，思维和审美皆是以此为定位，宣纸、墨汁、国画色，是"工欲善其事必先利其器"之器，于我是惯用这样的色彩坐标，就像我每每以自己的家乡为地图坐标一样。

藤黄，是浮于画面最上层的色彩。

《红楼梦》第四十二回："就是颜色只有赭石、广花、藤黄、胭脂这四样。"看出藤黄是古代常用颜色的基本，古代常用的颜色于今已经有拓展，衍生出诸多的旁系。

　　藤黄和赭石，虽是不同的色相，实际上运用它们时，却是姐妹般的邻近，在我绘画的着染上用一种几乎同时也要采用第二种，因为它们是明与暗的接壤。这是我的绘画习惯：在调出藤黄的同时，旁边也须留下赭石的位置，即使有时着色时根本用不着。

　　《永乐宫壁画》纸本留下的图像，保留着壁画一切过往遗留下来的线条、色彩。藤黄的颜色在岁月漂洗之后显得最老旧，就像一件衣服，它已经没有了一个女子青春时的鲜丽，在《永乐宫壁画》里，肌肤、衣衫、飘带、珠宝，很多地方都有它的铺盖，有的地方兑换了其他颜色，比如朱砂，但我还是能找到缭乱颜色的本源——藤黄。

　　在岩彩画里，我看到有一种与藤黄很接近的颜色——莫高黄，我对"莫高黄"这个赋予意象的色彩叫法感到亲昵，这名称极其熨帖：莫高黄，带着土质的色彩，有藤黄的痕迹在里面。"黄"是普罗大众简便的归纳，黄是很多画面的基色，本来泥土的色彩便是如此——黄土。

　　画面上，画师强化了黄色底，在上面描绘图像、覆盖色彩，满图壁画呈现着和谐的景象。

　　而在生活里，我却抗拒这种纯色的黄——藤黄化为衣服着身，有一种霸道的蛮横。古代，黄色是帝王之色，可不是平民百姓可以穿的。现今藤黄的颜色抢眼着当下国际时装的潮流，许多款式图案花纹穿行其上，或点缀或交握。在藤黄与其他搭配携手时，藤黄有着强悍的手腕，有调和一切的能力，给予它足够大的篇幅或是以它为主色调时，它能够降服所有颜色，消灭你的所有念想。

　　某次茶聚饭约，一男人身上着福字纹藤黄色底的对襟外衫，黄色因着绸缎的质地更加炫彩。让我拼尽全身的力气，与他的气场对抗着：帝王黄的晃眼色彩，一着男人身上，便有一种流氓大亨的姿态。

就像一个女人，叼着香烟，风尘味便出来了。黄色是一面旗帜，晃得我心头堵塞，衣裳包裹着的这个人也因此被黄色染成了贬义的角色。绸缎上的黄，带着亮光的绸质充满了富贵味道——绝对是为富不仁般趋于腐朽的富贵。

我对衣着的黄色虽然抵触，可对着于宣纸上的黄色系，却是一直依赖着，不是用"喜欢"一词可以表达，而是近乎信任的依靠，这种依靠是自己走进一个阳光灿烂的世界的融合：藤黄的铺垫在宣纸上几乎协调一切。

琳琅满目的橘黄、土黄、中黄、淡黄、柠檬黄，在我的画桌上，藤黄必定稳坐头把交椅。

藤黄，本是植物名字。用其树皮渗出的黄色树脂炼制，成为绘画用的黄色颜料，即是我每每作画必启用的"藤黄"。

藤黄有毒。因着闻说中的毒，我对它有些畏惧。颜色需要与手与肌肤相亲接触。每每弄得满手沾黄，指甲处需要再三清洗。作画的双手没法不沾颜色，即使未曾圈构好画面，藤黄也是我可以"不顾后果"任性奢华的颜色，铺纸倒墨，准备停当一切用品。藤黄，雷打不动地端坐色盘，除了墨汁。有时用着它的时候仅需一点点，如水仙的花蕊，笔尖蘸沾些，恩宠足够布施画面一簇簇了。

黄藤覆盖之处，是画中最亮的位置。画到最后要提亮的部分，我经常需要它和钛白携手敲响画面。

黄藤的鲜亮透明也成了它自己的软肋。它无法覆盖其他颜色，底纸的颜色也会透过它的身体呈现出来，不管堆叠多厚的藤黄色料都是如此，就像一个老实人，他总是把真相呈露无遗，在他身上总能照见他的灵魂。

颜色和世俗，我是如许地无法调和。

石 绿

"螺青点出暮山色，石绿染成春浦潮"。

螺青与石绿，均是一个系列的颜色，最起码在我这里，我是这么给它们分类的。

矿物质颜色的色系很丰富，命名也具个性化的美感，且带着很私人化感受的随性。古人给予它们如许美妙的名字，碧玉、琥珀、鹅黄、天青，皆以物所具之色为名。

这些名字一溜出来，我们已经融化入大自然中，海风扑面而至，山色空蒙氤氲了。

我是极其喜欢这样的名词：螺的青、石的绿，这样的词汇就能带着我的情感驰骋于草原、游弋于山野之中。

石绿是矿物色里最常用的一种，《永乐宫壁画》诸多图谱中，它们斑驳在墙体上，每一幅都有它们占据的比例，石的绿，带着山里的矿物生态，固执而坚韧地驶进今天的宣纸上。

经年久远的墙体，曾经璀璨炫彩的颜色，石绿和藤黄雄黄正旗鼓相当时，它们担当着帝君"九天阊阖开宫殿，万国衣冠拜冕旒"的冕冠吉服，石绿铺张时，殿宇金碧辉煌、富丽庄严。那时，朝臣拥簇，"衣画裳绣，皂上降下"，天庭喧哗。众神捧书卷、礼盒、如意，执刀斧利剑长矛，簇拥着原始天尊——《朝元图》卷册展开，极尽天庭的璀璨和衣服的奢华。

里面诸多为石绿之功。

岁月，风尘，时间具有摧枯拉朽之力，它们把一场朝圣的盛会，不断地拍打。

泛旧、剥落，藤黄、雄黄是时间最了无痕迹的洗礼，玫瑰红、大红这些最动人的妖媚颜色也失去魅力，只有石绿，它固有的矿物质所含的碱式碳酸铜是自然界的合作者，岁月静好地与周围环境相处，当所有的颜色退于时间之后，只有石绿，依然在时间那头翘首对着落日余晖，终于等到我的抵达——依然的青、依然的绿。

石绿系列根据矿物质的细度划分，有头绿、二绿、三绿、四绿，头绿最粗最绿，色度依次渐细渐淡。我不懂物理成分，可我熟悉它们呈现的状态——那极其微妙的差异几乎是情绪的对应。我继续沿用中国画颜料的名字，它们可以阐释我的情感和状态。

永乐宫壁画里的石绿用得那么多，大概因着壁画制作过程更需要矿物色去覆盖，而石绿富有覆盖能力，这点与藤黄的属性恰好相反。

我案上的宣纸已完成了墨线造型，现在开始上色，石绿熏染开的颜色随即压住了浓厚的墨色，力透纸背的油烟墨，被石绿的矿物粉色覆盖、淡化，墨色线条在石绿厚重的矿物后面张望着。

墨线的黑，就像大卫王从沙场上疲惫回来，再也没有一种奋拔之气。我只有在宣纸晾干之后再次勾勒，让墨色张扬勃发。

在石绿的族群中，我一直拒绝三绿，在我个人绘画史中，三绿上得了笔锋的时候屈指可数，我发现自己近乎偏执地只用二绿。即使如此，我依然认为二绿过于鲜丽，需要让它更加低调，调制时需要在它里面加一点点儿墨用以缓和它张扬的色彩，我想绘画的习惯和个人的品性有关，我是一个中庸派。

兑以墨汁的石绿着染出来的画面很沉稳，没有二绿的轻浮，就像一个人的性格，稳重厚道。而它的姐妹三绿，那几乎是一个轻佻的女人，带着浓厚的粉气，轻佻而浮躁，充满诱惑的味道。

某次采访一著名花鸟画家，谈到他的创作，他告诉我，他的花鸟画上必定用三绿。我诧异：三绿着色很粉啊？！

他瞪大眼睛，他的诧异覆盖了我刚才呈现的惊讶。"不会啊！

你见我的画有粉的感觉吗？"我再端详他的画：三绿化为泥土般，烘托起他描绘的所有图像，春风化雨，哪有粉的轻浮？

颜色只是心的影像，当物象入眼入心，我们眼里关联的便是"桃之夭夭，灼灼其华""桃之夭夭，其叶蓁蓁"。

我开始对三绿重新审视，希望渗透我未曾发现的美进来。

人的惯性很可怕，沿着自己的审美越走越深，一条道上走下去，竟成了深巷。

《朝元图》里用的青绿，着于外氅着于飘飘衣带，没有了《千里江山图》的氤氲迷离，却因着吴道子的吴带当风，显现出清朗飘逸之气象。

头绿是明显的主角，在设色上占了极大的比例，某些年久落色的石绿倒是看出三绿的迹象，或许也是头绿被岁月所漂洗，才渐次浅了下去。

三绿，已经没有了初期的张扬，在此刻少语寡言，在道姑的衣带中慢慢地窥探着此世的气息。

我努力调配着三绿，这几乎废弃的颜色要让它重见天日。此际，我发现，连头绿也是同样被冷落的命运，我的偏见使得它在我眼前艳俗如村姑，于是在色碟里总想给它加上点什么调和，压压它莽撞的俗气。墨是最先考虑的，其次加点蛤粉，也能把它的鲜艳中和下去，只是这样更与三绿接近了。

调色需要不偏不倚，我尝试冷落着的头绿和三绿，让它们原生态地呈现自己的色相，它们皴擦在墨色墨线中倒是苍郁起伏，在我随心所欲的着染中凸显意外的亮色。

就像我平淡无奇的日子，需要某些情愫的撞入，阳光渐渐渗透，日子渐亮起来。

朱　砂

在石绿罩压下，裙子和内衫的朱砂色躲躲闪闪地探出它的裙摆。于显要位置，无须多，领口的镶嵌，衣带的盘绕，它就能渲染出声势的威严和华丽壮观。与石绿搭配在一起的朱砂朱磲，于物于人，均是雍容华贵，气派十足。

漫过太多的长夜，画面上的光泽消失了，没有光亮的朱砂有着泥土的质朴，也有着乡土的些许俗艳。

祠堂、庙宇，都有朱砂饰染的痕迹。

朱砂为天然的辰砂矿石，主要化学成分是硫化汞，又称丹砂、辰砂，也称真朱。朱砂的粉末呈红色，可以经久不褪。晋·葛洪《抱朴子·内篇》云："朱砂为金，服之升仙者，上士也。"就讲到朱砂是作为炼丹用的仙药。古人认为是一味良药，将其炼丹后服用能达到延年益寿的作用。

朱砂辰砂的名字和它的药理，很早便植入我的认知中。我的叔公经常在灶台上，煲朱砂辰砂炖猪心。这么一道药膳，是我童年里一充满无限神秘的通道，我踮起脚跟一直努力往猪心管里面窥探，探究疾病和丹砂、红色和心脏的物象之谜。

猪心在需要肉票的时候，恰恰排斥在斤两之外，没有谁认为它可以食用，人们眼睛盯着的是肥肉和排骨这些台面上的尤物，这样刚好，叔公可以毫不费劲地买整颗猪心。水缸边是他清洗猪心血块的地方，我帮叔公用水瓢打水，他两个手捧着猪心，我捧着瓢的水小心地顺着那猪心管倒进去……蹒跚学步的我即能得心应手信任这项事务了。

清洗后，叔公掏出报纸包着的朱砂辰砂粉。重头戏才开始，那些报纸包裹着的红色粉末，从折叠好的纸包一头纷纷倾流出来，粉末如水流"哗啦啦"泄出，由叔公的手控制着流出的量，并小心不让外溢全部倒进猪心里。

猪心口又用咸草扎紧，咸草并不咸，只是经历了浸泡的某种草茎，坚韧无比，足以充当捆绑食物的角色。

炉灶下面的风口，我负责煽火，一开始需要猛火，紧接着就是慢火了，慢慢炖，煤炭炉几乎是半开的门，我知道没有两三个钟头是不用揭开锅的。这样的时间里我无所事事了，可我又得恰到好处地在叔公揭开锅的时候到场。

这是一个需要见证热气蒸腾红色跃动的时刻。

红色在锅里，那是朱砂与猪心的集合，矿物药物和动物"以形治形"，那一砂锅汤色，对了，连砂锅的颜色都几乎是被朱砂染着的。砂锅，褐色打底的泥土颜色，用的正是本地的朱泥，本土出品的还有朱泥壶，也是传于海内外的著名茶壶。

这一切成了我往后描绘的图景。我的画册里，诸多篇幅都有茶壶、朱泥炉，那些朱砂的颜色，又一遍遍让童年的炉火升腾。

掀开了盖子，用布把炖盅小心端出来，炖盅的瓷盖揭开，才是红彤彤的热乎乎的药膳。有汤汁溢出，朱砂辰砂的红，在炉火的蒸煮下更加鲜丽明艳。

那一股香气，缭绕了厨房，厨房直通屋梁，天窗半开，它们犹豫了一会才冲出去。

邻居也知道了我叔公在用朱砂辰砂炖猪心。

安神。这个中医的词语，用在了这矿物色上。我不知道多年后，它是我画盘上的常客。我甚至怀疑，它膏状的颜色，被笔锋蘸起，随着我握笔的力度，笔键在色盘里搅动着，水和朱砂色交融，又被笔锋吸取，汁液饱满的大白云羊毫把一肚子朱砂熏染在宣纸上，宣纸上深浅突兀如春花灿烂。

花鸟画用得着朱砂甚多。每次作画前我备墨备色一般会有朱砂。它是从童年走来的发小，熟稔得不需多言，我对它的脾性已心知肚明。

花　青

墨有宿墨之称谓，而颜色呢？若有，必定是花青，它可以反复多少个昼与夜守候着，有盖的色碟是它安身之所。一者此种颜色用得多，二者为了方便使用，我每次都挤出很多。若罐装颜色那干脆用上整罐调制，每次用完，加上水，用碟子反扣上去，置于阴凉处，保持它的湿润和光亮。

颜色会静默待在里面等候下次的调遣。

花青像一个男人，冷峻沉稳。每每作画，它一直侍于案前与我相伴，静候它的出手。每种颜色之下，洋红、胭脂、石绿之后，有着它不动声色的扶持。眼目所到的靓丽，没有它的名字，可是，只有作画的同行知情，才能指认花青的存在。《朝元图》密集构图中，都有它或明或暗的植入，长氅的深入、衣带的起伏，每位神仙的距离，都有它的调停。而长衫衣袂，它也是大色块的铺排，与朱砂与石绿，势均力敌地呈现色彩之重。

花青的色系极其丰富，头青、二青、三青，随着明度的变化，这些是它的弟兄，可即使用上那么细分的花青系列，我还是需要把这族长般的"花青"给端出来。它的澄明和沉着是很多画面的保障。头青也好、二青也罢，都是色彩明丽的青年，有点莽撞，有些浮躁，更别说三青，需要时时吼住它的横冲直撞。"青"，在现代印刷色标里是"蓝"的系列，我曾写过一文，涉及"三青"的名称，许多读者反馈我笔误，认为应该写"绿"，他们不知"花青"系列实际就是我们现代观念中的"蓝"色系。只不过古人的叫法与现今不同。

花青，兑了足够的水，呈现很浅很温软的蓝，用上文学的名词应该是"海水蓝"。据说，从幼儿园起，男孩子便会自觉地选择"蓝"色系的玩具，女孩子对应地选择"红"色系，这是与生俱来的，不同性别染色体的区分吧！

花青与我的熟稔竟如一伴侣，它的秉性、它的气息、它的刚烈与温柔，都与我同呼吸共疾驰。用水调和颜料，需极多的水，然后让它沉淀，取其上面颜色用，这样呈现于宣纸上的颜色更加澄明。

在我看来，好男人当如花青，有着丰富层次，该亮时是澄明的，该沉默时有冰山般的深藏。

画面需要的暗处，墨色是"死"的，只有花青，能压得住阵脚，又能避开墨色黑乎乎的硬。每个人画画都有自己的诀窍，齐白石画虾，在蘸墨的笔根滴上几滴清水，这个细节为画家们所捕捉，这是"虾"画得生动的诀窍。

我也有一些小诀窍，在一些画作完成之后，我会用一层薄薄的花青罩染，让整个画面统一和谐于某些朦胧淡雅的色调中。

罩染一遍，权衡画面，有时需要再罩一遍。

实际上，画面干透之后，罩染的花青了无痕迹，哪怕罩染两遍三遍，画面上是感觉不到花青色的存在的，这才是高明的做法：色彩要烘托的是画面，要统一的也是画面，不管屋檐雕梁画栋，不管炮仗花木棉花，桑枝官帽椅长几圆墩，它们都被无形的"花青"色给罩住。

网在一个画面中。

胭脂也是我用来罩染的颜色之一，除了花青，便是它了。花青和胭脂，是一对男女伴侣。在我看来，花青是男人，胭脂便是女人。

毫无异议，"胭脂"这个名字已经充满女性意味，我花了几年创作的"胭脂篇"，便是以此为题材和质材的。

胭　脂

胭脂，它是我在用色中近乎执拗的偏爱，我对它的使用已经不是"熟稔"一词可表达，简直可用"炉火纯青"来自夸。多年从事国画创作一直对它有着无比的热爱，皆是因着这个名字温婉深邃的文学感觉。

我需要用尽一切办法调和着这种颜色出现的偏颇。

"胭脂"是一种植物染料，是用植物的花瓣，放在石钵中反复杵槌提取的红色染料。

小时候我们用米调染的胭脂，可食用，那时也是颜色缺乏的时代，什么都用它，所有食品的装饰，都用它点染，所有用品都可以让它帮忙凑热闹，充当新娘的口红和化妆，甚至门联也有它的使用之处。它几乎无处不在。

再也没有第二种颜色如许深入我的生活。

这么根深蒂固的根植，从此成了一生的挚爱。

胭脂着染的颜色偏暗，我却喜欢在颜色中勾兑着深深浅浅的色差，画出一系列的花鸟和人物写意。这是溯至童年胭米红的意蕴，那里有满大街的节庆粿品和女人们红彤彤脸颊上的涂抹，它们现今也扑在宣纸的脸颊上。

在胭脂的设色中，深浅的把控是我实践无数次获取的窍门。永乐宫壁画里多幅《乐女图》很容易找到相同的胭脂处，它依然准确无误地在乐女脸颊上绽开。薄施胭脂时，极浅的色就是粿品上点染的一抹红。在通俗的描述中叫"粉红"，像春天刚刚绽开的桃红，这个比喻不是那么精准，但桃红也可以从这里找到出处。这点胭脂红具有化为世俗的摧枯拉朽之力，粿品食品的庸俗平淡被其点缀上，即充满世俗浓重的气息；而同样的粉红色在桃花或异木棉初开时展现的姿态，却极高雅清纯。

这是需要画家以形设色的构建——造型赋形，胭脂才有落地处。画过渍色、撞色的牡丹，赋形时强化的花如雍容华贵的仕女。一团团花团锦簇，当物具有人的意象时，牡丹花自是绝代芳华。

眼前摹本的神仙们，也呈华贵之姿，我在自己的习作上辨认胭脂的落处：长袍、飘带、缀满珠宝的绒冠、底色处的壁立、大面积的暗部是它们守卫的地方。胭脂的颜色厚重沉着，几近隐忍地伫立于图中。宣纸临摹毕竟无法与壁画同，需要融化成自己的笔墨和五彩。

颜色，胭脂。我的眼睛与之对望时，它们便从天庭款款而来。

赭　石

以前的民间画匠用色，大多是自己提炼颜色，后来颜色已经走入寻常百姓家，而赭石是容易就地取材自己提炼的颜色，这种氧化物类矿物刚玉族赤铁矿铺及大地，让有兴趣的画师能垂手可得提炼出来。我曾在乡下看到一画师提炼好的像一截树枝那般粗大的赭石颜料，那位画师用了半辈子还剩大半截。

这么奇妙的赭石让我一直有炼丹的欲望。

永乐宫的壁画中，墙壁上的赭石像是打底般，与时间滚成斑斑驳驳的黑。壁画上的对应颜料叫"敦煌土"，这寂寞而惆怅的泥土成为颜料，依然带着厚道憨相。碰到这名字我感到如遇乡间一放牛娃，而从事重彩创作的画家们却毫不陌生——那些泥巴，正是他们每每必用的颜料。画家们也像炼丹般提炼颜料，准确说，许多矿物料在使用时需再加工：加矾加胶调配，这一门技术活让人回到时间深处的原始现场，比如敦煌、比如永乐宫的壁画绘制，画师们正挥汗调制泥浆般的色料，描线填色于壁上。

雄健圆浑、沉稳有力的线条密集倾泻般，构成诸仙列队，仪仗庆典，阵容威严。

三清殿主殿的《朝元图》是永乐宫最富负盛名的壁画。"所绘神祇等级最高，绘技最精湛，其规模之巨大，题材之丰富，功力之纯青，施色之考究，堪称元代壁画登峰造极之作，东方古代壁画艺术之难得瑰宝"。《朝元图》原貌修复图与现场对拍图作如许评价。

临摹，我只能选择并倾注于局部，提炼出我所需的元素。如许浩瀚的图景，我在时间的苍穹中只有剪取它的一些碎片，就如在草原中摘取一两朵花，再慢慢舔舐。

临摹，最好是在散漫的时光中，拾取画壁上掉落的碎片般完成一垣残壁，半爿庙宇，两三道童。这样有一搭没一搭地耗费着笔墨有着时光静好之惬意，松弛之余，我随意画起里面的祥云和莲台宝座。那些程式化的祥云，是我学画之初最喜欢表现的曲线，小时候画嫦娥奔月，画神仙，必定画这样的祥云，后来学美术才知道中国传统纹饰有"云纹"一类的图案系列。阳光从窗外涌入，赭石也鲜活兴奋起来，配合着线条薄施它的颜色。

蓝天白云，在插图里的卷云我顶多施于淡蓝，而《朝元图》上神仙们脚下和腰间穿插的云彩，竟然天衣无缝地以赭石为彩，是不是因着墙壁泥土的缘故，反正整个画面都被它施展了魔力地统一在暖色调中。

层层叠卷的云，赭石的熏染显得率性且洒脱，现代气息浓烈。云层滚滚，它们正在努力挣脱古壁，希冀飞入当下这个世界。

界尺之直

曾经辉煌璀璨的界画，沉于历史深处，如往事随着时光流转而年代久远了，完全湮没于俗尘之中。

在当下已了无踪迹的界画被我提起，如故人，如那些我们爱过恨过的人，他们皆成了过往。我每每翻阅古画仿真册页，那些用界尺画出来的画面，总是一下子让我沉溺于它恬静的气息里。

案几上，《永乐宫壁画》图册每一幅被录入的画面，界画浓墨重彩扑面而来，毫无违和感，它们在册子上窥探着我们这个时代。我临摹局部，现在抽取的仅仅是界画元素，不管是分幅山水人物或是通景连环画，都能找到它精美的描绘。

每一幅图景，界画作为人物背景而出现，是为了表现内容而存在的，随便一幅都有界画或多或少的痕迹——这是我为自己定下的临摹任务，我发觉选取的界画元素能为我现在的创作提供灵感养分。

《道观斋供图》《救孝子母》《长溪觅斋》……每一幅兼具界画内容的图谱均被我置于案头，如选美般供检阅。《道观斋供图》一下就鹤立鸡群，生活图景忙碌生动，童子们正准备斋供：上面殿廊里道童或挟经袱，或捧画卷，或掀帘幔，或摆果碟……下面童子或托书册，或举管子，穿行在殿廊、在树荫下，陈旧的颜色和画面的残缺制约了复活的生活气息，让我明白我们之间还有七八百年的距离。

无从得知界尺原物的具体面貌，诸多文字的描述也组成不了它的造型，如今要画殿屋、回廊，这些笔直的线，我只有用直尺起稿，最终还是在一番内力的摇摆中完成鼠须狼毫的勾线。

纯阳殿和重阳殿的通景连环画，均是明代的生活景致，道坛、法会、供列、闲居的情景。工整写实的楼阁台榭、宫阙寺观、回廊亭轩、飞檐斗拱、造型准确的器物，它们书写着已经化为烟尘埃的历史。这些已经是可意会而不可描述的云烟，就如消失了的界尺。

我在回廊亭轩的画里无意间拾珠，找到了这么一个词：钩心斗角。

界画描摹的宫室建筑结构的交错和精巧：美轮美奂的"钩心斗角"，却演化成现今人心里的镰刀和匕首，各用心机的"勾心斗角"互相倾轧。

合上书册，我莞尔一笑，随即双手合十，我们的心应该是圆润丰满的井泉，而不是藏着刀锋设置的机构。

回到主画《朝元图》画面密密麻麻的线来：人物的线，兵器的线，飘扬其间的衣带的线，吴带当风凸显线之美。诸神朝圣，万物归元，浑圆道劲的长线是此图绘画的巅峰之作，这样的线是内力的剑走之功。

神仙浩荡，《朝元图》上密不透风地排满各路神仙。文昌帝君、扶桑大帝、天丁力士、三元将军、玉女、仙曹、福禄寿三星，水星木星土星金星，均有人物以代之。分明是雍容华贵的女性，分明是庄严的老者。手里的笏板与人物的姿势成一致，增添了浩荡之风。

而人物头部的圆圈，帝君和诸圣人特有的光圈覆盖其上，一个个圆圈和线条错综重叠，显得更为庄严浓重。

我的思绪在这里打结，画面上那么多的圆形应该也是界尺的原理，正圆在画中随处可指认，在古画中也每每碰到。古人使用的工具先进性不亚于现今的我们，可惜孤陋寡闻的我无从得知。我每每为画中出现的"圆"大费周章。画工笔画写意，圆形应该是最简单的操作，可正因为这涉及的技术活，我至今都把自己转晕成一个圆。

我知道这是一个极其肤浅的问题，木匠活就有这点功夫，而我此刻只是想探究古人画出规整的圆形，是不是界尺之技术，直线和弧线，按理应是通用的工具。

　　界画。将一片长度约为一支笔的三分之二的竹片，一头削成半圆磨光，另一头按笔杆粗细刻一个凹槽，作为辅助工具作画时把界尺放在所需部位，将竹片凹槽抵住笔管，手握画笔与竹片，使竹片紧贴尺沿，按界尺方向运笔，能画出均匀笔直的线条。界画适于画建筑物，其他景物用工笔技法配合。通称为"工笔界画"。

定一个点，绑着笔的绕着点行走，圆便圈画起来了。这是我从木匠那里看到的实践经验。只是毛笔的特殊性，我笃定地认为界尺是可行的。而我一直为无法亲睹界画的操作而黯然神伤。

它只有在古画中呈现它的美轮美奂和旷古的神秘。

读境读心

临摹有一重要的方法：意临。实际上便是用心取读"画"。

画壁四周张贴了高清印刷品，这样我像立于永乐宫的壁画前。

置身于这一主题的空间，相当于制造了一个伪现场。长几上沏茶泡茗，茶烟升腾，品茶看画，我很享受看画的愉悦，这愉悦与看书倒是有异曲同工之效。图像给予我们感官之美之妙，在这个大数据时代已经做得体贴入微。我曾在展馆看王希孟《千里江山图》画卷的数字版，数字传媒时代能够把古代绢本按比例扩大两倍呈现在展厅，原作所有纤细的细节都被无死角呈现了。

这是一个能复原古画的时代，包括古画身上的瑕疵。且能照顾我们的语境，能按需要幻大、选取角度呈现。

《八仙过海》《乐女》《舞童》或寂寞或喧闹的图景，在把盏之中已与我喋喋不休他们赶赴的盛会，他们忙碌的情节情景。

　　我手里半杯茶还端着，突然发现八仙某个人物，有几处细节的诡异——某个人物极其夸张的鼻子，几近畸形的手，我不禁停下杯子，画师画匠皆有马虎的时候，他们不经意的偷懒在七百年后被彰显了，某处非主体的粗糙的线条，是烈日炎炎作业下的草草收工吧！

　　我不禁哑然失笑。

　　人性的真实在于缺点的生动呈现，在于某点掩盖不及的真性情，这些毫不影响画师的表达，倒也瑕不掩瑜。画师们努力传达的教诲的内容，在《黄粱梦觉》中，在《滋济阴德》中，每一幅皆是一帧道教故事的图景，"真常须应物，应物要不迷""坐听无弦曲，明通造化机。"

　　我等尘世俗人，愿面壁听道。

　　画面上那些带着尘埃积垢的黑，是年轮滚过的痕迹。我在寒暑更替中又撞到了时光的一扇门，我知道无法洞见那些奥秘，不必深探那些玄机。

　　我卸掉色盘上的残留，重构今世天空下的主题。

第三辑　时间往返

虽然现在社会思想不断演变，这些宿命色彩越来越淡化，可是传统的精华，正的能力不应该被抛弃。曾经与一博士就"公义"一说进行辩论，我认为这不应该被忽略和刻意隐藏。他笑话我"好人好报坏人坏报"是大众的从俗心态。

斜日照花西

癸巳之秋九月鄭洲畫於穗德蘭齋

仙　姑

姥姑奶经常一个人走在空无一人的大街上，说是早上散步。

姥姑奶是正儿八经的辈分，而我们背地里却是叫她胖仙姑。当然，这种叫法必须趁大人不在跟前，而刚好又是姥姑奶走过。在这个大家都瘦不拉叽的时代节点，姥姑奶的胖是值得大家在背后指点的，并且大家认为她一直在为我们贡献笑点。建立在胖的体型上，她的一言一行都充满了轻松诙谐。

爷爷说姥姑奶家以前是大户人家，姥姑奶是大户人家的千金。千金小姐是在戏曲里面的亭台楼阁里，袅袅娜娜地出场，哪像姥姑奶这般肥肥胖胖疯疯癫癫？

疯疯癫癫这说法还是爷爷自己说的。爷爷不曾随便这样说一个人的，爷爷虽然是她的甥辈，可毕竟有着一家之长的威风，况且论年岁爷爷也比她大，但再大也还是外甥，这点也是爷爷无可奈何之处。

"仙（癫）姑。"这是爷爷给她的尊称。"仙"字在潮语里意味无穷，是褒是贬，看爷爷韵味绵长的微笑，我循着微笑的尾音追逐，到了今天依然觉得这个字藏着无限量且可以不断变换的解释，像太阳的质子，是活动着的。

"仙姑。"爷爷说出这个词就露出微笑。难得的微笑，这个词占据了绝大多数的分量。

若是连那么古板的爷爷都觉得姥姑奶有着笑意的含义，这个世界除了太阳，她就是另一个让我们满怀暖意的存在。

姥姑奶读过书，上过学堂，也工作过，后来呢，不知道了，爷爷自然是什么都知道的，爷爷出生时他的这个小姑还没生呢，可是爷爷辈分比她小，自然是要禁嘴，毕竟是他的小姑，她的上上下下的人生可不是爷爷可以随便指点的。

早上散步的姥姑奶一见我家的门虚掩着，知道我们家已经有人开始起床，并且是外婆在做早饭啦。她会推开门进来，这一大早进来肯定不是为了唠嗑，何况人家大部分还在睡梦里。姥姑奶进来居多是为了解手，从她家出来，直到路过我家，她已经走了不少的路程了，我们家是她散步路线的驿站，她还会继续走，去烈士墓那里的草坪，或是镇上的街道，谁知道她呢！她是这个镇上唯一需要散步的人。

在这个时候起来，不是卖菜的就是挑担的。到目前为止还没有一个没事瞎晃荡的，街上没事瞎晃荡的人本来就值得另眼相看。

难怪！以前的大户人家就是有很多名堂。

我们家的茅桶就在后屋，用简陋的木板隔起来，一块布帘挡着。姥姑奶对我们家驾轻就熟了，直接走到后面，见到做饭的我外婆就寒暄一下，径直掀开帘，进去了。

我每每在睡梦中感受着茅桶解手的声音，同时伴随着姥姑奶断断续续的话语："做饭啦！""起床啦？！"

那纯粹是自言自语般的呢喃。她才不管你应不应答。

姥姑奶希望说话声音低点，不想吵醒还在睡觉的我们，可经常适得其反，我们都被她窸窸窣窣的声音弄得醒过来。这么一个狭窄逼仄的屋子，一堆东西，一堆人都挤一块。风吹草动都知道，别说家里，相隔几间的邻里，大的动静几乎都是相通的。

姥姑奶往镇上逛了一圈，这一圈在她那里可以走很长时间，若按她停停歇歇的走法。有时可以两个钟头，有时可以半个钟头。

她回程却是必须从这街上再转回的。我们就当她往俗世检验了一趟。

当她再次路过我们家门时，整条街已经苏醒过来。我们也一一起床了，该洗漱的洗漱，该上学的上学，该上班的上班。

一条街醒过来的节奏，始于门板。这条街是木质结构，门面是木的，陈年的木板门面都显出老年人的皱纹和肤色，沟沟坎坎的纹路，深壑纵横，风吹日晒出熟褐黝黑的面貌。两三百年的屋子修修补补，只要坍塌不了，它永远会在每个早晨醒过来，开启忙忙碌碌的一天。

我家隔壁的木板门已经一块块被店员阿青叔卸下来，叠放在一边。店面明朗敞开，人们高声说话，显示着一天的晨光普照。

各种百货摆满上了木架，大大小小琳琅满目。雪花膏、茶油、爽身粉……热水瓶、毛巾、洗脸盆等。它们都是一个镇的所需，它们很霸气地占据架上，让人们仰望。

而早已生火做饭的邻里，各种声音同时飘出。洗漱声、骂孩子的、问候的，整条街都热闹起来，节奏不一样，而又统一在同个时间段。

三餐大致相同的。

而早餐错落有致，毕竟上班和上学基本上是两波相同的步伐。这时候走在回程的姥姑奶会顺便欣赏我们的食姿，她看着我们小孩子吃饭，与我们周遭的邻里打招呼，同时倚老卖老地教训我们一下。

"吃饭时筷子要这样拿！"

"多吃点！不一会肚子会饿的。"

"今天有什么下饭？"

她附和着我外婆催促着我们赶紧吃好饭。而她自己还没吃饭，这并不重要，镇上只有她才有条件无所事事。在我们进入白昼的空气之前，她已经用自己的双脚踩醒了许多马路。却完全与自己无关，她在大家忙碌高峰之时就回家不知干什么去了。

我们都已经在吃早饭，她却不急着回去吃。见大家都在，她更加往人多的地方扎堆，开始在我们家门口唠起家常，她刚从某个地方采集来的见闻就摆在我们的饭桌上。姥姑奶胖胖的身子挪动着，我们的快乐时刻就在她那轻巧的声音里滑动。我觉得她像蜜蜂，一只胖乎乎的蜜蜂。当她为我们说话时，我是巴不得她多待一会，因为只有她可以那样跟外婆提要求。"看看！孩子应该多给点吃的，这样清素，怎么填饱肚子？营养不够的"。

我知道外婆还在吊篮里藏着卤肉，虽然姥姑奶什么都不知道，但这么一说，我配合着把眼光往吊篮观望，外婆支支吾吾地，终于不大情愿地拿下篮子，拿下一丁点给我们吃。虽然不多，也足以让我们欣喜若狂了。我们不敢奢望把午餐的菜都给吃完。

阳光已经完全撑开夜幕，大地苏醒，一切都在叫唤：鸡在叫，邻居在叫，溪上的船也吱吱呀呀地叫……又是一个夏日的早上。

今早，姥姑奶又路过我们家，反正启程时我家门或许还没开，也有可能她走出来时还不需要上茅厕。回程时，自然是大家都已经被街上的热闹一起召唤起来了。又是我们吃早饭时候，不偏不慢，她刚溜达一圈不知从哪里折回来了。

这一到，她一屁股往我家板凳就坐下了。只见她拉住我外婆的手，"咯咯咯咯"自己先笑了一阵，笑得弯下了腰。也不说今天的见闻了。

见我们瞪着她，等待着她今儿的料。

她顾自坐在我们的榆木板凳上，又是一阵笑，板凳差点一头翘起来。

"外婆，你听我说……"她是很尊重我外婆，照我们小孩子称"外婆"。

她拍着自己的大腿："你说我那天咋的？我走着又尿急了，路过尾叔家，我进去，他们说茅厕在后头。我进去后面一看，后头都是一个个坛子，我哪知道哪个就是尿坛？于是随便找了个，掀开就坐上去尿，后来，我也一直这样。谁知道今儿他们家问我，是不是在他们的咸菜坛里尿尿，老天爷！原来一排排坛子都是腌咸菜的，里面都是咸菜啊！"

姥姑奶用手掩嘴巴，还是掩不住"咯咯"的笑声。

我们张大了嘴巴！眼睛一直瞪着她。

我们得好久才回过神来，尾叔家的咸菜坛里兑进了姥姑奶的尿？加了姥姑奶尿液的咸菜被尾叔卖给谁家了？每天早上在集市上切咸菜卖的尾叔，把浸泡着姥姑奶尿液的咸菜卖给了多少人家？直到什么时候突然发现？

我猜测尾叔他们是愤怒？无奈？还是？绝不是我们的笑声。

爷爷等到她走掉后才终于忍俊不禁。

以后，这也是爷爷每每想起就忍不住笑的料子，唯有把"仙姑"这个词咬得更狠。"仙姑"在一开始我以为这个词有着疯疯癫癫的神经质，每次认真看着她之后，我确定她真的没毛病。

姥姑奶一本正经教训我，正是我被爷爷带着学习汤若望的《四字经》时，她来我家，没人理会她吧。爷爷发挥着他的那些爷爷的爷爷传下来的学识，把它硬生生地灌输给我。我正学得索然无味昏昏欲睡，却无法脱离爷爷严厉的视线，殊不料闲坐一旁已久、实在无聊得发慌的姥姑奶突然冒出来的话，却把我的调转过去，她突然高声插问："上帝在不在厕所里？"我狐疑着，要不要回答，最终还是摇摇头说："不在。"

姥姑奶却笃定地说："在，上帝无所不在，也在厕所里。"我大笑，被爷爷管着读经书的日子，从来不是开心的时间，却在此刻爆发出难得的笑声。

爷爷也不好意思地憋着，终于也露出笑容。

"洪水之后，天下人……"我的精神又来了，继续跟着爷爷读四字经。这天阳光灿烂，没有枯燥和瞌睡虫。

姥姑奶依然进出我们家，只要天气晴朗无雨，更喜欢在夏天，她用着她那特殊的辈分畅行无阻。姥姑爷却是个很严肃的人。偶尔来我们家做客，不曾见过他的笑容，说话是规规矩矩的，绝不像姥姑奶那样。我对姥姑爷没有多少的印象，他跟尾叔家那排坛子毫无关系，我对尾叔一直有着某种期待，尾叔掌握着加了尿的咸菜坛的秘密，咸菜坛的命运就掌控在他手里。

尾叔经常来我家，每次尾叔来，我都坐一旁，省去跟外头阿春她们玩耍的机会，就是等待着尾叔提起姥姑奶的事、提起她兑了尿的那坛咸菜的归宿。这事情好像应该有个交代，像电影有个结局，才可以散场。

"仙姑！嘿！"尾叔提起她却是从嘴角，同时瞥个眼角而已，连一句完整的话语都懒得丢给她。当然他只是跟爷爷聊着东西南北，顶多顺带擦过姥姑奶的边。却从没带上她的影儿，姥姑奶一直活在自己的路线中——每天自己出行的线路，谁都可以不管。

姥姑奶每次再来，也谈每天所见，而我已经不再感兴趣，我想知道尿了尿的咸菜坛最后的结局。姥姑奶来去像一阵风，她后来的话语都是风儿，我要抓住的被尿了的咸菜坛一直没有在话语里出现。大人们谈天说地，就是再也没有谈咸菜坛的事，姥姑奶尿咸菜坛一事好像不曾存在过，就像《聊斋》里的狐仙，造了个幻境，所有曾经的物和事都随着幻境消失殆尽。

那个被姥姑奶尿了的咸菜坛，即使在尾叔那排一模一样的坛子里面，只有上帝会区分出来。

在尾叔那后院里，不止是一排，我看到的是靠墙重重叠叠上去的整片坛子，黑褐色的，滑溜溜的，即使多年以后，姥姑奶早已作古，姥姑奶尿了的坛子依然藏在这些同类里面，与我捉着迷藏。

时间往返

　　白大褂，白色粉墙，若隐若现的艾灸烟穿行在诊室里。繁华在远去，寂静和凫独遗留在这里。

　　量子力学，量子纠缠，我的脑海浮现出这些似是而非的内容，事实上我对物理学毫无所知，却是对最新的科学研究好奇，原来这些貌似穿越的理念竟然可以有。让我来到这里有着科学与民间传说般的交集。

　　这间用布帘拉起来、隔成一间间小治疗室的针灸科，单个大间比其他科室宽阔许多，因着这特殊的科目和最高的楼层，排队等候看病的病人少，有等候的基本是在排队等着治疗。对比医院其他科室密密麻麻的候诊者，这里的疏朗带着某些恬静的气氛，让我感到舒畅而没有逼仄感。

　　套用通俗的词：有缘。或许是有着某种如空气般悄无声息的流动气息，这种空间的通透让我不由得认同这个牛头不对马嘴的地方。

　　我需要的心血管科室，我的身体反而不在那里。心血管科室病人实在太多，没几个钟头下不来，等候是一件极其扰心的事，一趟等候反而把自己的心脏给憋坏了，我把自己的病"削足适履"用在

244

这个科室里：针灸科。

年轻的女医生低头继续在电脑打出药品的名字，我就坐在她一旁的椅子上，就诊案上的布包形同虚设，因为现在基本不用把脉。就是问你需要什么？药物？治疗？

旁边一位正等待着的阿婆突然热情地站起来："马医生您终于来了！"她忙不迭地迎了过去，大有扑到他身上之趋势。

我不由得转过头去。

本来我来这个科室也是找这个马医生的。今天一来，护士说马医生没空，我沉吟一下，只好转而寻找其他有空的医生。不晓得这个科室医生们的医术水平，我从不看级别，且认为主任副主任这些头衔皆与医术无关，我的选择标准是"随机"——哪位有空就找哪位。反正都不晓得，省略时间才是我唯一能做到的。

我一瞅见旁边女医生闲坐着，桌前的椅子空着没有其他人，我马上坐了上去，跟这位女医生搭话，不外乎就是开药，我病症基本用什么药都成惯性了，自己能拿捏。需要的药正一一报出来。

马医生一来，一下乱套了。身边这位阿婆看来是马医生的老病号了，她喋喋不休地用不顺畅的普通话讲身体最近出现的问题，讲着讲着竟然不自觉地转换语言频道——调为潮汕话广播。

潮汕话几乎就是我们接头的暗语，溢出潮汕族群的认同。她一下子激发我的敏感神经，我不由停下这边，专注这位阿婆，她还在喋喋不休地诉说着。我自然以为马医生听不懂，正笑着要跟阿婆说：要不要我来翻译？

谁知穿好了白大褂转过来寒暄的马医生，被阿婆带出了潮汕话频道，边走边用潮州话问："你腰部好些了？没再发作？"

这下轮到我目瞪口呆了。

这么多年他滴水不漏地说着粤语，在我这潮汕人面前扮演着广州人的角色，缜密得无从怀疑。

坐在电脑前的女医生已经打印出药方，递给了我。

我拿着方子，走到马医生跟前，盯着他的脸："你是潮汕人啊？"我一副蒙在鼓里上当受骗的口气，确实是的，他知道我是潮汕人，却只跟我讲普通话，我多次在他面前用潮汕打电话，他懵懂不知的样子此刻却被撕开了面纱：原来我们是乡亲呢！

旁边的阿婆随即热情替他作答："是啊是啊，他是潮汕人啊！老乡呢！"

我作为病人，难道能质问他隐瞒籍贯？作为医生的他让我毫不见外，毫无芥蒂，这已经足够难得，更难得的是他一直带着善意和善良。

我问他："你潮汕哪里？"看出马医生有点尴尬，他用手上的忙碌掩盖着他的窘相。他边书写边抬头作答，很是清晰的潮语："汕头的。"

我听出他的澄海口音，正想抽丝剥茧，他随即补充道："我是澄海的，不过在汕头读书。"这补充实则要澄清与我同乡的嫌疑，可知我的情况他都清清楚楚。

我追问着："你汕头哪个区？"我分明感到他跟我是同个区的。

他低头沉吟片刻，很快又抬起说："龙湖区。"

我步步紧逼，虽然我是他的病号，可我追赶着那个遥远的坐标，在时间的另一头，已经接近那个目标点了。

我问："你在龙湖读的哪所学校？"我发觉我已经在以教师的身份追根溯源了。

他笑着，医生职业的镇定回到他身上。毕竟这里是他的地方，毕竟他是我的主治医生，我们不能本末倒置。

他吐出了最后一点真相，说："鸵岛中学。"

坐标点出来了，经纬度需要分明。我在这交叉路口上，是进入时间还是继续深入位置坐标——学校根源，我选择了时间，我问："您哪年来广州的？"

"是二〇〇二年，我二〇〇二年考上广州的大学。"他的回答很是被动，口气近乎勉强，若不是来自本身的善良，他完全可以编出个子丑寅卯来对付我，甚至可以不理会我。

我意识到作为一个病号，这样颠倒地追问很是失礼，我需要调整探寻方式，换个委婉的问题。因为，"鸵岛中学"一挤下来，我能很快地进入马医生的小学了，这样不就也把自己曾经的身份亮了出来？我这个曾经的老师，固执地认为他肯定是我的学生，这所独一无二的学校，能考到外面来的基本来自其时我所在的那所学校。

他刻意隐藏自己的籍贯，遮遮掩掩挡住他的源头，说不定早就认出了我——他曾经的老师。

我一厢情愿地这样认为，Y老师的感觉就上来了。

既然他说到鸵岛中学了，并且故意打住，毫无疑问，他是我教过的学生。

时间线在逆溯，一个人的身影在退后，往回一挤，三年中学时光尘土飞扬，马医生的少年时代，嵌在那所热闹的海滨学校里，又一下子铺开那声色浩荡的校园，我——Y老师就站在他面前。

此刻，我定睛看着马医生，希冀在他那张成年的脸上抠出童年的痕迹。马医生端坐在电脑前，白皙的脸，五官刻在脸上，一脸自带的笑容——他就是静静待在那里也像是在微笑。

这是校园里的马小天那个熟悉的笑意。

刚来这个科室时，我拿着挂号单正四处张望着，老护士拦住我问："找哪个医生。"

我一边应答着："不找哪个医生，你安排吧！"一边四下看着进进出出的白大褂，希望能看到一个愿意搭理我的医生。

护士往后一望，里面刚好走出来的一个高高的身影，他小小的眼睛也随之看着我，护士随即说："就马医生吧！"

这位白皙脸庞的高个子医生就是马医生了。他一脸笑容迎上来，问我一句："咋回事？"他瘦高的身子跟我说话需要稍微低着头，我在人群中可是中等身材的，却因着他稍微弯腰的姿态而骤然对他好感顿生。

他回到他的诊桌前，我随之坐下跟他诉说我的症状，开始进入这看似可有可无的治疗征程。

这种治疗，用这个科室的叫法即是"跟着马医生"。来这里的病人都是选择一个医生、跟着医生进行若干次的治疗。

并非这位年轻的马医生医术高明，而是他一脸的笑意，他的眼睛很小，白白净净的脸上嵌着小眼睛，总是让人感觉他在微笑，在这样硬邦邦的医院里，笑容很是难得。我从此循着这盈盈笑意而来。我做事一向喜欢循着自己的感觉，凭着直觉生活着，包括身体上的问题和医治。这几年来身体上的疾病不断地与我纠缠着，我老牛拖车般治疗着，继续着生活。

我归咎于自己的年龄和工作的忙碌，人的身体，就像衣服，用旧了，总有破绽百出。我已经在马医生这里治疗几年了，我有一搭没一搭地来进行理疗，虽然无法痊愈，却也在治疗之后缓解了病症。

好像人必须看医生，医生必须有人来看病一样的。

而现在，马医生坐在椅子上，跟阿婆聊着她的病情，我在离开诊室之前盯着他看，他的五官循着他的笑意回到了他的童年。

这嘴角上翘的笑意引导我回到鸵岛，转到龙湖沟边的学校，我也回到了我的青年，校园里的青年教师与一帮学生们。

　　他的身量短了、矮了，虽然如此，在班里，此际的马小天豆苗一般地疯长，他比同龄人高半个头，出现时总是显得更加风高草长。

　　与"马医生"的位置调转着，再高大的马医生此际坐在最后排上，也是仰望着 Y 老师的学生一个。

　　马小天又站起来了，同时用他一双准备干坏事的小眼睛往我这边瞅。

　　Y 老师的个人视觉跟二十年后的马医生是一个样的，落入马医生眼里的都是病人，而此刻摊在 Y 老师面前的都是捣蛋鬼或是预谋准备捣蛋的。

　　马医生的童年，瘦高的样子没有显得"人高马大"，他一直这么瘦弱，在教室里是坐最后面的一排，因着他的瘦，他显得更鹤立鸡群了，毫无疑问，课室最后面是属于他的——课室最后面位置都是属于调皮捣蛋的男孩子。

马小天不算调皮捣蛋，可放在一群调皮捣蛋的男孩子里面，不自觉地也带着些不安分的情愫——他老是要站起来。站起来不会影响后面，他后面只有墙了。问题是上课时候，学生就必须坐着，这是课堂纪律。

这是高个子的习惯吧，况且最后面的一排站起来没挡到谁，他可以理所当然。他站立起来跟远方的"邻居"沟通更便利，班里这几个男孩子喜欢不守规矩站起来，跟周遭同学拿橡皮和作业本或是课外漫画之类。

马小天就是喜欢干这种事的淘气包。

他虽然站起来，心里面还是有忌惮的，所以他那双小眼睛在准备身体之前得瞅一下老师，看老师的探照灯有没有巡逻到他这里，不幸，此刻 Y 老师正盯着他。

"马小天！"Y 老师一声厉叱。

发出丹田的声音不需要麦克风，Y 老师可是练过声乐的，对学生需要先声夺人。

我在学生眼里的严格可不是传闻的，整个学校的美术课，一个班一周才那么两节课，学生们欺生，若不严厉，一周走马观花般的美术课，你的"边缘"学科一下就被他们藐视忽略过去了。

老师们也用自己的课程，不停地塞进学生们有限的时间里。升学这是要码，其他皆退后。我的美术课在这追求升学率的时段，显得无比苍白，再多的色彩也填补不了升学那亮晶晶的分数：真金白银哪！

马小天一下子愣在那里，站了起来，我才发现他刚才并没有站起来，他屁股底下的椅子不知道从哪来的，比其他椅子都高。Y 老师错怪了他，他一直坐着的。

我的注意力转入他的椅子："怎么有这椅子？"他站起来身子还摇摇晃晃，说话支支吾吾："椅子在外面，脚断了。"

我朝门外看去。一把断了腿的椅子斜靠着走廊矮墙，而马小天的椅子跟学生座椅完全不同，不知是从哪里搬来的。

几个男孩子缩着头，鬼鬼祟祟地带着诡异的微笑，这一幕肯定与马小天有关。果真，前面一节课，小陈同学最先把马小天的椅子搬到外面，打闹之间摔断了一只椅子腿，马小天只好到充当储物间的体育室找一把完好的椅子顶替。

这次椅子的风波，从几个男孩子那里，得知貌似捣蛋的马小天其实在这堆高大的男孩子里面是被欺侮的角色。每次弄到最后都是他顶包，都是不善表达的马小天挨老师批评。

虽然每周才两节课，可我并不会让这种欺凌延续下去，我把班主任找来，一帮男生乖乖地坦白了今天这个事的来龙去脉。毕竟是孩子，他们一个个都觉得愧对无辜的马小天，连带把之前对他的亏欠都一一罗列了出来：上课让他当中转站传递东西，而被老师抓到却只有马小天罚站。

深入了解，拨云见日，杜绝再发生。马小天同学从此不捣蛋了，他温文尔雅，站起来说话还脸红红的，像个女孩子，实际上他肤白细腻，真的很像女孩子。

英语老师的公开课，我们在后面听课。马小天同学很卖力，我才发现他英语很好，公开课嘛，很多都准备好了，而马小天也感受到来自旁听老师的压力和动力，他积极地举着手，每次把手举得老高，甚至忍不住又站了起来。

我看着马小天的笔记本，把它拿了过来，这个动作让马小天有点意外，他不好意思地低下头。我翻阅着，里面有我上美术课的内容，还画了速写，我明白这是画的数学老师，正背着手榜书，画得不算精彩，可是很生动。

我不禁笑了，不爱上美术课的马小天其实是热爱美术的。

马小天和那帮男孩子跟我这个隔三岔五才来一次的美术老师相逢于校园却很热络了，风雨时，我们都躲进操场边的亭子里，他们跟我谈论着雨的产生因素。雨稍微小了，男孩子们却又跑进风雨里，打起篮球，我后面劝阻的声音毫不管用。

这是他们快乐的时刻，淋成落汤鸡的他们，雨水和汗水混合而下。那边有手在向我招呼着，我也举起手挥动着，看着他们欢快地奔跑、淋雨。

感冒？疾病好像拿他们没办法。

茁壮如树木的他们和青年的我，没有疾病的缠绕，没有落叶的凋零。

当春天渐渐短了，秋天渐次长了，原来生老病死开始凸显在我们面前，自"生"以来我们被裹挟着走，然后"病"和"老"把我们一步步拖向泥土中。我们在努力与之对抗，于是，有医生……

> 像在波涛起伏的水面上航行的船只，驶过之后，无迹可寻，
> 波涛里也没有留下船行的踪迹；或如空中飞过的鸟，一去无踪；
> 它鼓翼而飞，用力冲击，一路穿破轻微的空气，振翼飞过之后，
> 也不见飞过的痕迹。（智慧篇5:10-11）

二十年时间了无痕迹，我已过天命，而进入中年的马小天，已甩开过往的痕迹，正儿八经地询问着病人。医院里来来往往的人流，也淹没了他。

我迈出诊室大门，又回头看了一眼马医生——马小天。

障 碍

　　我终于舒了一口气。那把雨伞和那个人，这一堆物品堆积
起来的障碍，终于不见了。清空了。现在，我视觉的抛物线，
终于落到一片畅通无阻的行程。大地空阔，天空蔚蓝，车辆有
序，人行道上的人流，奔向自己的行程，没有障碍。

一

　　人行道草丛中这样一堆物品的出现，可以看出此物和它的主人
完全想隐蔽，可是却成为每一个路人眼中的障碍物，特别是于我，
这样一幕，一下撞击着我的心灵。

　　这是第二次看到了。在我的意识中希望那个不协调的存在能消
失，就像可以被清洁工打扫过，前一天那一幕被他自己挪移，那样
我的心里可以如常驾驭自己的路线。

　　可是，那一幕，继续存在，在我路过的区域，我几秒钟就可以
把它抛在后面的灌木丛。

　　灌木丛是这片区域的花边，在夜色降临之时带着墨绿的粗粝，

连同后面栏杆围墙成了每天可以忽略不计的一段路程。脚步来到这里需要停滞一下，这是一处过马路的斑马线，前面有红绿灯交叉闪烁。即使绿灯也要环视四周的道路错综复杂的车辆。就在照常几十秒的等候中，瞥见人行道后面绿化带灌木丛里，有人露宿这里：一把雨伞撑开挡住身体大半部分。但依然可看出平躺着的身姿，用单薄被单包裹着的身体，地面上同样铺着一张床单。

矮灌木丛的绿化带还鹤立着几棵棕榈树，以前有很多高大的老树木因为挡住了路道，影响从高速路上下来的车辆视线，在前些年都被拔除掉了。现在视线比较清晰，这道路从华南快速蜿蜒下来，就像顺便带下来这绿色的花边灌木，露出地砖的是人行道。这里的行人并不多，因为过了这条斑马线。需从这里经过的多是我们小区。自搬来这小区，这是我的必经之道。我一天的来来往往基本都需要踩着这个点。

这个躺在这里的露宿者，选择的是绿化带上的缺口，灌木没有铺盖着的缺口。这缺口就像一个人的门牙掉了，直接看到栏杆后面校园。这块裸露的小平台，也是老鼠活动的天地，经常看到它们肆无忌惮地蹿出蹿入，忙碌着它们的生计。

二

前一天晚上，同样暮色匆匆，寒流压在城市上空，我在这个需要停留待红绿灯的地方，第一次被这一幕击中。此刻下班的车辆和行人已经很是热闹，来来往往的、骑着摩托送外卖的也看到了，路过的人无不愣了一下，眼神来不及停留，转眼又朝来往车辆张望，一溜烟往自己的方向去了。

立交桥和快速公路这些交叉的地方很是逼仄，连同那顺着路下来的绿化带，让人想起了村庄的前世，虽然现在的建设翻天覆地，却无法改变那点狭逼的面积，拓展空间方式就是主干道这些立交桥。

绿灯很快通行，我穿过这立交桥下的人行道，也即是要穿过四条道，还不包括拐进来的不算路的弯道，需要眼观四路耳听八方，左边是高速路口下来的车辆，前面就是立交桥的桥底下，有车辆拐进来，车辆到了这里，只要犹豫片刻后面就一下堵上了。

行人、电动车、自行车和汽车在这里大交汇，人多力量大的时候大伙完全无视红绿灯。

这条过马路的斑马线可是从没闲过。这半爿人行道的脚步密集匆忙，这个人竟然把旁边这一边角地当作一个窝，撑开雨伞一叶障目，遮住自己的视线，平躺在地上。灌木丛里的蚊子很多啊，且别说老鼠。我心里嘀咕着，边过了马路，又再过一波红绿灯。抵达对面绿化带同时放松了紧张的心。

回头再瞅一眼那把雨伞和下面躺着的人。心里却是从未有过的沉重。

那浅黄色小花的雨伞，下面应该是个女孩子。因着这雨伞的颜色我猜测着。

女孩子怎么能睡马路边呢，她或是遇到了变故。她一定躲着人，才故意撑开了一把雨伞遮挡。可绿化带是露天的，雨水露水没得遮挡。何况晚上还是挺冷的，她不懂再往前面走，就是住宅区，有车场，有店铺，有公共地带有可暂且安身。

我回到了小区，这次眼睛留意看了朝外面的铺，还有中间可以出入的通道，这里放有垃圾桶和店铺商家占用摆放的物品，这些地方其实就比绿化带好得多。只是流浪者在这里会不会被驱赶？而左边另一幢是很多办公的店，中间通道整洁，其中一个通道外面的拉闸铁门锁了，刚好成了一个大空间，我取道经过去菜鸟驿站时，无意中发现这里成了小区收垃圾老头休息的地方，他在拉闸门处固定摆放了折叠床、小椅子等，还有几瓶啤酒和其他物品，俨然成了他的房间。

这个地方甚好，但有人来凑伙估计老头不同意。但她可以往长长的走廊那里去，当然我需要帮忙带她从另外的入口。小区自然进不了，我可以带她从菜鸟驿站那里进，避开保安就可以找到一个安身之地了。

会不会成了小区一个不安定的因素？思前想后，那样也是不好。斜坡那里有一幢楼，经营不善，人去楼空，反正比露宿绿化带那里好。

这个人应该是从华南快速下车，下车后就不知道怎么走，以为这个绿化带是一个很隐蔽的地方。我发现搁着这件事，心里为之纠结不休。我是否在一厢情愿地思考？

三

照旧是同样的时间和差不多的景观，第二次，我有意识朝那个地方瞅了一眼，我心里希望那个人不在了，就如雾霾的日子，被阳光驱走。可那把雨伞照旧在那地方，依然是那样的场景，全身包裹着被单，整个人躺地上。

还在。我心里咯噔一下，仅仅一下。

绿灯亮了起来，我随即迈开大步边看着左边从上面下来的车，有单车和行人跟我一道快速穿过马路。

我心里在对自己说，应给她点钱，她估计是遇到困难了。

我又穿过了另一个红绿灯，顺利抵达对面的绿化带。脚步可以松了下来，我把头转回去朝那个地方看了一下，又继续前行，前面的立交桥很高，是华南快速的另一方向，这里有个斜坡，让步履显得吃力点，走到这里也可以慢点步伐。同样的一幕，重复第二次，我心里的沉重感就被卸载得七七八八。相隔一天，一车的压迫感没有了，人很容易适应"不适"。

痛感很快冷了下来。就像锅炉下的柴被抽掉了，火还在没熄灭，但已经不那么旺。

我为自己良心的减载如此迅猛感到惊奇，我们会很快麻木，对他人开始漠然。是的，良心的冲击很快会起厚茧。我满满的痛感如此容易消失，我的温度将随着第三次第四次第五次而变得冷漠，变成熟视无睹了。

我知道这种即将荡然无存的东西叫作怜悯，怜悯是爱的体现。

趁痛感还抓着我，我需要践行。"夫爱之诚，唯在实行，不在虚言之。"可是，对于她（或他）我也是陌生人，她要是不需要呢？我岂不是自讨无趣自作多情？

直觉就像天上下来的冷，从我感知的冷暖出发，相信这股寒流需要我的践行。"寒冷"的名词先跳出来。被子是需要的，我画室有空调被，一直空置。我把它折叠，刚好放进一个装蛋糕的防湿箱；"蚊子"也是我所顾忌的，平安油这个很实用，既能防蚊子也能作其他用。"饥饿"是同样对等的词语。家里还有一盒没拆包装的月饼。在冰箱里掏出两罐刚买的百事可乐，一包抽取式纸巾也放进袋子里。

两大袋东西都很实用，抵御寒冷与饥饿。

四

我犹豫着，我还能做什么？我出门前做了个祈祷，《多比亚传》里托比特做善事的时候，其实是天使在帮他做。我发觉自己想付诸行动竟然还那么懦弱。

这一步迈出去对我来说是需要点勇气的。对不认识的人，或许多此一举。若真的是多此一举，那她（他）的处境还不那么糟糕。

过了马路，灌木丛中那把雨伞依然撑开着，挡在雨伞后面的人还继续包裹在里面。

我径自从旁边走过去，心里嘀咕这个人怎么能睡这么久啊？就这样躺着一动不动，是不是生病了？

我直接走到前面高校的大门，里面的保安跟我熟悉，有一个还经常寒暄。可今晚那位偏不在，我在门岗检查处停了下来，我犹豫着，拿出手机找通讯录，我需要一个伴，可是，电话没打出我又退缩了。如何给一个从没联系的人说明白我的做法？这好像天方夜谭。

我折回，问了一下保安，你现在有空吗？他愣了一下，我三言两语跟他讲，要把手头这两袋东西送给外边的流浪者，我一个人不敢去，你走得开的话就帮我一下。

他赶紧指了指旁边，一位着黑色 T 恤的大汉正玩手机，没穿保安服的他此刻没轮值，这位保安一下子明白我的意图，马上随我走出大门。

我告诉他，你不用做什么，只需要远远站着看着我就行，因为我对雨伞下的那个人，是男是女，是不是精神病，都不知道，就怕他攻击我。

这位大汉却紧跟着我，很快来到这个人面前。他喊了一下，地上的人睡眼惺忪起了身。保安倒是能言善道："这位阿姨给你送东西了，还不感谢？"

我还来不及品味"阿姨"一词，地上的人接过我递过去的两袋东西，他还没回过神来，我补充道："现在天气很快转冷了，这个要加上。"

跟着保安回大门，他说："没想到这么年轻。"我说不年轻了，最少也有四五十岁吧。保安却叮嘱我要小心："他们没洗漱，浑身脏兮兮的。"

他边感叹：你太好心了。我想说的是，趁这个心还是温热的，我需要实行。

可我一开口，却是连连感谢他。

上苍安排了这么个热心保安。因着他的性别，我的心倒是安了下来。

五

位置照旧，我把食物小心放地上，同时说："给——"

我的声音不大，可是雨伞后面的人速度迅速起身。我已经走开了，边走边转过头看，那个人快速走出来，拎起地上的食物"进去"了。看出他一直等待着。

我生出些许担心，一个陌生人对你送的食物很是期待。让我感觉有点沉重，顿生责任感。

他为什么不过马路，那边就是立交桥下的一大片空地，那块空地有个大大的拉闸门，里面是环卫工人的仓库。

夜间下雨了，窗户紧闭，却听得很清晰的淅淅沥沥响，这雨看来很大，那个露宿的人会避雨吧？他的衣物不会淋湿了？过了马路就可以避雨，只要几秒钟时间。

天亮，雨消停了，依然有湿漉的水滴从树上随风落下。上班路上，我有意往那个位置一看。一把雨伞还在。地上的床单和人不见了，再继续往前，一眼就瞥见他躺平在立交桥下环卫仓库的拉闸门口，照旧裹着床单，另一把雨伞遮住头部。

一个人怎么能一直躺卧在地上呢？！现在看清楚了他当枕头的是一个大大的深蓝色行李袋，旁边还立着一个蓝色的塑料桶，桶里放满了衣架之类的东西。

应该是工地的民工，现在谁出门还带着一个打水的塑料桶呢？这个人穿着蓝色长袖衣服，外面还加了个外套，天气冷了，看来衣物没少带。

好几次了，每次我尽量往前快步走着，除了晚间专门拎着食物送来，我几乎不露自己的面貌。我发现这露宿者很是灵敏，这灵敏或是来自对食物的期待，我怕来来往往的汽车，站在人行道上，我的手刚举起来朝他晃动着袋子，他在对面很快起身，避开来往的车，朝这边走。我把食物放地上，马上走回了。

他能准确拿到便可。

六

女儿回来的时候我正吃着面条。她往厨房一看，问："你吃面条，还煮饭？"我嗯了一声。她自是不知道我为那个露宿者做饭，送饭。

我没告诉她，要是她知道了，自然担心不已。我总是做诸如此类的令人担心的事情。"你们行善凶祸便不会临于你们。"我笃信。

我竟然心事重重看着钟，问女儿，你要待多久？她说一下，她还要赶回顺德，约在那儿吃饭。她随即出门去了。我一碗面条还没能吃完。

我把煮好的饭装了一个塑料饭盒，刚煮了五花肉，打了一盒子卤豆干和五花肉。中午盒饭的餐具，一次性餐具还没用，今晚放进去。家里一次性餐具很多，还整了一箱子给了收垃圾的老头。

继续出发，放在路边，同时朝雨伞那里喊一声："给——"放下后即走开。

边回看，雨伞后面的人起身出来拿走了。

七

今晚把食物继续放在路边，此刻晚上六点多，还没到七点，正是送外卖和下班的高峰期。几十秒钟的等待一下就攒足了一大波过马路的骑士，黄色头盔和黄色外套的，蓝色头盔和蓝色外套的，他们正争分夺秒地跑着他们的外卖和货物。不知道是谁发明了那样的规则，每次看到的他们总是行色匆匆、头往前顾不了身体的滞后。他们神色是如此慌张，问路时甚至来不及听你的犹豫作答。

每一单在他们的行程里已经计算了时间，时间即生存。

那个人一直躺在地上，路过的骑士都会瞅见，但一下子就转向前面的路程：马路、红绿灯和车头挂着的手机里的路线。每一条路线对于他们都是新的，都是需要去寻觅和节省时间的。

这两种对比的画面同时出现，这些奋力拼搏的小哥是积极向上的。路道两边往前去就有热闹的店铺，小食店或许需要打工者，这个躺着的人，可以去换取三餐。这是一个不错的建议，一个人总得"动"，总得去换取点口粮。我知道自己无法一直给他送食物。

第 N 次发朋友圈，有友人留言："授之以鱼不如授之以渔。"

我好多次想告诉地上这个人，前面有好多快餐店，你可以去打工换取口粮，整天躺这里也不行，也会生病的。那些外卖小哥那么拼死拼活，为的也是一口饭。

可是，我们真的能给他们指一条路么？或许，我们能做的，就是一善之行，给一条鱼而已，我没有"渔"的建议或出路。"五饼二鱼"奇迹，小男孩并无法解决那么多人的肚子问题，可他有鱼，他拿出了自己带着的鱼，把它变成让五千人吃饱的奇迹是耶稣，有鱼的小男孩只管贡献出鱼就行。

每一个人都有自己的轨迹和选择。包括外卖小哥的谋生方式，和他们的历程，这是他们自己的选择。地上，是不是他的选择？还是等待？

<h1 style="text-align:center">八</h1>

女儿安排好，回家给我庆祝生日。

今晚好好聚，庆生嘛，女儿这阵子这么忙。只有这个契机才回来，也能好好吃餐饭。

但，这样我就不可能中途出去给这个露宿者送餐，何况下雨。我高高兴兴庆祝生日，却让一个眼巴巴等吃的人没得吃？思前想后，四点我下去接了送来的蛋糕后，先着手准备了给这个露宿者的食物。

煮了米粉汤，还有一个鸡蛋，一个速食鸭肾，一个一斤的俄罗斯列巴（全麦面包），切剩了一大块。打包了，加了一次性筷子。

我拎了食物，外面天还亮着，才五点左右，有匆匆送餐的骑士和汽车正相互避让着，阴湿的天，雨倒是缩回了。

今天一早去做体检时，看到这个人挪到了立交桥底下，因为昨晚下雨了。

往立交桥那个方向看，停放了好多汽车，却是没人。往回看，他又回草丛中。

我把食物放地上，说了声"给——"雨伞后面好像没动静，因为我从没这么早送食物，我再提高音量，喊："给——"然后把食物放地上。

我往回走，边回头看。只见他起身出来，脸上像是笑着，低下去拿了食物。

一个好好的人，这么憋着，精神也会出问题的。我心里嘀咕着。

今天很早，因为是体检，路过这里才六点多，我瞥了一眼，一个很大的行李袋，是满满当当的枕头，旁边依然是放了好多物品的塑料桶。他就躺在那里。他不知道这座城市，和其他的一切。

前天，同样他躺的地方，两个女清洁工打扫之余，斜睨着他。指指点点。

九

外面雨淅淅沥沥，我食欲不振，胃不舒服。可是，晚饭时间我还是要送饭去，家里现成的。我煮了点萝卜，加在煲仔剌汤里，算是解决了一餐。

现在，把米饭和炸油皮、煲里的生菜挑出来，加了点卤肉，一盒子饭弄好了。上面叠了一圆盒子的汤。

听得楼下操场孩子的叫声，我从阳台往下看，孩子在玩，视野往前看去，下班的人背着双肩包往大楼电梯间走去，看来此刻无雨。我不用带伞。

车辆发出急促的喇叭声，快递骑士依然是最多的穿行者。我瞥了一眼，那人在立交桥底下拉闸门的位置。我走到对面的人行道，车辆来来往往，我立住，手里打包的袋子朝那边示意一下，他的眼睛穿过车辆随即看到了，起身往这边走。我把这袋食物放这边路面上，先走开了。

边回头看，他已经穿过马路，拎起袋子回去了。

十

几次路过，我眼睛偷偷往那边瞅。发现我送去的装饭装面条的圆塑料桶、吃完了的空盒子都放在地上。每天的清洁工都在打扫，路边不远处就有垃圾桶，他不拿去那里丢掉，这样给城市增加卫生问题。

我很是不悦。转而一想，仅仅是我的视觉。我们或许不应去要求这些人，尽点力，不让他饿着，就是我们该做的。

偶尔我也多心，这是我必经的道路，所谓"升米恩斗米仇。"若没给他带食物，或是嫌食物不合他胃口，会不会反倒变成不好的事情？

念头一下又被我拽回来，我能做的，举手之劳，又不是那么难的事，我还担心这个担心那，他并没有跟你索取，咱主动送餐，只是心底的良心如草滋长。

因为城市某些指令，晚上想这个人会不会走了呢？今早买菜还看到他伸着头东张西望，我一直认为他是什么原因才困顿在这里的。

晚上送一桶面条和猪肉猪杂汤。他一眼瞅到我站在马路这边，马上就起身，这次我放下东西没有马上走，等到他过来，大声对他说："你——可以走了——"

他转过头，拿着东西过马路去。

不知道他听懂我的意思没有。

我是希望他去寻找新的生活，这里是暂时的、不得已的停滞。

十一

远远地，发现这个人的地摊还在那里，那把雨伞的存在很明显，往下移动视线很快就看到地上铺的地垫。这个人还是坐在那里。

为什么还不走。他完全不用把自己圈在这里。

可我已经决定不再给他送食物了。

下午从大门出来，发现这个人站在桥底下，探着头朝车路张望。我目不斜视，假装看不到，径自走在人行道上。

我包裹得紧紧的，帽子口罩和大衣，还有，我基本都是晚上送食物。虽然有灯光。我不知道我为什么不希望他认出我。

可他还真的认出了我。

他的眼光尾随着我。他是不是奇怪我这几天怎么不给他送食物了？他是听不懂我的话？我退而一想，这个人没手机吧，新闻，城市的情况都不知道，一个没有手机的人在哪里都寸步难行。

他肯定是没有手机，要是有，也没法充电。不然肯定知道这个世界，这个所在的大广州现在怎样了。

一个时代，突然地就把一些人给抛弃了，他们无法岁月安好，他们若不紧跟时代，就没法生活在这个世界上。

我发现这个人的生活能力还是挺强的。

那天我发现他还把衣服挂在铁栅栏上，在晾衣服呢！另一次瞅见他拧开了环卫喷水车的水管，在那里接水，我明白了，他在这里找到可以适应生活的环境：有水，有个空间。没人管他。就是不知道他的三餐怎么解决，除了我送饭，其他的饭去哪里吃？

某次上班路过，瞅见他在吃面条。我放心，他不是靠我这么一餐饭，他能够找吃的，这个情况大可让我的良心更加安稳。

十二

上午要去买菜，女儿昨晚回来。今天在家，我问她吃什么，点了虾。

她还在睡觉，我已经吃完早餐，准备好给这人的食物：一份捞面，分量嫌少了，下面半份饺子，一个圆桶，我在捞面的顶端加了几块五花肉。准备了一瓶茶水，温温的。

走到立交桥底下，发现这个人的地摊还在，但人走开了。我只好径直走过去，把一袋子东西放在地摊两步之遥，急急走开了。还要再过马路。

地摊上放着这个人的全部家当，衣服叠得整整齐齐。一个衣架挂着毛巾，吊挂在铁栏上。

买菜回来时，看到那个露宿者，已经吃完我送去的食物，在收拾他的碗。

十三

我想，既然现在没有固定送晚餐给他，他对我的食物没有指望，自然是自己找饭吃了，我要送饭，还得趁他还没吃晚饭。

我今晚还没吃饭，先给他准备了饭。中午专门打了一盒米饭。那个五花肉连同塑料圆桶先微波炉加热，然后加了一盒米饭上去加热。天气冷，尽量热点。

红豆和薏米，加了糖，很多，都放一个塑料盒子，算是有汤了。

出发。远远看到那个地摊，可人又不见。我继续走，在高校围墙外的人行道上，清清楚楚的，地摊上没人。但是，对面那个人行道的公交车站前，有个人站立着，他包裹着风衣帽子，双手插在衣袋子里，口罩是大花红色。

这个人精瘦，低矮。他除了东张西望，就是有意盯着他的地摊。估计就是地摊上的那个人。

我站立不动，朝着那个方向，将手里的食物晃了晃。果真，那个人发现了我，急急忙忙四下看车，穿过马路来了。抵达桥底下，还要穿过这边马路。

我见他已经过来，就把东西放地上，转身走了。

我发现，这种默契，竟然自然地产生了。我本想再跟他说，你可以回家或回归自己的生活了。看他拎东西。我还是转身走了。

想来他或许会等待一个自己的时间，他人有他人的难处，他人的轨道。

十四

下班，穿过立交桥底，我眼睛往那边瞅，公交车站边站着一个风衣裹紧头部的瘦小男子，应该就是那个人。我想回家等会不用过马路，从那边就可以把饭送给他。

中午打了一盒满满的米饭，加热，现在把咖喱鸡煮热，分两个圆盒子，我打包了。拎了走。

公交车站的人不见，视线往那边移去，那个已经躲在雨伞后面。

我折回，继续穿过马路，两个车道。抵达人行道，走几步远，从这边看到那个人，那边有点暗，我不知道他是否看到我，我只停下脚步，把食物往前面晃动，只一下，那边就站了起来，我知道他看到我了。我低头找个合适的地方把东西放下。他已经匆匆穿过马路。

拎起食物，左看右看车辆，一下就到了他的摊。

我放心回程。

十五

上班时，犹豫了一下，决定还是先把饭送了，因为现在现成的可以弄好。咖喱鸡已经有了，直接炉上煮开。另外烧开一锅水，加了米粉，捞一块，一个塑料大圆桶装了。

过马路前先左边看那个公交车牌，发现没人。远远看那个地摊好像也没有人。我继续过马路，过了两个车道。到了对面人行道，发现那个摊上叠着整齐的衣物，挡在两把雨伞后面，人走开了，我只好再过一条马路，打算把东西拎到对面去。

在立交桥底下，这个绕弯的停车场，我瞅见对面一个人包着连帽的风衣，蹲在公交站旁边的地上。虽然没法看清面貌，我估摸是他。他的口罩都遮住眼睛了，在那个地方有阳光，估计是在晒太阳。我把食物朝那个人晃动了一下。

果真是，他站了起来。这个时间段，他应该没料到我送食物。

我不用再过立交桥下的这个弯道，我直接把食物放我站立的地上，朝他示意。转身走了。

我得往后，因为那里才有人行道可走。不然这样的车道横穿很危险。

又走回到了高校围墙外的人行道，朝那边看，他正在拿出袋子里给他配置的一次性筷子包，放一边，又拿出这桶米粉咖喱鸡。

祝愿他能走出这个地方，走到他该去的地方。

十六

出门前把饭用微波炉热了，菜不多，一点肉、一点豆腐和一点咸蛋，在这个盒子加了一小勺辣鸡酱。

两个小圆盒重叠，放了一瓶茶水，热的，又怕太热塑料瓶受不了，等到温了才灌下去。

我从人行道这边停住，看到他站在立交桥底下往这边车道张望，我晃动袋子，这个是昨天装蛋糕的纸袋，他没看见。今天晃了几次，他才看到。也没戴口罩，看出有点脏兮兮。

看到他穿过马路，我把东西放树底下，走了。

折回我的路线，穿过两条马路，到了对面人行道，走在这边就看到他在闻着瓶子里的水，倒在地上的碗，看不大清楚了。我匆匆上班去了。能够在早上给他食物，有饭垫底。其他的两餐他能够自己找吃的，真希望他能出去。

今天起公交车依然，人不多。这些都与他无关。

十七

本来想去单位吃早餐，想想也算了。

还是先给这个人送吃的，五花肉已经煎熟了，等会给加芹菜做汤。冬天，给点热汤好些，本来可以加酱油，可是得给他点热水，酱油五花肉下饭好点。

匆匆上班，今天上午有比较重要的任务，我有点急。

走到原先路线，我晃动一下食物，立交桥底下的人已经站起来朝这边走了过来。

我放下就走。

这个人已头发拉碴，神色猥琐。他一直躺在那里，蹲在那里，有时也过去路的另一边蹲着。我想再告诉他，现在通行了，该去哪就去吧，快谋生去。

可是，他应该懂的，看他行李和塑料桶的物品，是打算回乡的打工者，还是打算到广州打工？

十八

周六上午去买菜，顺路为这个人准备好食物，微波炉热了，装好。走在另一侧人行道。

远远，看到那个人躺在立交桥底下，身影微小，他已经看到我了，我看到他朝这边张望，我只需拿着食物朝他晃了一下，同时放在我这边树底下。

他立即起身，左看右看，防着车，过马路来这边拿走去了。

我也已朝前走了好长一段路，不时回看情形。

无奈之感滋生，已是好长时间了。这不是办法，已经成了我的负担了。

也有顾虑：这个人已经熟悉这里的环境，貌似打算长住下来，实际上，他这样的生活，对周围环境都不好。这段路现在出现的尿骚味，我归结于他。

天气如此冷，最好有个收容所安身。

我查了网上，天河有收容所，距离最近的收容所在水荫路而已。

我应该为环境担责，也为这个人找一个更好的安身之地。我发现我的思维空间竟然开始阔了，我极少出现"环境问题"这些大词。现在自然而然地想到。

我用随手拍功能，上传了几张照片，并且圈出了这个位置。

十九

检测，中招。我大吃一惊。之前虽然喉咙有点不舒服，可是喝了感冒冲剂，倒是减轻了，并没有不适之感，也没有什么症状。

很快，各种症状排山倒海而来，发烧畏冷，时冷时热，不停地调转，盖了两床被子都不够用，浑身疼痛，起身上卫生间都得把着手，稍不留神就瘫倒下去。

头几天基本躺床上，仅仅喝水，没法吃东西。心里庆幸，刚好走程序反映了露宿者的情况，或许相关部门已将这个人送去收容所，不然我这几天没法给他送食物，他岂不饿着？

七天后，虽然还是咳嗽头疼，已转阴，能够走动。我戴好口罩，把自身包裹得紧紧的，我需要去买点东西吃，多少天没吃青菜和其他东西了。

还在斜坡，我朝那边望去，那把雨伞还在。我愣了一下，难怪相关部门还没来解决？继续走去，那个人倒是没在雨伞下面。我继续往前走，不承想那个人就站在我这边的树下，寒风中，他兀自站着，仅仅是站立，与等候公交车的人不同。

他好像一直在等着我，等食物。他先看到我了，他穿着风衣，风衣帽子套得紧紧的。

这让他整个人都显出了尺码了，极其瘦小。

我路过他旁边，我目不斜视，假装没见，他的神情好像有点恼怒。他认出我，或许他恼怒我怎么这么久没送食物给他。

我兀自往前。他精神抖擞，让我很是放心，这么一周没给他送吃，他都活得好好的，说明他有他的活法，不靠我每天一餐食物活着，那就好了。

我的心落地。很冷，我双手缩在口袋里。思维一直在这件事打转。

　　他的神色里有某种莫名的愤怒，他的眼神有点恐怖莫测，我知道自己突然缺席的"可恨"，送食物形成了习惯，现在突然中断了救济，在他那里，你就很不应该。

　　或许，他的仇恨便来了。

　　买好了东西，我不想原路返回，他不是在这边吗？那我过天桥，故意走对面的人行道。

　　千算万算，谁知他偏偏已转到对面人行道。站在这里，这个地方更加逼仄了，我路过时，他马上转过身子，背对着我，这个动作很有戏剧性。

　　我匆匆走过，心里想我刚才这么规划的路线怎么没有问造物主，弄得这么尴尬。

　　走过了马路，我感觉自己灰溜溜的。

　　这个位置，这个人，突然变成了不安定的因素。我不知道如何就把自己置身于这个过不去的坎。

　　障碍，就这样来了，可这个地方又是我每天出入避不开的路径。或许，是我自己的问题，我的心里既有怜悯的沉重，又有无可奈何的戚戚。

　　一把雨伞，和一个露宿者，搁在我心里的石头。

　　障碍，在眼目，阻于心，我需要脱胎于屏障。我尽力了，并不完美，但大地苍茫，我究竟有留下辙印。

词语牵引

一

我的日子，我的生活，被某些词语引导着。

词语是人类创造的，而人却经常受它圈束。就像我，当某个词汇顺溜滑出口，我随即意识到自己又犯错了。此刻，带好东西即将出门的我，回应女儿时飙出口的依然是："我去学校了。"

这是思维的惯性，就像飞机在自己的轨道上，可以任其往前飞行。我脑子里指令的目标——单位，我的口依然用"学校"这个词替代。出口的话语速度比在脑子里转换还要快，我的大脑还没抓牢"单位"这个对应的名字。我脑子里还像抓阄一般在几个名词里抓取："作协""作品"或是"办公室"均可，但最终还是确切地用挑出"单位"这个词牌。

在日子的固定位置深扎，你会越来越发现，脑子渐渐固化，它就像一头牛被用词惯性牵着。

过去的二十多年里，那个叫"单位"的地方一直用"学校"这词条替入。我顺应的是大潮流大环境，在这里所有的同事都这么称这个工作的地方："今天要提前回学校""这周末不用在学校开餐"……

"学校"这个词占据了我人生近四十年时间。从小学起到毕业工作，都是学校一条线来和去，毕业后即从学校走进学校，换了身份而已，从学生转为教师。人生的前四十年都是在学校里，工作在学校，甚至有某个阶段，我就生活在学校里，下班回到位于高校里面的小家庭里。

"学校"这个词如勒进肌肉的绳子，如屏风的贝雕嵌在我的身体里，这个词在我的内里抻着我的大半人生。

在我换了生活环境和工作之后，意外发现内力抻直的惯势。哪怕掰了十多年，到了现在，有时它还会反弹回去。

词汇紧随当下需要，如浮游生物滋生在我们的生活里。平时用着不自觉，以为似浮萍，随机抓取。时间久了它却成了植物，文字底下生根，像树桩一样稳固，扎紧在我们的灵魂里，不容易拔去。

惯势之中，就像牙齿，拔掉之后它却一直无形地存在。医学有个名词叫"幻肢"，词汇与之有某些相同的地方。"学校"这个词便是口腔里的一颗门牙。它那么固执地长在重要的位置上，以至于当我在人生的途中突然抛弃它的时候，它的魂影却一直存在。

"我去学校了。"当人立于广州，每天要出门时，我依然脱口而出，意识到错误随即改口："我要去上班了。"或是"我要去单位了"。话说出口后，开始有着初为人妇般的局促。就如在一个新的家庭里，家人在位置和辈分上需要你适用。"单位"这个词用在这个时刻并不陌生，却有着脚装进新鞋子的某些不习惯。

十多年过去了，我慢慢抹掉了"学校"这个词的残根。这个词在我新的轨道毫无立锥之地，可是它依然隔三岔五地出来捣蛋，我不时还是冒出"要去学校"的语误。每当语误跌落时，我自己都会撞墙般愣了一下。"学校"这个词的根一直在，熬不过生长环境一阵又一阵的喷杀，当你歇息时，它偶尔还是要冒出头来。

语言用起来生疏时就如米饭夹生了，吃了胃不舒服。如今网络造词极其迅猛，你得在网海里翻浪，才能跟得上网络语言的浪涛，而这往往容易导致我们从传统和惯性的河流流淌下来的语言缺失、变味。

而某些词语，本来就有，却在百般珍稀之后突然翻烂，也让人无所适从。

语言碾刺的可是在心里面，扎得浑身不自在。不自在，不是疼痛，有时仅仅是麻——皮肤的麻，如"靓女""美女"这些词语，它突然如春天漫天的飞絮，纷纷掉落耳根，于我耳朵的初始便是如此的水土不服。

"美女"一词最先是用广州话发音发出的，它从空气中向我抛掷时，我正与亲戚走在东莞的步行街上——逛街，那是人潮如织的夜市，我们慢慢爬行于繁华的珠三角那一片锦绣山河里。

我眼睛四处张望之际，耳朵被一后生仔喊住："美女，这衣服很适合你穿。"

"美女"这么当街一叫，我的脸顿时涌上麻红，一阵热浪涌向脑门。我对这个名词羞羞答答起来，那衣服也带着羞涩的光彩，我稍微一打量就买下了它，甚至连砍价都不好意思了。要知道，在我心目中，西施、貂蝉、王昭君这些人物才可当之无愧地用上它。虽然被认为长得漂亮，人们夸你甚至都只有在背后，而被当街张扬出来，还是有悖传统的含蓄和美感。

谁知，我刚付完钱走开没有两步——我确认，真的离开摊档不够两步远，后面已经传来摊主的又一次吆喝，只听得他大声地招呼另外的人：

"美女，过来看这件衣服——"

我不由得转过身子，看看美女。

"美女"这个词可是稀罕物，即使美女如云，可也不可能在这步行街连续串上。而我眼前，美女在哪里？小伙子已经在跟一个妇女搭讪了。

我的眼睛停滞：这是一个身材发福的中年妇女，她正笑眯眯地停在我刚才买衣服的位置上，准确说是刚走到这里被小贩叫住了。这是一个可以称得上"大妈"的女性，别说谈不上"美女"，就是一胖乎乎的大妈，相貌在普通人的水平线之下。

我的心情顿时跌落深渊。随即，又一阵羞怒交集奔涌上来。

像被欺骗了感情的上当感受：为自己刚才被称为"美女"的怦然心动，更多的是对美女名词如此泛滥的沮丧，这么短短几分钟，"美女"这个词就从神圣下跌到庸俗不堪的谷底。

社会的快速变化也可以在词汇中体现，"靓女""美女"这些名词似细菌泛滥，开始繁花似锦了。我知道最先的发源地还是珠三角，语言紧跟着改革开放的滚滚齿轮，步伐迈得那么快！到处都是"老板"和"帅哥""美女"。

我移居广州之后，靓女、帅哥，对这些词汇已渐渐适应不再产生过敏了，可是，有时还是有些水土不服般如鲠在喉。

某次，一位编辑跟我联系，我们在 QQ 上沟通，她开口一个"美人儿"闭口一个"美人儿"，等我们交接的事儿办妥了，我还愣是没从"美人儿"里恢复过来。

我自认为是个美女，但不会把这个词随便抛掷出去。特别是当它从一个女性那里飘出来时，我很是惶惑。

二十年过去了，现在的我，对"靓女""美女"这些词汇已经熟视无睹，特别是公共场所，这个词已经替代了"服务员""大姐"甚至"大妈""大娘"等词语。

现在，我对着某些不熟悉的年轻人，已经习惯"靓女""美女"地招呼，并且脸不改色心不跳地"帅哥""靓仔"与快递员沟通。

"靓女""美女""靓仔""帅哥"这些仅仅是对应性别的名词，它们在当下这么密集的辞海里不再显得轻浮了，无非就是雌雄的区别。

某个退休人士的群体，一群老人家每天干劲十足，呼帅哥唤美女，毫无违和感。这些名词抻直着大家的背脊，大家密集的皱纹下是朝气蓬勃的墨绿，撑得世界一片光明。

我已经随波逐流地跟着广州这个地域"帅哥""美女"起来，想想真没有其他更好的称谓了。就像叫"老板"一样。并非你真的是老板。物业的电工大刘来帮我家做了一些水电工，遇到我很是熟悉地打招呼："老板娘你上班啦？""老板娘你上次那个水槽怎

样啦？"

我寒暄之后，边走边回味他这个"老板娘"，觉得还真的叫得实在。对他来说，有工作，你给他钱，他管你叫"老板娘"——在未明你职业和身份的状态下，这样应该是最夯实的称谓了。

二

凝固，阴沉，是此刻牵引我的名词。

站窗户边，窗外是一帧画面，流动的画面，近景耸拔的高楼，远景错落密集的楼宇，是固定的，偶尔变化的是细节，比如灯光，晚间闪烁的灯火、比如某幢楼围蔽施工。而我凝视主景却是最地面的主干道——中山大道，BRT 刚好在我眼皮底下有个站，几个车道每天的来来往往，什么是车水马龙，瞅这个地方就一目了然了。

现在我站立在窗边这个位置，却是心情沉郁，我很是悲哀地发现，我居然感受到这帧画面气息的低暮。

阴沉，阴沉的天，阴沉的路。阴霾在某个时刻穿过城市，把我们抓在里面，如一个笼子。

每每看完文章，站起来望窗外的时刻，心里默数着：此刻是上班时间啊，以前只要不是节假日，上班时间每个时刻都是"热"，车辆多，来往密集。特别是上下班高峰期，我站在这里，庆幸自己可以逃过车辆的拥堵，设想自己若在公交车里，三几个站可以坐上半点钟。

天气晴朗、天气阴沉，这里却都是差不多的气息，就像一个落寞的病人，刚动过手术，死气沉沉，按中医脉理，气息已去，元气无法恢复。

《水浒传》第一回，张天师祈禳瘟疫，观天象时大惊：妖气冲天。

后面的情节都在电视或电影多番改编，为大众所熟悉。而前面的这段描写，却往往被遗忘和忽略。而最近这前面的一幕反复出现，从厚厚的书本里窜出来。我好多年没有重温原著了，不知道记忆有没有误差。对应眼前的、现实的场景，我找不出词汇，它们被压在井底般，跟不上现实的列车。

此刻，我在寻找牵引气象和环境的词语。对，"阴霾"这个词，那刻的时空，它们被阴霾所笼罩。它们应该早就有的，却像被人们忽略的风筝，断线飘远了。

《出谷纪》中下降的第五灾便是瘟疫。曾经在书里、在传说中降临的黑色词汇，突然就让我们置身其中，它曾经存在于历史之前，我们以为它已经湮灭于羊皮书卷里，看，那书卷的残烟又复燃。毫无征兆地潜入现在人类中，我们负轭前行，前行，才蓦然发现它与我们同行，正在吞噬着我们。

地图上不断缩小，那些区域让我们一目了然，色彩鲜亮且触目惊心。

现代科学把病毒的名词术语，甚至肉眼看不见的形体和颜色都用成像展现给我们。它就在空气中你我存在的空间。我们知道"它们"存在，我们承认它们的威力，我们用现代的武器与之对抗着。

此刻的城市竟然可以用"寂寞"这个词，当我站立在窗口往大马路上观望，那里寂寞如梦境。

我眼目所至，像是幻境，《红楼梦》中的太虚幻境。行人稀疏，汽车也无精打采地零落在马路上，这就是让我患密集恐怖症的城市吗？它曾经让我喘不过气来，黑压压的一拨人之后还是密密麻麻的一堆人，高楼林立，却没有抻直的气息，它们在阴郁的天空之下，空洞而了无生气。

万家灯火呢？依然有，灯火昭示着人间温度，只是，很多高楼的格子里没有亮光，没有灯火的格子与黑色融为一体。

一幢幢高低错落钢筋水泥楼宇，曾经的栗子褐、猪肝红、钴蓝的颜色褪了，它们的内里来自人的生活，人不在里面，光也熄灭。只剩下褪色的躯壳和一个个黑洞洞的窗口。

那里的人回归了故乡的炕头。故乡，有炕的冬天，是温暖的。

我来自粤东的小镇，我们小镇的夏天如此的烟火气十足，那些来自小镇的年轻人打着包裹重新回归，填补小镇的热闹。我只有如此猜测，这是美好的猜想了。

春天的城市——这个代表岭南的现代化城市的春景，并不是我所喜欢的，万物生的季节，在南方并不是它的美好所在，这里的四季万物都是蓬勃的绿，冬天的异木棉灿烂纷呈，簕杜鹃红的黄的一直照看城市的花圃。春天水雾朦胧，冬天也不像冬天，本来就缺乏寒冷的花城，四季现在都不值更了，雾霾和湿热更加肆无忌惮地扯开它们的长氅把城市覆盖。

现在它们依旧绿意盎然，依旧姹紫嫣红，但还是被萧索和寂寥冲淡，它们不敢夺人眼球，它们很识趣。

现在某个名词拥有的能量无比巨大，城市袒露它们的愁容。

当界定了我们的状况时，它就是沉沉郁郁的雾，凝结着我们的生活，甚至我们的灵魂。曾经在小说里在传闻中的匪夷所思的一切，又再一次轮回走过尘寰，这个世界，我们正经历的时间里。

停摆、恐慌、丑陋、背离常道的扭曲，它们在大摇大摆地驾驭着它们暂时得到的魔力。身边那些突然脱下的面具，露出狰狞的獠牙，魔鬼一直都在。就像蛰伏的病毒，它在某个时刻复苏，幼发拉底河河底锁住的大龙被放了出来，我们奔跑的列车停了下来，我们需要修复，需要反省需要忏悔。

我们以为征服了世界。我们上天入地，征服海洋和大地的深渊，直冲宇宙霄汉。看看，马里亚纳海沟都有人类的塑料颗粒，太空飘浮着卫星的残骸，这些宇宙垃圾。征服吗？殊不知这是我们的污染，我们的步履是与大自然和谐相处吗？

"和谐"一词一出来，我们就需向地球和造化的万物低头忏悔：老祖宗给予我们的古训，都被我们的功利踩踏在地上，和谐仅仅是一个很不起眼的词汇，可是它处处都在。我们的人际关系如此微妙，我们与他人需要和谐；而不少个体都在为一己之私而不断践踏着良知，自己与自己的内心需要和谐。

我们与大地，需要和谐，既然病毒一直与人类同在，我们依然需要寻觅与大自然的和谐。

让大地、大自然的和谐牵引着我们。

三

万物自有其运行法则，"公义"是我从经书里读到的法则之锤，就如我在佛教里寻找到的一个惯用词语"报应"，它们是等同地施行在宇宙万物之中。

我更愿意在生活中时时望着它的存在，这样让人心生敬畏，从内心选择善良与正直。

这个词能引导着人归向正能量。

当世事让人陷入困顿茫然时，每个个体需要寻求释放的出口，寻求事物的解释。"因果""报应"这两个词是最有分量的解说，也是最有平衡力的词汇。

想想，每个走在各自人生旅途的个体，他们在生命线上遭遇的选择，若有"因果报应"理念，若坚持造物主"公义"的信仰，那么最终得到的欠缺、不公，终会让路于善的选择。坚信善与恶报应的不同，就如栽树，最终得善果或是恶果。

毋庸置疑，这样的选择时时会立于每个人的面前，我们无时无刻在进行 A 或 B，左或右的选择。

那么，举头三尺有神明，这是因果词汇的烛照。

国人传统的观念一直都存有因果报应，经典名著《红楼梦》把这个理念贯穿了全书，更有《西游记》《聊斋志异》等，典型的因果轮回思想。佛言：恶人害贤者，犹仰天而唾，唾不至天，还从己堕。逆风扬尘，尘不至彼，还坌己身。

词语和理念一直牵引着无数微尘般的人们，让人坚守着善。

虽然现在社会思想不断演变，这些宿命色彩越来越淡化，可是传统的精华，正的能力不应该被抛弃。曾经与一博士就"公义"一说进行辩论，我认为这不应该被忽略和刻意隐藏。他笑话我"好人好报坏人坏报"是大众的从俗心态。

可是，我们若无这坚信，便无须对善的选择，更遑论慈悲了。世界若以一厢情愿的一切都好，白是白，黑也是白，那便混淆了黑白。

有的人宁愿认为没有因果报应。没有才好，可以为所欲为，干坏事人家看不见便可。甚至看得见也不怕，得到某种利益或权势，人们还不得乖乖向我屈服？若"报应"这些词语被隐藏，他们就可以肆无忌惮地让欲望大行其道。国学传承的理念，"因果"是在骨髓里的词汇，诸多传统文学作品均深深渗透着此理念，正因为有这个信念牵引，尘土般的人类扬善避恶，每一个微小的个体至今能和谐共存。

天地鸿蒙

人 之 初

剃头铺里有三张剃头椅。事实上旁边还有一张小点的，几乎不用，所以没算在内。

剃头椅与我们家里的椅子不一样，高高的，像躺椅。有踩脚，有靠背，底座和背部可以调，调到几乎一百八十度角的话，整个人就是躺在上面，非常舒服。

每个来店的顾客，经常可以听到那位高大的女剃头师傅问：（椅子）要不要放下？

她会调好椅子背，人随着椅背往下而倾。可以眯着眼睛，让她打理头发胡子，一坨白沫任意涂在脸上，大师傅——我觉得她就是这里的大师傅，个子高大，说话洪亮，指挥着这里的其他三个人，包括最里面那个矮小的唯唯诺诺的男师傅。她很认真，谁来都是最先找她，看她手头忙不开才退而求其次找另外的师傅。

她毫不在乎谁跟谁，谁来了她都跟谁熟络。

看到她我怎么老想起阿庆嫂？阿庆嫂比她漂亮多了，何况，阿庆嫂只是敬烟，自己不抽。大师傅却抽得厉害。阿庆嫂唱起曲来婉转动人，而这理发店的大师傅，她整个就是一个大男人。

他们的手艺很好，价格很便宜，干的是公家的活。据说这店是属于合作社的。

外婆她们都在谈这镇上的几家剃头店，说来说去最后还是到这家。虽然他们的剃刀布厚得实在没法子说。

每张椅子前面都有面大大的镜子，镜子前面的架子放满了推子、大小梳子、各式剪子，当然最显眼的还是那块刷剃刀的麻布。

这布长条形，一头挂在架子上，垂下来。粗油麻布，每次用剃刀前，师傅都会一手拉起前面装轴辘的一头，一手拿着明晃晃的剃刀在上面刷刷刷，多年积垢，多少人的汗水和味道，这布发黑锃亮，越发厚重。

外婆她们天天说起的就是这块布，这块布很脏，几十年了？谁知越用越耐用。

可哪家剃头店的布不是这样？你还巴望他们换块新的布？

我不明白的是刀子怎么能在布上刷，刷了能更锋利吗？可大师傅笑笑说，不利索了，就得刷，刷了就好使。

大师傅一头齐耳短发，干部头那种，声音沙哑，不知是说话说的还是吸烟吸的。她的烟可没见熄灭过，双手在顾客头部忙碌时，点燃的烟就放在案台上，或是叼在嘴里。她抽的烟基本是自己卷的那种，一头大一头小，抽到最后嘴里只剩下一丁点湿漉漉的烟纸，她会干脆利落地吐出来，动作比男人还大老爷们，然后继续带着一嘴烟味边唠嗑边理发。

都说她的剃头手艺最好，她会用自己的眼光去给顾客理发，顾客若是有自己的看法，这看法自然与她无可比拟，她会以一种强势的说服力，说服你按照她的意愿去管理好头上的发型。

没有什么不可以按照她的意愿去理发的。何况她就是干这一行的，有个别顾客想要自己的发型，还觉得亏欠她似的，好说歹说，大师傅才表示放弃自己的正确方针——既然你无可救药了。

我的头在她的手掌控制之下，也在她带着浓郁香烟味道的呼吸下面屏息着自己的呼吸。

外婆先在这张理发椅上垫上了一张小板凳，这样才够着她的高度。店里顾客不多，刚好聊天，理这些小屁孩的头，根本就是牛刀杀鸡，她显得心不在焉。这些孩子头一般剃头店不大理睬的，价格是成人的一半不说，小孩子会哭会闹，还不好惹，所幸我们都是熟客了，她一般不拒绝外婆带来的我们。

即使我哭闹着，她也随我，不大在乎我的闹腾。一副见惯世面的淡定，要死要活的哭声是丝毫感染不了她的情绪。

因为说话才是她的正业，手里只是顺便的活儿，反正手脚是必须动的，人才是活的。

"你家那个阿舅最近怎样？有来吗？"

　　她粗厚的嗓音在我头顶上嗡嗡响，有金属的凉丝丝感觉紧贴我耳边而上，我知道是她手里那把手推子，她的手套在里面，像用剪刀一样，推子随着她的手行走在我的头发上，头皮痒痒地很舒服，可我不知道刚才为啥还是要咆哮大哭，我的记忆里来理发是必须哭的，虽然理发并不疼痛，这种感觉还蛮好的，特别她边聊天边推，有一搭没一搭干活，只要没人等，她不着急，那种感觉让我有云端里的飘浮。那一领沾满头发、在污垢里透出白色底子的披风，顶着我头顶落下的一茬茬韭菜。这样的状态让我非常享受，她慢慢聊，我在瞌睡中不时被摇醒。

　　"他好喝酒，家里庄稼现在也干不了。"外婆和大师傅各种答非所问，问也不急着答案，外婆与她就这样聊得默契而意义乏然。

　　一说庄稼，我脑海便飘过外婆的娘家，我知道她们说的是四老舅。外婆为什么不说他刚来我们家借钱，我又插不上嘴。我的想法只有烂在肚子里，她们不知道我心里才真正跟她们的话题对答。

　　她们的话云里雾里又开始飘在我头顶上。

　　"阿妹都生姿娘（女孩），这就可惜了！这几个？来了三个，啧啧啧——"

　　这话题我知道落在我头上，这是与我有关的问题，她与外婆讲我妈，就叫我妈"阿妹"，貌似她见证过我妈如豆苗般在她眼皮底下成长结瓜的历程，她嘴角不经意溜出这些话，竟有着君临小镇的傲然。

　　我抬头看了一眼她，觉得她就是泰山，泰山如今压在我头顶。

　　我的头发被她摧残成半个钵，家里容易摔烂的陶钵，谁会喜欢？在理发店这里，大师傅觉得女孩子就是运动头的标志，并且在外婆想省下一个月的钱，希望把头发剪得越短越好的请求下，我就必须顶着一个惭愧的残钵发型，度过一个月的艰难时光。理完发的前几

天，我是不敢见人的，不时会有小伙伴指着我的头笑。她们不知道自己刚剪也是一个模样出来？我只要瞅准她们刚理完头发那阵子，就能把耻笑兑换回来。

撑过一个月，头发好不容易冒出一寸寸长，它马上又面临割韭菜的命运。这就是外婆的矛盾，她既害怕花钱，却又那么在意我们头发的成长，好像每长一寸就是她面子丢了一寸似的，我们成长的头发在她的心里是一个悖论。

轮到妹妹上架，虽然照例先哭了一下，不一会她就服服帖帖了，臣服在大师傅的手推子剪子下面。其实理发并不可怕，就是椅子高而已，何况椅子是一个三面环护的高椅子，可调高调低，但我们上去就得爬了三个脚板，这感觉像杀鸭子的架子，难怪吓死人。大师傅才不理会你的哭声还是笑声。她把白布一披，妹妹就被罩在里面，露出了头，大师傅手里的推子，还夹着我很多头发在里面，她手里那支手卷的香烟已经快烧到她手指头了，她看了看，又抽了一口。就把香烟屁股往地上一丢，补上一脚，红色烟头熄灭在一地头发中，剩下一小块带着鞋印的白纸。

妹妹在理发，我坐在外婆身边，理发店的椅子倒是很凉爽很舒服，虽然老旧得跟牌坊一样斑驳，但黑桑枝的质材竟然跟我爷爷家里的差不多，当然，我爷爷那些黑桑枝椅子镶嵌着贝壳，拼成花花草草，非常好看。这些明式的椅子不知哪里遗留下来，在理发店承受众人的屁股，使得中间位置有点磨损。

等待是什么滋味，她们用嘴在打发多余的日子，在我的嘴还未占一席之地之前，我只有用脑，她们不知道我的思维跑个没停。看着大师傅，她手里的烟也没停。

我开始思考哲学问题，她是个女人吗？女人跟男人是什么样的区别？她的身躯，她的声音，她的做派，都可以是男人特征，就是头发而已，她就是头上留了个齐刷刷的妇女主任头——全部头发往后脑梳，在后面一刀子砍齐，耳朵边上别两个黑色发夹，把头发别紧。这个象征劳动妇女的发型，就能说明她是女人？！这样简单，头发的区别，不是"头发长见识短"鄙视女人的说法么？街上一眼望去，头发一目了然，男女马上划分出来。

难道外婆要我们的头发剪得那么短，就想把我们变成男孩子？我们家都是女孩子，没法子，刚才大师傅不也是"啧啧啧"吗？作为劳动妇女她也完全可以用一种大丈夫的气概对女孩子做鄙视状。我捋清了男女的区分后，决定还是好好把女性的性别完全。

让头发决定我们的性别。在她们这些毫无棱角的语境中，我愿意以头发的尖锐姿势突出这唯一认知的差别。这是我人之初的理想：以后日子长了，我要把头发留一留，但一定得绕开大师傅那种妇女主任头，还有，隔绝那种舔舌头卷起的香烟。

我盯着地上那块带着唾沫的白烟头，满地的头发，分不出男的女的、老的小的……不管谁的头发，最后都归于扫把，让其清扫得干干净净。

道 可 道

巷子很逼仄，快到巷子拐角的小教堂了，阿素转过了头，看到我们。

阿素干脆停了下来，一脸诡异的笑。把本来用于长智力的能量铆进身体的阿素，有着比同龄人高大的身躯和健壮的体魄，她张开双臂，高高的个子盖住了我的身影，双手张开即把整个巷子挡住了，我们过不去。

前面几步远的阿素母亲——香姑婆转过身子，三步并作两步，一把揪住阿素，大声斥责她：不许欺侮人！

阿素就听她妈妈的，谁都管不住她，谁都怕她，就是男的也怕她。

阿素乖乖地回到她妈妈身边，依然笑嘻嘻。

阿素依然高高的个子，每当相隔多时又重见，她眼睛里总有某种亮光闪动着，张大嘴巴，"啊啊——"地叫，我知道她无法表达心里的高兴，我会主动问她话，但她又低下头，喃喃作答，有时答非所问，答案并不重要，重要的是我要和她说话，她不应该被忽略。

阿素没法子继续读书，在学校同学很怕她，她一副凶神恶煞的模样，她像一只虚张声势的老鹰，吓得同学纷纷躲避。

回家的女孩子有活干，勾花赚钱，她老老实实做手工，做家务，只要母亲交代。

阿素会生活的基本技能。

香姑婆的儿子一个个娶媳妇了，她可以吃伙头，一个儿子吃一天，"不要连累孩子，能做的还是自己做。"

她带着阿素，两个人生活，一辈子做手工过来了，日子一天天过来。可是，后来渐渐没工可以做了。手工作坊都得出去做，没有这种拿回家做的活儿。香姑婆人老了，阿素也没法出去做工。

阿素识的几个字够看经文，香姑婆教她念经，教她要理，不知道她懂了没，反正她应诺着，点点头。

香姑婆风雨无阻，不靠谱的公交车，也无法阻挡她带着女儿去教堂的步伐。

阿素按部就班，她是藤，妈妈是树，树在哪儿，藤依靠在哪儿。

阿素手里总会攥着一串念珠，普通的塑料念珠，她不断地念玫瑰经，因为香姑婆每天都要念，坐车念，走路也要念。

香姑婆说，就是要依靠圣母妈妈。

她跟我说这话时，我们在一个偏远的乡村教堂不期而遇，面前横亘着一件棘手的事。

香姑婆注视着我，告诉我点圣水的经文，进堂就能看到的几句普通经文。"魔鬼是很怕圣水的。"她用眼睛和着低沉的声音，一字一句说。

"阿素爸爸临终时，我在他床前，念经祈祷，而魔鬼不肯走，躲在他床铺底下。"香菇婆眼睛里没有恐惧，她继续回溯：

"我继续洒圣水，念经文，把魔鬼驱逐出去。"

阿素和香姑婆依然在家里做手工，手工贯穿了童年、少年、青年和中年，当然阿素不知道什么是少年中年，她知道还需要念经，参与弥撒。

我挽留她吃我们已经准备好的午饭。她低着头说：我妈让我回家自己做饭吃。

我说：你妈也在这里吃！饭已经准备好了。你不用回家再做饭。

我把她的单车放在一边，拉了她的手，像牵着一个小孩子，她高高的身子跟着我后面，几餐围桌，香姑婆坐在一边，看到我牵着她进来，眼睛亮了一下。

阿素有很多抬头纹，却更像小孩子了，她那么乖巧地听她母亲的话，我第一次发现，她也听我的话，听得懂。

我们有很多共同的，比如念珠，比如道理。

生 · 离

一

这是什么地方？是公园吗？应该不是，但亭台楼阁，树木掩映，隐隐还有荡漾的湖面，还有紧闭的厢房，我不自觉地飘到这里来，黑灯瞎火，我更像盗贼，不，这个时候，我就是个窃听者。

厢房里有两个影子，透过纸窗，我就在窃听天机。

他们正在谈论我外婆的寿命。而我窃取的正好是最重要的一截："她还有两个月。"

我一惊。

外婆卧病在床，街坊说这种叫中风，要么三年，要么六年，都是三年叠加的，外婆已经三年了。

醒来阳光灿烂，日子重复，我还得上学去，可我心里有事，我翻着墙上的日历，今天的日子：×年×月×日，我用笔记着。

对外婆的护理让我又重拾些微细致和耐心。我一直自责耐心和孝顺在时间的重复中逐渐消散。

每天放学回来，我都计算着距离的天数，我想告诉谁，我偷听到这个消息。

这个一直惦记的时间又被日子的烦琐冲淡，忘却了。

但外婆去世那天，我惊觉那一幕，赶紧翻开前面用木夹子夹着的日历，那一页至今，用手一算，刚好两个月。

二

"你妈昨晚来我家，聊了四个钟头。"阿君姨的母亲阿姥微微颤颤从陈厝街走到我家，专门说此事，此事也真是重要。在我家的此刻。

母亲的丧事刚办完。现在才三天。

阿君的母亲年纪大了，不大出门，顶多也就在家门口坐。现在专门过来告诉我们，我母亲"昨晚"还到她家串门。可知道她的郑重其事，和母亲的未了遗愿。

"我妈说了些啥。"我们迫不及待追问。

要说梦里讲了三四个钟头，说了什么详细内容，还真为难了阿姥。

"还是平时那样，她聊家常，而我分明知道她这两天刚走的。"她不忘补充道：

"四十天内，她还在的，没离开，走走街坊亲戚，平时比较熟络的人。"

要说熟络，二叔是至亲了，而要说关系好，他可还算例外，正因为亲戚，所以涉及了方方面面的关系。母亲很不喜欢他，大事小事都觉得受气。而母亲脑溢血住院直至去世，他们两口子忙里忙外，正应了"亲不隔疏，后不僭先"的老话。

当母亲的遗体还未入殓。他跑来告诉我，绘声绘色描述母亲昨晚如何与他告别时，我满脸不相信，看到我的神情。他却再三说：

"这个我要骗你干吗？我正沉睡中。是她（你母亲）在叫我，老二，老二。我明知道她刚走，望着她，她穿着一身白衣，跟我告别来了，老二，我要去天国呢！"

我将信将疑。回头，潸然泪下。

母亲。你就跟他们告别，为啥不与女儿告别呢？！

办完丧事，回归日常轨道。母亲却真的来与我告别了，在我小卧室门口。神色有点不悦：

"你说我没跟你告别，你有什么事要说，赶紧吧。"她好像行色匆匆。只能在门口短暂停留。

我却犹豫再三。

想了想，还真的没啥需要说的。去，便去了。

三

听到我们的电话报信，家婆淡定的反应，一切都在她意料之中，在电话那头连连应道：

"嗯，嗯！我早知道了，是个女孩子。"

我们很意外，刚刚出生，在农村的她怎么知道的？

"几天前我就知道了，在梦中见你们给孩子洗澡，白白胖胖的女孩子。"

四五个月后，休完产检，我必须上班，家婆来我们家带孩子。

一个橙黄色的婴儿澡盆，是母亲买的，我嫌大了。既然买了也就用着。

吃完饭后，两口子给孩子打了一盆热水，我给她洗澡，她爸在一旁逗着她。

家婆满满笑意，连连点头：就是这样的。

我转过头看着她，她却对着澡盆里的孩子说：那时候，你们（两口子和孩子）就是这样子的。在我的梦中。

孩子高兴得用肉嘟嘟的手拍着水，溅起满地水花。

家婆忙不迭去拿抹布擦地板。

四

他带着我拐进村子里，村里的房屋零落四散，踩出来的泥土路，走到旮旯里，以为是死角。忽而又见一路接通，走着走着，豁然开朗。

一排排竹竿晾着长长的面线。成珠帘般，一片片竖立。正诧异，前面一池塘横挡着。

厚厚的浮萍挤满了池塘，几乎看不到水，池塘已经无法洗刷什么，就这样存留着。对面是错落的房子，有个老婆婆坐在那里晒太阳，深蓝布的衣服映得整个人都笼罩在阴影中，她在那里一动不动，打发着时间，只是时间于她太过剩余了，恁是挥霍都花不完。就像晒谷场上的稻草，毫无用处，我跟着他走过一片场子，半边还晒着谷物。这是老生产队的场所，它的前任是某个地主人家。

这一幕怎么这么熟悉？我哪里见过？

我肯定见过。

绕过半个池塘，一个老井挡住去向，绕过井，走近老墙，鼻子都顶到了，发现左右的路跳将出来，就贴近这墙，继续往左拐，坍塌的墙高低错落，落差甚大，高的显得很逼仄，斜斜地像往人身上倒似的。低处能看到豁然开朗满是绿意的荒厝地。

走过几间废弃的厕所，松了一口气，前面一颗有气派的老屋坐落在一排旧屋前，像一位倚老卖老的乡村族长。

　　蜘蛛门的红色漆经年已经脱落、色彩淡化成浅红。可以想象它正装时，红黑相间，是多么威风傲然。一个方形天井，然后是大厅，大厅与走廊被拆通，成了车衣的小作坊。十来个人在忙碌车衣服。

　　楼上格局很古典，走廊环绕着天井，正中对着蜘蛛门的客厅，一共有八扇高大的雕花木门，虽有一百年时间，因着楼上没有风吹雨洒，颜色花纹还清晰，雕花保留得更好，每一幅都分上中下三个部分，端详内容，不得不感叹民间工匠的绘画水平，花卉清供很典雅，山水很高古，清末的风格，再也找不到这样的画，看到当代的漆画，没有这么高的绘画水平和匠心，更没有那个年代特有的心境。

　　心境在画境中，褪色的漆画让人更怀旧。

　　突然想起楼下的格局就是与楼上一样的，因为被改了，我还没意识到原先它是由八扇高高的折合门关起来的，那八扇拆下来的雕花门板还放在楼上的厢房里，我扫掉厚厚的积垢，露出了惊喜的雕花漆画。

　　恍然大悟，多年以来那个隔三差五入梦中的境况，就是这个地方：

　　楼下的大厅，和村子里那池塘。

　　梦中一直纳闷，这奇怪的折合老木门推开之后，这厅堂竟然有很多人在里面做工。隔着几年，我就来到这梦境，每次灵魂来到这地方，我都知道，我曾经梦里来过，现在又是再次来到。可为什么这样一个从没见过的地方，多次出现，只有梦里才出现，出现得几近熟悉，我在梦里不解，走出梦境依然不明白。

　　现在，它就在这里了。连同那个已经很脏的池塘。

五

旧家私铺一直都在，开门关门，每天就是这两部曲。家私来了又走，走了又来。店员也是，老的有十几年了，新的两三年就走了。"大炮天"来的时候，原先那帮店员已经换得七七八八了，阿天一来，病恹恹的铺一下子就火闹起来。

阿天声音大，但并非最大，他赚二十元会说是赚二百元，他拍着胸脯说要给阿慧升工资，下个月开始。

再也没后文，再催，他又信誓旦旦。

他的话当你信以为真的时候，他也认为是真的了。

于是，背地里店员叫他"大炮天"。

这个鬼地方，现在旧家私都收得差不多了，旧床旧柜子，缺胳膊断腿的酸枝、黑檀、黄花梨眠床、八仙桌，供桌，现在也收了，两个老店员会修补，两个人轮流，每天对着瘸腿的椅子喝茶。

双臼巷有人在修理旧酸枝家私，我们街上旧家私店是公家的，家私基本完好才收，所以缺胳膊断腿的部位基本有残件，不影响整体，修复的店员能负责修完整。旧家私店的门面很旧，比我家还旧，我们的木式楼房开始换水泥了，旧家私店因为是公家的，依然显示着很老很旧的木式门板，闩门，很古旧，反正是旧家私店，没人嫌弃它旧。连家私店的地是泥土的，我们家都铺红砖，每天拖了地可以睡地板上，家私店不行，得摊一块草席。

而家私店后面跟我们家的后院连接一块，他们后面的地方异常凉爽，外婆有时让我铺一块草席，在那里睡午觉。凉风飕飕，我一觉醒来，那边有声音，隔着墙，外婆没在，必是家私店那边茶炉已经生火。

我跑过去，店长在做檀木床的修复，而嵌贝的黑酸枝长几还躺着某个午休的店员，那些断胳膊残腿的旧货，不外几个钱。在他们手里一下子就如医生救治病人，我看得都抓痒，发现他们那点技艺我都学到了，我甚至可以帮忙。

这里的东西虽然旧，但难掩其旧时的美貌，看看那些漆画、贝画、锦鲤莲塘、八仙过海、百寿图、比目鱼纹……我在里面流连忘返。

外婆他们开始把盏，生气渐起，我可以赖在旧家私店这里，等候一杯工夫茶。

茶烟，溢出，在人间。

六

急诊室的外面围起一条防护带，有好些警察，有些人好奇地站在那里张望。

地上，是一具蒙上白色被单的尸体。

防护带围成一小区域，保护着现场。有人指着楼上的某个窗口：就是从那儿跳下来的。

电梯间，一伤心欲绝的女人，被两个人紧紧搀扶着，她的悲伤彻头彻尾，整个人摊在两个肩膀之上。

人间有太多的悲哀，太多的悲伤阻挡着人生的脚步，可是，生命不能往回走。即使停滞不前，时间总会带着向前的。

他躺在 ICU 监护室里，他不知道时间，除了白炽灯，白色的床单罩布，医生那身带点浅绿色的衣服，然后鼻孔、肚子插满了管道，他没感觉排泄，因为也插满了管道。他清楚地记得每次来检查的情景，越查发觉问题越严重。直至住了进来，父母兄长都在医院旁边租了房子，专门轮流护理他。

家在此时又黏合在一块。

多年来，他们各自分开生活，业务也是。现在，兄长回归以前的样子，他读书时，兄长管着他，给他钱花给他烟抽，娶媳妇后，自然而然分家。各自的轨道。

现在，他就在这陌生的地方，在这满是机械和药品的地方，又感受到来自少年时密密麻麻的关爱。他那时就是贪玩，作为小儿子，不听话，逃学，很快结婚生娃。

他还没谈恋爱，就被婚姻捆绑住了。

他不知道什么时候能再起来。已经睡了醒，醒了睡，没有阳光，没有日夜的轮替，只有瓶瓶罐罐的药，针筒，仪器。兄长和颜悦色，嫂子也是，对于强壮的他来说，只不过重温少年时期的日常。

一个个熟悉的身影小心翼翼走进 ICU 时，他认出来了，是少年时的伙伴，一张张带着时间印痕的脸孔，此时出现在这里，这个大城市的医院！他们不远千里，风尘仆仆赶到医院来？这一刻，他流泪了，他恍然大悟了，生命于他已经是奢望。

他示意兄长拿过笔和纸，在上面写着：

我是不是没得救了？

一张张努力堆砌起来的笑脸在这重症室里显得多么苍白。他们不停地安慰着。

他明白了，这些管道只是生硬地支撑着时间，生命的句号已经赫然写在上面。

谁都瞒不了他，他想回家，可这里没有他的思维和想法的表达。

进进出出的影子，有的很熟悉，他的祖母，最疼爱他的祖母，还有祖父，祖父在他九岁就走了，祖父那时对他很严格，但此时，他带着慈爱的笑容，祖母没能看到他娶媳妇，幸亏没有，若有，也没少操心。

他看到自己，他们拼命地在他的身体上面努力着。

医院许多人在忙碌着，他看不到妻子，他看到很多不认识的人，他们轻飘飘，穿梭在走廊房间中，他们有的很年轻，他们看不到面孔。

他看到自己大汗淋漓，医生也满头大汗。可是，他没感觉到温度，什么都是灰色的。墙壁坚硬而通透，手术台，病床，都如布景。

他看到父母租住的房子，父母对坐着，母亲不停抽泣着，抹着眼泪。

兄长忙碌着，安排着儿子做什么事，儿子长得很高，豆芽似的身体，虽然才上高中，家里厂里的事情却懂得不少。

他看着从家乡开来的车，载着儿子，儿子手里捧着他的像片，包着黑色布。

他拼命地朝车追去，他想告诉车里的家人：不能丢下他！

可是，车开远了，他跑了好远，车消失在朝家乡方向的公路上。

王尔德说：生在阴沟里，依然有仰望星空的权利。现在的他，连星空都没有，面前一切都消失了，生与死，从此阴阳相隔。

蛆

"你的豪华，你琴瑟的乐声，也堕入了阴府；你下面铺的
是蛆，上面盖的是虫。"

A 面

一

我匆匆过了马路斑马线，双脚一上人行道，心立马放慢了下来。

砗磲的乳白色又浮于水面，带着草原母牛的奶水，温润而洁白。
它已经被打磨成一颗颗珠子，串成带着十字吊坠的串珠。现在，它
在我的牛仔吊带工装裤的大口袋里，我的手一触碰到它，冰凉的海
水一阵抚过我的肌肤，直通到心脏。

我在人行道，双手插在裤兜。顾左右车辆，顶着喇叭声，继续
往前。

城市车马喧，此刻，汽车看起来已经显得很节制。从我们大楼
出来的马路，是主干道的分叉，道路规模如河流开岔的支流，窄小了，

但车马照样喧哗。人行道是双脚安全的通道。正值立夏，人行道稀疏的绿化撒在密集的高楼旁边，蛮横的阳光被挡住了不少。

我在人行道上拣选阴影躲避炎炎夏日。

这爿人行道的行人不多，此刻是上班时间，逼仄的人行道是通畅的。才走一小截，一身着花绿裙子的女性挡在前面。我走路快，速度超过一般人，心里犹豫要不要超越前面这人。

人行道只够两个人并排，这样我会与之贴身而过。

这女人的衣服实在花哨，似故意招蜂引蝶。我的眼睛从这身张牙舞爪的花纹往上移，视觉所及越发愣住了，前面的物体很不对劲：花连衣裙分明包裹着一条蛆虫。

我赫然，放慢了脚步。

前面大片的树阴，那条蛆虫在阴影下继续前行。她步履匆匆，看出有事。她身上花裙太辣眼了，红绿黄的大色块加上黑色的粗线条，浓烈张扬，把身子绷得紧紧的，裙的造型退化，成了花布裹着一条肥蛆，节肢动物的身躯一节节凸显在连裙子上，脖子位置露出头，双臂和裙子下的腿已经是多余了。

我心中赫然：怎么又是蛆虫？！

人形的蛆虫！我不久前才发现。

我相信她是在我用驱魔圣水沥洒后，这熟悉了十多年的女人才逐渐现形的。电影蒙太奇的手法，化成老人、化成女人的白骨精，在孙悟空的火眼金睛下显出原形，差不多这样子，我眼睛看到的更加微妙庞杂。导演和编剧也是借助传说，但传说却是来自恍恍惚惚的真相。

我至今还得缄口不言，在这个继续熟悉下去的世界。

在楼下遇到她，她叫我去她那里。去，不去？自从那次她显蛆虫形状后，我在每件事情上都必须选择。犹豫之后还是去了。

我站在她新搬之处门口，问她找我什么事。现在，她的标配够得上她的级别，她刚刚成了管四五个人的主管，大电脑桌和椅子书柜，竖立在她面前的电脑屏幕像是墓碑，完全挡住了匍匐在桌前的面孔。

我唯唯诺诺等候她发话。

她要我"进来坐下谈谈"。我没有坐，在这个问题上我也要面临 A 和 B 的选择，既不想与一条蛆虫再次面对面，也不想拂她意得罪她。这点看出我还是谨小慎微的，可是，我还是选择不坐。

我就在她门口站着，既然没有什么事，几句话完了我随即离开。

自从发现她是一条蛆虫，我至今都无法确定我该怎么做。孙悟空可以一棒子把白骨精打死，如来佛祖可以用手掌收了妖魔。可我呢？我是芸芸众生中的一个。

谈到这里，你可以理解我的境况了。

世界藏匿着老鼠、蛇、蛆虫，它们也穿金戴银，你们是看不出来的，一般人都看不到。我说的不是卡夫卡的《变形记》，当然，你也可以当作卡夫卡式的写作或是鲁迅的《狂人日记》，而我讲的，仅仅是我所看到的和我所知道的：

她是一条蛆虫。

这个发现足够惊悚，虽然我也看过《异形记》的书，也走过农村、集镇和城市，走过了不算短的时间线，谈不上见多识广，但也有点经历。

蛆虫如断片，在消失之后的若干时段，突然插进影片里，就像是胶片或放映机出故障。城市环境卫生日趋完善，蛆虫早不见踪迹，虽然不可能绝迹，但城市里基本看不到它们的痕迹，人们已经忘了蛆虫的形态。但它们在人们遗忘的角落里继续繁衍。我需要补充一下，这是农村茅坑里的那种蛆虫，我写过《东司》，我们粤东的东司：

茅坑，城市地理上已经消失了的事物。东司的主角就是蛆虫。茅坑里密密麻麻涌动的蛆虫，又白又胖。

凡事不要问结果，贾居士如是说。

贾居士是画家，虽然有出家的念头，可他只能一直当一个画家，因为他还要养家糊口，最终是"随缘，随缘了"。每次话头一牵，总是扯出佛家的理念若干。他话语特别多，很啰唆，只有这一句投中我的篮子。既然不问结果，是不是我也不应该追寻源头？

一条蛆虫，她跟我很熟悉，尤其是近来——我不明白她最近紧密行动的奥妙。她去医院做手术，让我帮她的忙。但又发了她跟西门丁谈话的截图——里面把我扯进去，说跟我非常要好。

专门点穴位于此，深埋伏笔。

我发觉自己处在一个旋涡里，被裹挟被搅拌着。莫名的旋流，我无法辨认其目的，但我总该去帮忙。

医院的事情一下把我弄蒙了，数到第二个房间，却不是她的，打了电话，才告诉我真实的房号。她为什么故意说反了？对应不上的房间和手术问题，我被现实颠倒，视觉和认知很是错乱。我告诉自己不应太纠结于真实，城市人讲究隐私，对他人提防着，哪怕需要你帮忙。她深藏的沉重心机，有点不详。在医院里，我发现她是一个洞府——幽深的洞穴。幽暗的灯光，在她身上像是幽灵般的恍惚。

我掉入了一个套一个的隧道，每一个困惑还来不及找到出口，又是一个迷宫来到当前。我带去圣水沥洒着，洁净里面的空间。

还无法厘清里面的错综复杂，咔嚓一声，我又回到了跟前，就像电影开机仪式，突然出现的异形，让这无数条缠绕的线突然停摆，定格。

此刻也将落定所有的悬念。

"手术"后随即进入觥筹交错、推杯换盏的夜晚，她就是蛆虫——如蛇精白骨精显现的一刻。

你无法想象我的震惊、震撼。吃饭、工作、走路，不管做什么事，这一幕都悬在我面前。

大雨投入池塘飞溅的水帘，天上的水和地上的水连成一体，分不清是天上的还是地上的。雨渐缓、渐停，时间静止，塘边榕树散落枝叶，水天分开，我的眼睛在辨别、澄清着一件件事情，那些富有深意的神色如何让世界混沌的。

我是如何一步步被她带到这个池塘的？那是蛆虫的深坑。我止止了脚步。

随着杯觥交盏，她把身子投进另一具身体，她的嘴吞噬着那具身体的腐肉，圆钝钝的头不时拱动。坑里蛆虫涌动、扭动。一条不断拉出虫卵的大蛆虫，与无数密密麻麻的卵和小蛆虫纠缠在坑里，即便没有密集症的人也会浑身起鸡皮疙瘩。

我手里捏着念珠，砗磲打磨的珠子，白色贝质上面飘着金黄丝线。据说砗磲能解蜂蜇伤或者是虫子之毒，对惊悸也有药效。一颗砗磲珠子就是一颗眼睛，它在乳白色中有着淡定的凝视。

清朱彝尊《赠许容》诗："吾生好奇颇嗜此，砗磲犀象罗笥中。"她曾经笑话我的珠子，不经意眼角泻过一线流萤。但她最近突然拿我的砗磲念珠来夸我，倒让我局促。就像秘密无处隐藏。

"你看她是带着念珠……"后面"珠"字被忽略过，或是珠子放在她意味深长的神色上，配合她抛物线似的迷离眼神，抛到了某个不知道名的地方，传输着某些仿佛与我的气息相违背的谋划。她发力的对象是西门丁——即将成为现在时的西门丁。

大楼里昏天黑地，进屋需要开灯。在她那里，她有自己的千头万绪，有自己的黑盒子，近来人事的调整像夏天烦闷的蚊虫，"嗡嗡嗡"叫嚣着，这微妙的声音纠缠着她。她趁着嗡嗡嗡的叫声，努力抓住什么。

而我的世界却渐渐澄明起来。

分开黑暗与光，认知被撕裂的过程是胶着的痛，是沉溺者面对一圈圈水波找不到出口的憋闷。我肩膀上的痛，诊断为筋膜粘连，这是沉实的痛，痛把我拉进黑暗，我的眼睛间或看到灵魂上的气泡，一圈圈飞升与上面光亮相接的气泡。痛让我有于世间的存在感，即便是辙印微茫。

黑暗里那个坑，无数条白色蛆虫蠢动着。

一条蛆虫怎么套上衣服来到这堂皇的大楼？我又开始追溯。当我发现她是一条蛆虫之后，我无所适从。我也努力假惺惺跟她打招呼，她却故意抖着，故意袒露着蛆体的半个身子——这神情已经是胜利的宣战。

我一下子无措起来。我一只手伸向口袋里，捻念砗磲珠子。

现在是她的高光时刻，她讲着话，参与剪彩——一条洋洋得意的蛆虫，笑容在脸上弯成几抹线虫，她身上的一切都与虫有关，连皱纹也是。

普罗大众百无聊赖在下面低着头，有的偷偷看手机，有的用一本杂志打幌子，却是看平板电子书。只有我专注，没开小差，认真看着那条蛆虫。

我也毫无悬念地洞察到：她已知道我看到她的本相。并且我是西门丁之所以成为西门丁的旁佐辙印。知道真相是危险的，处于危险境况的是我。

她得意地炫耀着她的肥膘，上翘的眼角和嘴角表达着她的得逞。远远地，她的眼神像飞镖一样投向我……她故意扭动着粗短的躯体，贴身裙子呈现三四叠救生圈。

　　我与袒露的蛆虫面对面：两抹线就是肉蛆的眼睛，跟着身体蠕动。这些年我对她这双线状的眼睛一直感到诧异，乡村俚俗描述的邪魅眼，描绘在这张熟稔的脸上！这眼睛将一切带进神秘莫测的深渊里。

　　街道，阳光。

　　我现在与前面的蛆虫保持着一段距离，不紧不慢。我纳闷世界究竟怎么回事，街上竟然还有同样穿着衣裳的蛆虫族群？我端详前面这扭动的躯体，夸张的棕色假发在头上炸开，遮住肥硕的脖子，往下是紧裹着花裙的肥肉……

　　我顿时明白了：还是她，我们大楼里的蛆虫。

　　阳光从树上洒落下来，斑驳晃荡，银色光斑有的打在地上，有的贴在我身上，我的脚步放慢了下来，时间被拉长，我陷入两难的选择中："继续前行"或是"折回"？

　　脚步以最慢的节奏移动，透过树叶的日斑在地上晃动。她踩在晃动的日斑上，地上的日斑跳跃后又恢复原先的斑驳。她兀自前行着，并不理会周遭的世界。

　　我认为那个夜是一个分水岭，万物的不同，只在此前和之后。那晚之后，她面貌大变。她那鲜艳的花裙子下，一双白色的高跟鞋张扬地张大了嘴，接纳她粗肥的脚丫。我如何以人的标准去描述一条蛆虫呢？科幻片里的异形蚂蚁，跟人一样大。不恰当的比喻：蛆虫像打了气，充气成了人的模样。以前不明白她为什么身子这样堵塞，现在明白了。

　　六十岁的女人可用"老妪"一词。一个老妪也明白她这像蚯蚓的蛆虫，如何作为钓者？自然需要借助其他鱼饵。

　　分水岭后，云雾聚拢，云雾散开。你看过《白蛇传》吧？白素贞不管怎么变，却无法把蛇尾巴藏起来。我不愿意用白蛇做比拟，毕竟电影里的白素贞是美好的。看到她的身躯，终于明白即使打肉毒素，改颜换容，蛆虫的本相最终藏不住。

她脸上泛起诡异的笑容，露出一口蜡白假牙——又一次让我愕然。这诡秘的笑容让我打了个寒战。

我用了若干个白昼，才让自己重新回到地面——阳光下的大地，然后让这黑夜里发生的一切沉于地下。

池塘又风卷水起，浊浪滚动，但我环顾周围，大家好像看不见，浑然不觉异常。灯火微茫，世界颠倒，认知的倒灌像瀑布像喷泉再次倾泻。

我紧紧地捏着口袋里的碎碍珠子，慈悲经文一颗颗碾过，停顿，又列队而过。

这黑暗底下的一切终于袒露无遗，包括过往每个人的印辙。池塘不用枝叶遮挡了，它已是茅坑浑浊乌黑，蛆虫们欢快地蠕动。

世间的人们熟视无睹。

万事存在，需要我们接受，微小如尘埃的我困顿于此。城市夜空，湛蓝的颜色沉溺在黑幕里，被黑色覆盖，棉絮般的云儿被扯开，就那么一抹，遮挡不住黑的羞耻。灵魂里有与生俱来的良知安放着，偶尔，蓝色天空里泻出一丝光亮。那一丝光亮被我紧紧抓住，它在灵魂里生根，长成树。

我在选择自己的态度，选择自己的表情，面对她的现在，和现在的西门丁。

世间的定律被打乱了。事实上它们一直存在，且以另一套权威的规律干预着世间的定律。现在，必须用"它"和"它们"才更准确。

我承认，我的认知和表达开始混乱，看到她，我就会陷入混乱。事实上我的混乱使得我遗忘了修道士发给我的"撒旦"注解：撒旦，有混乱的意思。

我继续看着前面：这熟悉的身影阻挡了马路上所有的风景。一两声汽车的喇叭声从后面、从旁边飙过，提醒着行人：马路依然繁忙。我看着蛆虫的背影，一盘沙子倒向地面……我心里面比较着她这阵子面貌上的山乡巨变。

那一天，她兴冲冲说，那椅子来了个男的！她的兴奋冲破了一贯的阴沉：总有办法的，只要是猫都会吃荤的。她的眼神显出一丝电视里的特效。

让我莫名其妙不知所以的是，她自此开始有各种热络召唤。

餐桌吃饭时，她赫然一惊道：我发现自己是这幢大楼里年纪最大的女人了。我哑然失笑，想安慰她，但又觉得多此一举。看到她又自语道：他们的年龄都比我小了。说话间，"哗——"又一场大雨，我们不由得往门口望去，广州的夏天要下一场豪雨很难，可是，有时它就是偏偏不管不顾地下起来。

她的眼睛又收回来，看着那些排队打饭的，眼睛一直在女人身上打量，她咽下口里的饭，貌似吞了半截语言："都比我年轻……"

她看起来很焦虑，没顾上饭，甚至忘了桌前的饭盘。只见她又抬起头，自顾自说："我时间无多了。"

我看着她，我们围着餐桌用饭，那一刻的我，还不知道她是一条蛆虫。

"西门——"她的声音很嗲，这是某种特殊时候发出的。她余音悠长，唱歌般拖长了尾音：丁——

一众熟人在场，热闹聊天，她掀起裙子坐上了西门丁的大腿，把手也伸进去。嘈杂的空间，有不适的惊叹声发出，那声具有金属质地的震撼声，像是一记锤子，锤开了土地的良知。人声、热气，让我分清世间也有与我一样深感不适应的人。我别过脸去。

这是中秋节前夜，据说月圆时，穿着人类衣裳的动物都会露出原形，狼人此时会如狼般嚎叫，白蛇在这个时刻露出蛇形吓死了许仙。此刻我看到一条胖乎乎的蛆虫缓慢蠕动，爬上了西门丁——新的寄体。

我相信肉眼看不到的世界里，正在发生着某些事，左右着我们这个看得到的世界。

那些看起来好端端的、正发号施令的人，他的屁股上却有蛆虫爬出。他的座椅怎么就成了一个粗陋的粪坑？

我用有限的认知与一股看不见的力量冲突着，我又盘起砗磲珠子，珠子从指缝中走过，一颗带走一段经文：小时候爷爷教的，我不懂，只会学舌般念着。

我们很微小，有时小得看不见，如尘埃。

我再次重复那个夜晚，没人看到，她的样貌冲出人间气息现出了原形，在灯火和酒席中有一条蛆虫袒露着。世界的颜色就是那个时刻改变的。

此后，每一天她走进大楼，已经不是从前那个人了。她擦粉的脸上显出僵尸的硬，她的身体能伸缩，甚至能缩小两个码。

马路上的绿化带葱翠繁茂，南方的气候只要有泥土，就有草长在上面。权力是块沃土，能长草，也能覆盖你看不见的腐肉和蚊虫。

寻觅那沃土的蛆虫，我真真切切地看到了。

我跟你说她是一条虫，你肯定认为我脑筋短路了！我还是不说了，我已经摸不着头绪。

人行道的绿化芒挂着沉沉果实，没有人抬头看。这个社会太匆忙，连那么鲜美的果子都不值得抬头，没有谁停下来，更没有人愿意相信那些真切的芒果。每个人都行色匆匆，包括我在内，若不是那个夜晚，一张被撕开的脸和真相，我现在哪会把脚步缓慢下来？哪会把头抬起来感受昊天罔极？

　　除了蛆虫，这个世界的一切我都愿意迎上去。我努力躲开跟她碰面的机会。

　　这偌大的都市里自然不止一条蛆虫，就像你发现一只老鼠，周围自然有它的族群。有一条蛆虫已足够惊悚。我心里面还是感到庆幸：幸亏前面这蛆虫就是我们大楼的。其实是我多虑了，即使不是我们大楼的，也不关我什么事，这个世界之大都与我无关！与我有关的只有我身边这一条。以前我认为她做的事情与我无关，诸多若隐若现的恶，我总是忽略其内在的指向，现在终于明白，在一织网的蜘蛛或蛆虫身边，自己迟早会被网进去。

　　我在记忆里拆开我们交往历程，就像一棵槐树的枝叶，有疏处、有密处，树木在风中摇曳，我穿梭在岁月中与她碰撞的疏密交错，像是岁月无患，却有某种内核的隐忧。

　　此刻走在人行道的我，故意踩着阳光的碎金，放慢着脚步，视线却继续留意着前面的蛆虫，不管她往哪里去，我都需要与她保持这段碰面的距离。

　　突然，她的身影停了下来，只见她往右边马路张望来往车辆。我明白：她打算过马路。只见她避开几辆开过的车后，速度加快，一边张望着，一边快步横穿过马路。马路不宽，加快步伐一下就可到对面人行道，她回头四下张望时，那张脸一览无遗，熟悉而又陌生。

　　她脸上的那层白，有漂白水的气息荡漾，线状的五官镶嵌其间，在这一瞬间，我又看到某个隐秘诡异的军旅正藏匿在这张画皮中，指挥着这具有女性特征的躯体，网罗着它们的地盘和猎物。

　　突然，我发现西门丁在对面那幢大楼的阴影处朝她示意，阳光被挡在外。

　　蛆虫急速朝他奔去。

二

她的脸皮滚烫,点点米粒状的簇拥。细小的蛆虫,曾经在林檎和莲果里看过那么微小的蛆虫,白色的点点在动,不细看是很容易忽略过去。

她脸上的蛆虫很细,但并不像林檎果虫那么细小,个子体型倒像是粪蛆那种肥圆。七十年代我妈所在的国营厂,旁边就是一片东司,随处嵌在小镇的东司,倒像一个老人身上贴的狗皮膏药,让小镇呈现千疮百孔的疮痍。

东司裸露的粪坑,与时间一起寂寞,可只要你往里面一看,静止的坑里却是动态的,蛆虫涌动,却永远无法突破粪坑的疆界;下雨的池塘里,水面攒动,是蚊虫飞跃的动态图,可那里是水,净化万物的水和可视的镜面。

现在,她脸上就有密密麻麻的蛆虫在奋力,想破壁而出。

蛆虫显现的瞬间,我的视线凝固,嘴巴张开,不敢呼气。我的气息也凝滞了,时间骤然停顿。我孤陋寡闻,大脑里没有这方面的存储——哪怕来自动画片或科幻片,我的经历如熨斗熨过的平面,规整扁平,并无隐藏的针孔。

我好不容易拽到她不久前意味深长的一句话:她脑子就是一根筋,不懂。她的眼角瞥向我,后一句又朝向西门丁:我会引导的——

酒肉熏天的餐桌之后,这是她安排的时刻。她的脸一直贴在他身上——新西门丁。

一切都不是你们眼睛看到的那样子,或许我是来见证一只蜗牛爬上树的跋涉行程。我用了"蜗牛"代替蛆虫,那样让我的思维更加流畅些。

有凉风掠过皮肤,是来自空调的风,中秋节前的月,狼在满月会显出原形，白蛇会露出蛇样，并非雄黄酒之故。我终于确信传说是真实的。那些聊斋故事的妖魔，并非杜撰，现在它们依然混杂在人群里，密集的城市和人们密不透风的生计，硬生生掩盖了它们。

我的眼睛却在这样热闹的场合里看到了它们，衣裙包裹着的蛆虫。我被她的热情裹挟着来到此处。

在场也是一种罪恶，视线无处投放，我不敢正视他们。还有一个原因，台下和台上的人，她能安排成自己的剧本。蛆虫首先把嘴凑上去，我说过她还不够一米五，需要踮起脚，她紧紧地搂住他的腰，用嘴拱着他的衣服，一手解起他衬衫的扣子，他配合地俯身迎向她的嘴，我知道她的假牙——整排的假牙，没有人类牙齿的光泽，这是一种死白。

我终于发明了一个词：死白。来自蛆虫的嘴。

我看着周围的人，他们好像对突然涌现的画面已经有免疫力。

我心里纠结着，吃好了饭，能不能走人。我的叙述是不是有些踟蹰？我看到阳光，阳光能驱散阴霾，这是造化的恒常。

时间往后退去。那个中午时分，正顶的阳光，光芒万丈对着大楼，外面的小叶榕绿化芒都退后了。里面中央空调，大楼一直关闭窗户，完全不理会阳光风雨。傍晚走出楼，才知道外面经历了怎样的风雨横虐。现在，我吃完午饭，在大楼里溜达。

这里的空间已经被淘汰，一空桌子被我收拾一番做了画桌，我对着那张未完成的画继续蘸着颜色调理，中午时光可以用大尺幅的宣纸填进去。

电话响。"××你在哪里？"

我顿时支吾起来。太阳正对着高楼的时分，大地也寂静着，人们各归各，吃饭午休或者喝茶，我跑到这里画画总有点不那么理直气壮。

电话里的人也懒得等我回复，声音浩大，继续说着："我们在吃饭，请你现在过来吃午饭。"

世间的事像一盘沙子，稍微一动，散开，一摆动，有的沙子又碰上而来，打电话的就是西门丁——此时还未是，突然就这么戏剧性相认起来。我看着好不容易整理起来的桌面，眼前的画让我回到当下。因为，我刚吃完饭。

我眼睛看着桌面的画，边对着手机回答："我吃完饭了。不过去了。"

我正想把手机摁了。

在一旁盯着我打电话的她，把我的手机抢了过去，对着手机里说："唉呀！我们马上过去。是在明月楼？好的好的……"

她胜券在握，匆匆拎起袋子，像捡到一项重要的事情，向我发布命令："咱马上过去！打个的士！快！"

她拉起我，我急忙把手机塞进提包里，我已经被她拉得趔趄，跟随她匆匆从楼梯跑下去。我心里的暖意也随着跑动的风递增，有一点感动。以为她为我好，她深谙人情世故，而我还处于天地鸿蒙中。我们往下飞奔的步履在楼梯间挟带着风，很快抵达地面。出得大楼，她的动作比我快，已经站在马路边挥手招呼的士。

世间的一切都在凌乱中，我被带动着，像被一阵风裹挟着。

这凌乱的酒池，他们的话语在酒池里碰撞。各种声音在撞击、回旋、带动。

她努力贴近他，脸上堆砌媚态，身体在靠近。我有点汗颜，毕竟她与我同来。当她圆滚滚的躯体已经滚在他身上时，她那线状的眼睛转向外面："我喜欢你！"

发嗲的语音配合着双手，上下摸索着他的身体。

他把她的手揭了下来。

我转向四周，看着大伙的眼睛。大脑却是停滞了，身体和思维均是胶着的状态，进和退在我面前来回摇摆着。我瞅在场的人，他们正面对着这一直播的场景。餐桌是圆形的旋涡，就餐的人绕着这个旋涡在旋转着，她表情和语言随风带动。吃饭是摆设，话语却是旋涡。我的脚如黏住，犹豫进退。这些年她的一切铺开在前面，就是这样的西门丁，台上的和手握笔杆的——她炫耀着她的战果。

我当作茶余之谈。现在她进入了道场。

灯光眩晕。我后背有汗水渗出，很是难为情。

道场后。她将他们频繁的私信截图给我，故意提到我的名字，提到她跟我如何铁杆。文字信息是她的堡垒？战场？兵器？正随着她的缜密运行着，她运筹帷幄。

她拿着那张医院开的病理证明，对着几行字冷笑道："还这样写？！我都交代医生不要这样写了，我们都十年没有夫妻生活了。要是他看到了，又是一个把柄。"

她嘲讽道："我与家里现在的那位，各玩各的，半路搭

伙嘛。"她的话闪现在夜色中，湮没在黑夜里。

我凑过去，瞅了一眼她的检查报告，有两行字很抢眼，让人脸红。

现在，我看着他——按蛆虫的昵称叫"西门丁"。我神色紧张，想起她那张病例报告，我奇怪那些看不懂的名词。西门丁的眼神与她配合，并不像上次一样拒绝蛆虫在他身上的爬行。此刻灯光炫彩，大家的神色好像被固定了，他们见怪不怪？

我是不是进入另外一个维度？刚接受了元宇宙的概念，近年流行这名称，科幻在人脑里炸出了好多个维度。我观察在场的人，奇怪他们为什么无动于衷？

现在，她紧紧贴着他，就像要往他身体里钻进去一样。电影里的镜头就在眼前，直播下去，两个重叠于一把椅子中，留空了一把。

这短而遥远的距离，我的胃和魂灵翻江倒海：撤退吧？我优柔寡断的毛病又犯了。我也像在场的人一样懵懂，一动不动。他们继续说着话，无视眼皮底下的演播。

西门丁的手在蛆虫脸上摩挲——这一刻，衣衫内的蛆虫，那圆柱形躯体一节节撑开在裙子底下，像重叠的花色救生圈。我瞪大了眼，她脸上的小蛆虫也在攒动，窸窸窣窣的看似快掉落，她的脸被虫蛆挤得紧绷且滚烫。

我惊愕的表情与外面的惊雷相呼应，地上有蛆虫的衣服，我无暇顾及脚下，悄然退到门口。这里是恶浊的渊薮。

"咱到沙发——"蛆虫拉着西门丁，丢了半截话。

走廊一侧的洗手间，女性的标志。我闪了进去，对着洗手盆呕吐。

镜子里，玻璃反照着阔大的空间，陆续进来几个女人，在我旁边开水龙头，洗手、补妆……眼睛没有欺骗我，这是一面诚实的镜子，它照着洗手间真实的影像。我的眼睛并没有看错：那是一条蛆虫，幻大了 N 倍的人形蛆虫。

消失了若干年的蛆虫，穿越而来，这不是《镜花缘》，是网络和手机时代人群里一个真实的人。况且，我跟她来往频繁，在这楼群林立的城市，算熟络了。之前我看不到腐肉闻不到腥臭，原来我一直与一条蛆虫往来？！

大自然也很诡异，恶心的腐臭，伴随着白色的腐蛆，那白颜色与臭味成了记忆里的障碍物。农民打捞东司里的蛆虫喂鸭，那种叫粪蛆；另一种是腐肉的蛆虫，白色，万头攒动在动物尸体里，老鼠、鱼、飞鹰……蛆虫也有黑色的——洗不干净那种土黑，看起来更具有腐肉的污脏。它们都属于叫东司的粪坑，离现代社会愈来愈远了，远在莽荡的记忆那头。只有被文明遗漏的偏远乡村、山区旮旯，才有它偶然的延续。

她与黑暗里的山麓——遥远西南的山旮旯，气息相连。在我们轻易忽略的某种瞬间，诡异的时刻，她的脸有清晰可见的虫蛆。比如西门丁的双手和她的脸接触时，恐怖的情景就显现了：小蛆虫在拥挤着，它们也企图进入尘间。

包厢里那些人该喝喝，该说还在说着。

我又一阵阵翻滚，却不是来自胃，而是来自心脏。

她还在推杯交盏，在酒气和缠绕的音响中，如吸盘吸附在西门丁身上。

夜色闪烁着人间的霓彩，广州地标小蛮腰矗立在深沉暮色中，红的紫的黄的绿的灯光绕着高塔旋转着，几近炫耀嘚瑟。西塔在不远处呈小迷弟般仰望着它，亦步亦趋炫着灯彩，也在为夜晚助阵。

餐桌上杯盘狼藉，酒气已经疲软，我思索着如何离开，刚刚已经推说家里有事需要提前回去，瞅准着适合的缝隙。

"她不懂——"似乎是说我，调至发嗲的声调，对于一位花甲老妇来说究竟有点忸怩，不是因为酒，而是她的剧本，一切都在按她的计划排演着。这突然切换的声线，是在音量和音色上的调整，配合她矮胖身躯的扭动："由他们去——"她的尾音。我熟悉她的音调已经十多年了。

大地苍茫，云天辽阔。城市退成人世间的背景。熟悉的脸孔是怎样消失的，走得悄无声息顺理成章，并无礼貌与否之说。

我已来到楼下，马路上某个男人带着满脸红光，钻进刚停歇的黄色的士，一下就消失了。我四下张望，寻找出租车。

人声和嘈杂音响已寥远，我到达自家楼下的电梯，摸索着找出电梯卡，很快上得楼来。

我把另一个世界关在外面。

三

天光云影，风恬雨霁，人间有植物的气息。

我经过若干个昼夜，一轮轮锥心质问，得出的结论：一条蛆虫之所以在认识多年才现形，是那次为她的房间洒洁净的圣水开始，与白蛇现形的契点相似。

那段时间她心事重重，这幢楼调兵遣将，正是她的时机，她如烈火烹油。陆续到位的，她备份了每个人的简历，打听了七七八八。她突然问过我×××，同乡的根源便揪出千丝万缕的关系。她掩饰不住欣喜的神色，这表情的按钮，泄露出她心底的地机。只是我总是不明白，我不明白土地和洞穴曲里拐弯的秘密，也不明白她为何如热火上的蚂蚁。

我不明白自己为什么总是"不明白"。

一阵风，窗外有的树"哗哗哗"地展开枝干撒开树叶，有的树则沉默不语。人与人或许如绿化带的树，泡桐苦楝小叶榕，虽然同样移植于城市，同样沐浴阳光雨露，却各自生长、各自开花结果。

最近的事情接踵而至都是与她有关。颠覆我的认知的事也应接不暇，我的反应能力跟不上这日新月异的变化。她又郑重其事拿微信给我看，专门储存的信息：她与新西门丁的聊天内容。

我依然一脸蒙逼，我不知道她为什么给我看这个，她费时费力跑一趟，就是要让我看这近乎无聊的"玩笑"？

只是我隐隐有某种不祥的感觉，她为什么要隐头去尾，遮遮挡挡地？既要给我看，又要虚置某种假象。我是个写作的人，懂得某种隐秘的字符涵盖的奥秘。

当我眼角瞅到她备份的对话框显示"西门丁"时，我恍然大悟——那些西门丁。

广阔的城市空间，人与人，树与树，不同种类结不同的果。那天，西门丁还不是西门丁时，她看到西门丁远远朝我挥手打招呼，她在旁边投来深深的注视，那一眼就像一个深坑。她为此深谋重虑着。我以为自己是一颗挂在树上毫无悬念和用处的无患子，我纳闷为什么突然登堂入室。自此，她把我的书放在她的书架上——正对着门的显眼位置，不管谁，一进门，就会与你打照面。

这样，她跟我就真显亲密了。

老乡、校友，这些词汇硬生生地被她扯上了蜘蛛网，与我有着千丝万缕的关联。我被她推着一步步往前，推进这网络。

蜘蛛，吐丝的蛆虫。她的西门丁。

我的手又攥紧了砗磲念珠，每一颗珠子都盘熟了。我数着珠子，大约半年，吸附在西门丁身上的蛆虫，日益肥壮起来。

比屋连甍又一年，我在阳光下汗流浃背，脱胎而出。树与树，人与人，各自在日子里。

山河改变，我分清了黑色和白色，狼和羊、蛆和人。

"太阳升起，太阳落下，匆匆赶回原处，从新再升。风吹向南，又转向北，旋转不息，循环运行。"

B面

一

"东司和它的诅咒，在这个深坑里，填满，溢出。"

包裹着我身体的那层蜡状的物体，把我的手脚都融化在里面，黏合在身体中，成了一棒状的包裹物，准确形容：如法式棒包。我努力往上蠕动，我把头往上伸去，抻直了身体，抖了抖，束缚着身体的那层无形物质又消失了。

更年期早已过去，我身体的变化不大，本来矮胖的身躯更容易发肥，一胖就成了一坨肉，幸好，在身高不足一米五的情况下，我节食一阵就能把肥胖的体型缩了回去。

我现在很烦，这南方的天气也仿佛与我过不去。

长江后浪退推前浪，又一个西门大丁走了，带走两滴眼泪和未兑现的承诺，我顿感空空荡荡，无可依附。是不是命不好？我可是费了九牛二虎之力，就差一点时间，谁知天不遂我愿。

郁闷在内里沉积，使得我圆嘟嘟的身体分节更明显，此刻分节位置似一铁圈硬生生嵌入，平时像橡皮筋圈束，现在分节的位置像甲虫的壳坚硬，整个人被包裹，没有头没有四肢的感觉。

我有时需要这状态，也惧怕它，就像一个套子，让我透不过气。

广州很热，整个夏天都被拉得老长，三分之二的时间都被热气笼罩。但是，人类有对付一切的能力：狭窄的包间有空调，大楼的中央空调冻得我躲在室内都需用棉毡。

　　一圈圈灰色的橡皮筋又勒紧我的身子，就像勒紧袋子口，我努力伸出头，找找脚手的感觉。这种时时挣脱不掉的捆绑让我的手脚退化，我的身子黏黏的，整个人混沌一团。

　　炎夏，烈日和冷气，几乎是为我订制的。在我无计可施焦头烂额之际，没想到风云际会，柳暗花明：又是一个——"有可能"的西门丁！带着初来乍到的客气。

　　他让我欣喜若狂，这是新的堡垒。我斗志昂扬，胜券在握——

　　我的脖子又被什么东西揪住，往肩膀里缩，整个人成了一截节肢生物。眼前一片白花花，我又看到那条蛇，腐烂在墓穴里的蛇，一张瘫在污泥里的蛇皮，蛇皮包裹着它的脊椎，依然呈现蜿蜒的蛇形。

　　它保持着腐烂前的姿势，蛇皮被啃食的老鼠蹭过，突然窜入的动态，我从蛇皮里被抖落……

　　"嗨哧——"我不禁打了个寒噤，大楼的中央空调强硬地投下它的冷。我推开窗，阳光打了进来，冷和热交汇，浑身发抖，我的脖子又伸了出来，恢复了头部的知觉。我盯着室外的浓荫发呆：这些树木怎么来到这里？西南内陆腹地的遮天浓荫，阳光总是找不到缝隙可以穿进来，我习惯了那些寒凉，却又蠢蠢欲动于潮热。

　　这里是阳光铺张的岭南，是夏天横行的花城，我终于来到这座梦寐以求的南方都市。

　　虽然我身材短小，年龄丰厚，可我有办法化腐朽为神奇。如毡的蛇兑挤出的虚幻，虽然极其短暂，但足够我用。我以"丁"为回报，他们最终去了墓穴，成了蛇的供养，也是我的养分。

　　我开始出现在西门丁门口——他一出现，我就把这个名号先给了他。两次寒暄，我从他的茶盏中一下瞅准对应的鱼饵。我用猫声发嗲抛媚眼，都石沉大海。也难怪，我年龄深厚，相貌单薄。可是，我有意点出了 A——他的故交。

他一闪的光亮，却躲不过我的眼睛。"是的，听说过。"他继续他的茶盏。我胜券在握。

我确定他认识她，这个信息就如外面的路灯突然点亮了夜空。

我已经熬成了百年老蛆，一切皆不在话下，何况 A。周围的人，都成了我待用的棋子，棋子都在我手里，看我怎么走棋。

前面那些甲乙丙丁都被我用了起来，这是我跌打滚爬从刀刃上开出的路径，看人们津津乐道落马贪官的道场，我都嗤之以鼻——这些小儿科！

我的技艺炉火纯青。

这些上班动物，他们以为那八小时就是工作。他们不懂，下班后才是真正的工作。

我的细致体现在每个细节，从头到脚任何零部件都需要武装。工会发的口罩都被我搁在柜子下。我在网上选择了一款粉红色的，网上啥都有，酒红色橙黄色的真人假发，不仅显年轻且一劳永逸，再别一个粉红色发夹，搭配恨天高的白色皮鞋。我时时提醒自己不足一米五的身高，需要垫得像个人样。

颜色是一种视觉的抢夺，衣裙用鲜亮的粉红色、绿色和黄色，它们能让人忽略身体。

我脸上的皮肤在做了医美之后，已经有了紧绷的效果。实际上，我的重要部位也做了手术。

目标一旦被我锁定，我就会调动全部武装长驱直入。

现在的我还需要借助身边这些熟悉的女性，小陈小杨小李等等，她们在我面前都稚嫩了。上次的小刘到现在还在四处漫游着，我故意让她飘走的。那个西门丁正在屋里与我促膝谈心。我的语调开始飘，往山里面飘荡，又回到跟前。他的手随着我的蛆节起伏之际，外面有人敲门。我知道我的安排如期进行着。

小刘站在那里，懵懂地盯着我们，本来西门丁还笑着迎上去，我随即手搭西门丁的肩膀抖着，故意斜睨着她，再把嘴凑近西门丁的脸。

她如我剧本设计的结果，此处细节极妙，高潮跌宕，最少省略一万字。此后她频频发信息骂我，那些东西我也让它飘走了。

不是每个女孩子都这样，那个小C锋利无比，她很快撕开我的"剧本"，我都被她掀翻了，她是个狠角色，甚至逼得西门丁无计可施，我被闹得满城风雨千夫指。现在，她们都是过往。

但西门丁不是，他们不断更新，我只有眼前，世事在流变，我不能让他们流过去。

我身上的圈圈泡沫般包裹着我，我的瘙痒从血液往外扑打，又一阵缩紧，把我束缚，我浑身缩成一根冰棍般，我把头一扭，露出甜蜜的微笑，我的头伸出来，整个人随即舒朗起来，我把刚才那种感觉抖落、抖掉。

二

凡事不可言明，似是而非，就像斑驳的阳光，它们都不确定。

我身上又泛起一层层的痒，一圈圈如池塘的水荡漾，束缚我的圈勒得很紧，这紧迫感也催促着我攻向目标。

时间、节奏和火候，在我这里跳动着，我陆续给西门丁发"有趣"的图片和段子，看到他回复个笑脸，我意会了，满心欢喜。我紧锣密鼓地布控，这是关键的时刻，空间、酒席，还有更独立的空间。

我又想起退后去了的西门丁，还有那些发霉的西门丁。他们的霉菌有在身体外的，有在身体里的，滋生繁衍，变幻莫测。

　　我身上又浮出一圈圈缠绕的痒意，带着痛感。空寂之时，这种痒意便随着风阵阵袭来，每朝一个目标施展计划时，它们便在我身上似软绳子捆绑，一圈又一圈缠绕。我看了多少医生，并没查出皮肤问题。

　　不要被无聊所耽搁，我必须全力以赴。软绵绵的蛆虫却比凶猛的动物更具攻占欲，你绝对看不出我的内心，这软绵绵的躯体是如何从西南千里迢迢朝南方这座大都市进发的。

　　阳光又洒落在阳台上，我躲在窗帘后面，我不喜欢阳光。我对着手机屏幕安排着饭局，像指挥千军万马。饭局，谁发明了这个词？精妙的一个局，我在耕织着层层的网。"白嫖"这网络词汇更精准生动，西门丁们都是白嫖之客，我深谙此道，也乐此不疲了：这些寄体！

　　说到寄体，我浑身似中了夹竹桃花粉般的痒，身体里有千万条虫蛆涌动，它们像要戳破我的皮肤。

　　我的记忆回到年轻时的那次婚姻，儿子便是那时的产物，与现在的老公毫无瓜葛，而那些坠入深坑的胎儿，却都是与西门丁有关，我必须自己处理。秘密的处理，有几次险象环生，差点没命。

　　马尔克斯说过，过去是虚假的。现在我已不需要记忆，生命过往的西门丁很多都成了密密麻麻的蛆虫。我面对的都是现在时，现在的目标，这目标是清晰而尖锐。

　　我练就妖行媚视的本事也是在碰"丁"子中慢慢积淀的，撒娇的本事却是得益于两个孙女的馈赠，她们上台的表演。一想到孙女，我赶紧调转心神，我不能有旁枝的骚扰，不能有如此的辈分显老。

　　我又看到西南荒郊那块断碑，碑上残缺的字刻，断续模糊的名字，孤独屹立着。恍惚之中，那半截身子在墓穴的蛇好像颤动了。

我不由得把眼睁开，我在西门丁的怀里，我继续用脸拱着他，他瞧也不瞧我，一只手摩挲着我的肩膀，我感受到敷衍的含义。

到了此际，我设计的环节必须推上高峰，A 的路桥作用也即将完成。她在这个世界里，却完全不懂这个世界，她的思维比这个世界滞后，认识十多年了，此刻正好让她派上大用场，一切都有条不紊地进行着。她们就像一次性口罩，用完即扔掉，我能够把她们甩得干干净净。

萧索莽荡，云水浩渺之际，地面上那条蛇分明又动了，像是抽搐。它确实动了，干瘪的身体有点鼓起，那张蛇皮就像风衣，里面空荡没有内容，不足以支撑起它的外表，可是，它毕竟动了，里面有残存的一点白色在动。从蛇皮上掉了下来。

我又打了个寒噤，冷意从里到外蔓延。

我的裙子恰到好处，胸前部位开了个口，没有扣子，需要时它会"不经意"地开了……西门丁不能没有感觉，我知道他是在惦算免费午餐的分量。

遥远的蛇让我的动力又加强了。我继续发力，"好玩"的视频是一针兴奋剂。

手机另一头犹豫着，我读懂每个表情和大幅的空白。虽然这个世界给我作为女人的分数很低，但我已练就一身武功，钓鱼高手。钓鱼的鱼饵就在周遭，我重施故技。

虽然故技，可每个新环节也都千变万化。

当我紧紧地搂住他时，他推开，又扯开我紧抓着的衣襟，我急了，不顾餐桌上那么多的人，我拼命地攥紧他的腰带，上下其手。

墓穴里，那条大蛇僵硬，瘫在地上，我奄奄一息，努力向它靠近，我要汲取它的养分。但我必须为它供养，一具具躯体。我们互为供养。

车里，西门丁绕不开我。我依附在他身上，城市的夜，炫彩的紫色的光，大蛇给了我魔力，我竭尽全力，终于抓住了他。我的脸和身体被拉成了一条粗线，我身上黏液成线，把他紧紧粘住、捆住。

他投入了黏黏的网络中，成了我吸取的养分，又一个名字被刻录于断碑上。

我们开始拥有自己的连线——私密的手机，我不时抛给他"好看"的视频、段子。他也轻车熟路，这个夜晚之后，他成了我的又一个西门丁。

被我的丝线耕耘过的土地，都是我的疆域，他们都是我的腐肉，任我跳起狂欢的舞蹈。

南方都市的夜里有各种美妙的故事和幻境。这是人间的荣华，我喜欢这样的灯红酒绿，我逃离那个山旮旯，但它却成了我的牢笼、我的欲望，我此生必须为它奔波着。

一道光从夜空划过了我的心头。我吓得魂飞魄散。

此刻电话响起，我瞅了一眼，吓了一跳，是儿子。我的手撒开西门丁，从他的人肉坐垫跳将起来。儿子的声音在电话里急促大叫着："快救我，我出事，在工地上……"

我抓起衣服，抓起包包，冲到楼下，打了个的士……

那道光的剑芒，落在我至亲者头上。

诅咒总是降临，西门丁们却是不知缘由。我往黑夜深渊望去，深坑里浮沉的头颅，都是熟悉的面孔，有个新面孔也沉溺其中，我惊愕，再看一眼，虽然并不意外，但意外的是这个矮丁那么快就在里面了。

我开拓的西门丁这些腐肉都是老江湖，我把他们每根欲念抚摸得熨熨帖帖。他们暗藏的欲望，已经芽孢错综，呲牙裂齿地憋在黑暗中久矣。我只不过把他们隐秘的土豆重新翻起来，这是一门深刻的学问，可以交错出错综复杂的渠道。

没有人知道，走过了"人生"之后的躯体是什么样子。一切最终归于泥土，当肉体停滞了血液的运行，细菌却活跃起来，每具死亡的躯体，就是我们再生的土壤。

西门丁的肉体在世间，却有入土后的腐味：鲜活的"人"身体里泻出的一丝"地机"，只有我才能捕捉到，只有我才能嗅出那具躯体的腐酸。

阳光普照大地，人间里活生生的肌体已发腐，他们愈来愈多。如今的我，被喂养得腰圆臀美。

我拥有嶙峋和纵横的计谋。我像一只蜘蛛，编织着这个空间的网络。

那条蛇昂起了扁平的三角头。一个瓶子开启了，我们频频干杯狂欢。这个西门丁在我身上的时间较长，我们的白天和黑夜的时间加起来足够几番开疆辟土。这个精壮的西门丁随后在家里渐渐枯萎。霉的花进入他内，在他身体里泛滥，红的绿的紫的斑斓，开出了绚丽的花朵。化疗，再一次化疗。

他的身上蛆虫破壁而出之前，我已经转向新的行程。

我为什么又想起过往的他们？我干脆把他送我的那堆烂东西扔掉。

我身上的黏液，黏稠无比，缠绕着我捆绑着我，我用力探出头，我已成了一截蠕动的肉蛆。我以为是幻觉，找了皮肤科医生，医生凝重的表情，他也不明所以，只开了一堆似是而非的药。

满医院的人，排队取药。我看到我们墓穴里的脸孔，混淆在里面。

有丝如绳索，坚韧充满弹性和光泽，向我飘来。我颤抖了一下，身上的胶着状骤然抖落，浑身起了鸡皮疙瘩。中央空调有点冷。

　　乌鸦的聒噪散远了，风吹落剩下零星的几声，漏过枯枝，落入荒凉的山坡。满山坡的焦枯，覆盖那个空寂悲凉的墓穴。

　　我带着我幼小的儿子南下时，一无所有。房子和票子，你以为是水上漂来的？

　　经年的跌打滚爬，我能屈能伸，骂声和羞辱，如身上禁锢的蛇蜕，被我纷纷抖落。我的身体即能化成柔软的液态。荡漾开去的细菌如花朵璀璨，由一变十，变百变千变幻成万……变化万千的细菌漫延着。

　　南方，我枯焦的身体焕发出春天的湿润和葱绿。

　　阳光明亮如剑，照得我慌乱，我忌讳阳光，阳光让我疼痛。我高度近视的眼睛和白内障，正好借助眼镜掩饰我所忌讳的阳光。我喜欢夜的白，墓地的白，阳光远离的背后才是我的阵地。

　　有时那遥远的惨白色会闪过广州这座都市，我能指认那些是正常的闪电，哪些是从西南的山丘追踪而来，它们是供养我的磁场——用当下网络语言可以更容易理解。

　　吐丝、捆绑、时机……辽阔无垠的黑暗里，每一次的吐丝和胶合都需竭尽全力。

　　这次，我又是胜利者。

　　西门丁出入均让我依附着，我堂皇登台，成了他身边的女人。看，那些人现在对我毕恭毕敬，甚至不敢正眼瞧我。

　　我管理着每个西门丁，也管理着时间。

　　只是，夜会缝合自己的裂缝，当夜色吞噬了世间的荣华，一下就又进入严丝密缝无可逃逸的黑暗。我不能让时间有褶皱，我努力地往黑夜填充着每个西门丁，他们的名字贴在嶙峋的碑刻上。我在黑暗中努力泅渡，我身上的黏液，在他们那里是一个海，更是一张网。

还不是结局

我摩挲着每一天的阳光，阳光照耀着墙壁的斑驳。那蛆虫在抖着。她现在知道我看到了蛆虫——她的本相。

当她叫出"西门丁"时，过去如串珠突然瘫在面前。

我用空间填充与她的距离，静坐时间里。等候，拉长时间的距离。手里的砗磲珠子用经文碾过，时间成珠子，一颗颗包浆。

我看到西门丁的脸上有纸钱晃动——那种坟墓前烧的纸钱。我以为错觉，再一瞅，纸钱随他的脸别过去而一晃而过，又看不见了。

但他脸上有银箔的光亮晃动。

"吱吱吱——"有蝉鸣传来，阳光被挡在墙外。一只苍蝇撞在桌上，餐馆老板娘赶紧挥手赶走它。大家在桌前推让着，碰杯，肉香弥漫飘开去。

蛆虫紧紧地贴在西门丁身边，大家熟视无睹，对西门丁毕恭毕敬：您先请——

我埋头吃饭，再次抬头，西门丁的脸依然有锡箔的银质晃动。蛆虫贴紧着他，朝我投来诡秘的一笑，洋洋得意。西门丁的眼洞土壤幽深，似是没有瞳仁。

或许我的眼镜不适合看远处，我赶紧又盯着眼前的菜肴。

杯觥交错，酒正酣。我悄悄溜出，由一边的逃生梯下了楼。不知道转了多少个转，抵达地面，外面阳光灿烂，普照大地。

聊斋故事在里面人声鼎沸正铺开着——

图书在版编目（CIP）数据

大地幻影 / 鄞珊著 . — 北京 ：中国文史出版社，
2023.10

ISBN 978-7-5205-4439-9

Ⅰ. ①大… Ⅱ. ①鄞… Ⅲ. ①散文集－中国－当代
Ⅳ. ① I267

中国国家版本馆 CIP 数据核字（2023）第 212985 号

责任编辑：全秋生

出版发行：中国文史出版社
地　　址：北京市海淀区西八里庄路 69 号　　　邮编：100142
电　　话：010 － 81136602　　81136603　　81136606（发行部）
传　　真：010 － 81136655
印　　装：廊坊市海涛印刷有限公司
经　　销：全国新华书店
开　　本：880 毫米 ×1230 毫米　　1/32
印　　张：10.5
字　　数：330 千字
版　　次：2024 年 1 月北京第 1 版
印　　次：2024 年 1 月第 1 次印刷
定　　价：58.00 元